2KG짜리 바벨을 양쪽에 달면
5KG이 된다

2KG짜리 바벨을 양쪽에 달면 5KG이 된다

ⓒ 방현일, 2024

초판 1쇄 발행 2024년 4월 3일

지은이   방현일
펴낸이   이기봉
편집   좋은땅 편집팀
펴낸곳   도서출판 좋은땅
주소   서울특별시 마포구 양화로12길 26 지월드빌딩 (서교동 395-7)
전화   02)374-8616~7
팩스   02)374-8614
이메일   gworldbook@naver.com
홈페이지   www.g-world.co.kr

ISBN   979-11-388-2918-2 (03810)

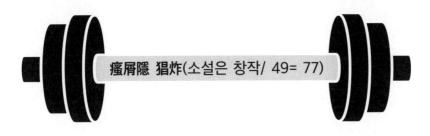

瘙屑隱 猖炸(소설은 창작/ 49= 77)

2KG짜리 바벨을 양쪽에 달면 5KG이 된다

방현일 소설집

좋은땅

방현일(1972~). 소설가. 서울 출생. 동국대 문화예술대학원 문예창작학과 졸업(문학석사). 1999년 《문학 21》에 「종이로 만든 집」, 「아기 풀」, 「바람은」, 「무지개」, 「아기 천사의 기도」로 동시 등단. 2020년 《월간문학》에 「컵」으로 소설 등단. 《동국창작》에 2011년 소설 「2KG짜리 바벨을 양쪽에 달면 5KG이 된다」, 2012년 희곡 「오십보백보」 발표. 월간지 《행복한동행》에 2011년 「아버지와 나의 일」, 2012년 「버려진 꽃」 발표. 제40회 '근로자문화예술제'에 「가면무도회」로 시 입선. 지하철 승강장 안내문에 2015년 「창문을 열어 보아요」, 2018년 「밤을 따다」 게시. 2023년 《월간문학》에 「번개탄」 발표, 2023년 《불교문예》(계간) 가을호에 「다리」 발표. 현재 한국문인협회 소설가 회원임.

　오래된 항아리에서 삭은 묵은지처럼, 컴퓨터에서 인식이 되다 안 되다 하는 외장 하드디스크를 꺼내었다. 오랜 추억이 깃든 단편과 나름, 신작 12편을 묶어 출간하기로 했다. 매번 수정과 탈고를 거듭하다 보니, 변수도 많아 생각보다 늦어지게 되었다. 그동안 쓴 소설은 일부 다른 장르로 각색도 해 보았다. 희곡, 드라마 대본, 영화 시나리오 등. 세상에 알려진 것도 있고 그렇지 않은 것도 있지만, 즐거운 시간이었다. 완벽하게 쓰고 싶다는 것은 모든 필자의 희망일 것이다. 조금 더 수정하다 보면 처음

기획했던 작품에서 내용이 발전할 수도 있지만, 그 당시의 감성을 오히려 망가트리는 결과를 초래한다. 또한 그 시대의 배경에 한번 손을 대다 보면 걷잡을 수 없게 된다. 하지만 너무 오랜 기억들은 약간의 수정을 통해 다시 써 보았다. 「가려진 세상」은 1996년에 쓴 작품으로 시나리오로 각색했었다. 「모조(模造)」는 1998년에 쓴 작품으로 드라마 대본으로 각색했었다. 「번개탄」은 1996년(구상)에서 1999년(완성)까지 쓴 작품으로 1996년 시대상을 반영하려고 했다. 「2KG짜리 바벨을 양쪽에 달면 5KG이 된다」는 1999년에 쓴 작품으로 단편영화 시나리오로 구상했었다. 「오십보백보」는 1999년에 쓴 작품으로 희곡이었다. 이처럼 장르를 넘나들었던 이유는 대학 시절, 전공과 무관하지 않았다. 방송국, 신문사 공모와 함께 보냈던 젊음의 그 시절이 왠지 그립다.

※ 부연: 「2KG짜리 바벨을 양쪽에 달면 5KG이 된다」는 우연한 계기로 발견한 공통된 숫자로 음절과 음절의 획을 그때그때에 맞춰 사칙연산과 한자인 死(죽을 사)와 결합했을 뿐, 큰 의미를 둔 작품이 아니라는 것을 미리 밝혀 둔다. 이하 「2KG」으로 표시.
「2KG」 작품 중간에 수록된 '시'는 「2KG」의 주제인 '보이는 것이, 다가 아니다'라는 것과 연결된다. 아무것도 보이지 않는 어둠 속에서 붉은 생채기가 드러났고 그 과정은 결과 전에는 어떤 행동인지 모른다는 것을 나타낸다. 개구리는 자신이 처음 접한 식감을 삼키지 못하고 토해 낸다. 그러나 두 번째는 늘 먹던 것으로, 자연스럽게 받아들이게 된다. 하지만 처음 접했던 식감에서 혼란이 왔고 변형되어 버린 몸은 지렁이처럼 기어다니게 된다. 파리가 날아왔을 때 본능적으

로 혀를 내밀었지만, 지렁이로 변신한 개구리는 파리에게 혀를 잘린다. 이는 강제로 형태가 바뀌었을 때 서서히 변할 순 있어도, 한순간에는 변하지 않는다는 것을 의미한다.

「2KG」 소설 지문에 있는 숫자는 제목과 부제목, 'hint', 김소월의 죽음에 대한 死實표, 참고문헌, 연도를 뺀 숫자 합이 1444.4다.

2KG짜리 바벨을 양쪽에 달면 5KG이 된다

목록

2KG짜리 바벨을
양쪽에 달면
5KG이 된다

瘙屑隱 猖炸(소설은 창작/ 49= 77)

내가 높이 20.8미터를 고집하는 이유는 정신적인 불안감을 해소해 주기 때문이다. 베란다에 서서 곤방(坤方) 10여 미터 떨어져 있는 '옐로우하우스'를 3초 정도 바라보면 눈이 부서 한 눈 복시를 경험하게 된다.

나는 출판업에 5년째 종사하면서 알게 모르게 언어에 결벽증을 갖게 되었다.

날씨가 유난히 화창한 7월 첫날이었다. 둘째 이모의 주선으로 3시에 사거리 3시 방향에 있는 다 모여 육회집 옆에 있는 '일곱 빛깔 무지개'라는 카페에서 맞선을 보게 되었다. 30분 먼저 와서 창가에 앉아 있었고 이모한테 받은 맞선 볼 여자의 사진을 들고, 카페 앞을 지나가는 여자의 얼굴을 사진과 번갈아 쳐다보았다. 그때 이모한테 받았던 그녀의 연락처가 스마트폰에 떴다. 그녀는 이모와의 전화 통화에서 이모의 억센 사투리로 인해 지하철 출구 번호를 혼동하였다. 내가 지하철에 직접 나가려고 했지만, 그녀가 약속 장소를 꼬치꼬치 묻는 바람에 얼떨결에 창가로 바싹 다가가서 그녀가 현재 서 있는 주변 환경에 관한 얘기를 듣게 되었다.

"철이네 삼계탕 앞인데요. 어! 근데 여긴 반계탕도 파네요."

"아, 예. 철이네 삼계탕이요? 점심때 반계탕 가끔 시켜 먹었는데 가격도 괜찮고 맛도 좋아요."

"괜찮아요?"

"예. 맛있어요."

"그게 아니라, 양이요."

"그럼요. 혼자 먹기에 충분해요. 그런데 사장님이 하루는 오자마자 투

       2KG짜리 바벨을 양쪽에 달면 5KG이 된다

덜거리는 겁니다. 반계탕을 돌솥에 끓이다 보니까, 배달 나가는데 너무 무겁다고 내가 왕년에 사업만 실패 안 했으면 이 짓거리 안 하는데 하지 뭡니까. 그래서 제가 그랬죠. 잘되면 좋죠. 사모님도 미인이시던데. 아, 그랬더니 괜히 절 이상한 눈으로 보는 겁니다. 그래서 그다음부턴 웬만하면 다른 곳에서 시켜 먹었죠. 근데 거기 계속 서 계신 건 아니죠? 거기서 오른쪽 모퉁이 돌면 자동차 수리점이 있어요."

그녀가 그냥 '철이네 삼계탕'이라고만 했으면 나도 대수롭지 않게 넘어갔을 텐데 굳이 상세하게 메뉴를 묻는 바람에 맞장구를 칠 수밖에 없었다.

"모퉁이 자동차 수리점이요? 아니, 아니다. 모퉁이 공업사 말씀하시는 거죠?"

"아, 죄송합니다. 철이네 삼계탕에서 오른쪽 모퉁이 돌아서 그냥 쭉 50미터 정도 오시면 3시 방향에 있는 다 모여 육회집이 있거든요. 예. 그 집 바로 옆에 일곱 빛깔 무지개라는 카페입니다."

"……. 집이요?"

"아, 가게요. 점폰가?"

"예, 가고 있어요."

"음, 어디까지 얘기했죠? 아, 맞아요. 그런데 갑자기 반계탕이 먹고 싶어졌어요. 돌솥에 인삼도 한 뿌리 넣고 대추도 밤도 넣고 뜨겁게 팔팔 끓여서. 거기 사장님 좋으신 분이거든요. 제가 여름만 되면 땀을 비 오듯 쏟는데 어느 날 사장님께서 배달 오셔서 사무실을 한 번 쓱 도시더니 제 옆에 와서 살짝 말씀하시더라고요. '자네 것은 이거야. 자네 위해서 내가 특별히 황기를 잔뜩 넣었어. 젊은 사람이 그렇게 몸이 부실해서 어떡해?' 하시는 거 있죠? 하하하. 그 집이 좋았던 점은 반계탕이었다는 거죠. 근데 그날은 좀 비렸어요. 황기 때문인지 비가 와서 그런 건지. 아, 예! 도착하셨다고요. 아, 예."

그녀가 앉으며 구구절절 약속 장소를 이런 곳으로 하면 어떻게 하냐며 투덜거리고 있는데 문득 카페에 영화음악이 흘러나왔다. 그녀는 잠시 음악을 감상하더니 '51번재 쭈'라는 영화인데 축구와 마약에 얽힌 내용이었다는 것이다. 나도 예전에 얼핏 본 것 같은데 장면도 장면이었지만 음악이 전혀 생각나지 않았다. 좋은 영화는 영화음악이 먼저 떠오르곤 하는데 이런 영화의 삽입곡을 기억한다는 것이 놀라웠다. '대부'나 '남과 여', '러브 스토리', 아! '라스트 콘서트' 음악이 난 너무 좋았다. 문제는 그냥 넘어갔어야 했다.

"51번재 쭈요?"

"아, 동진 씨도 이 영화 보셨어요?"

그녀는 좀 전의 투덜거렸던 모습과는 대조적인 밝은 모습이었고 약간의 흥분기도 있었다.

"이 감독, 1993년 대만 '금마장 영화제'에서 최우수 각본상도 받았었는데. 출판 쪽에 있으니까 잘 아시겠네요. 아닌가?"

"저, 51번재 쭈가 아니라 51번째 주인데요."

나는 그녀가 잘못 나왔던 건너편 지하철 출구를 흘끔 쳐다본 후, 원래 나왔어야 했던 지하철 출구 번호로 그녀를 데려다주었다. 그녀는 혹시 이곳에 내 사무실이 있냐고 물었고 나는 절대 아니라고 고개를 저었다. 그녀가 카드를 찍고 계단을 내려갈 때까지 나는 아니라고 손을 흔들어 댔다. 그녀도 귀찮다는 듯이 손을 흔들었다. 좀 더 많은 시간을 보낼 수도 있

2KG짜리 바벨을 양쪽에 달면 5KG이 된다

었는데 그 교정 결벽증 때문에 내 발등을 찍게 되었다.

확실히 7월 오후 햇살은 뜨겁다. 이번엔 황기를 빼고 그냥 한 마리 푹 고아 먹어야겠다.

貴

'¿'

어! 이런 한숨이 절로 나왔다. 컴퓨터 부팅이 끝나자 모니터 화면에 나타난 문자다. 처음부터 끝까지 이러면 누구한테라도 변명이란 걸 해 볼 텐데. 아니, 그냥 이대로 멈춰 주기만 하면 엄청 고마울 텐데. 부팅이 끝났을 때 '¿' 문자가 뜨면 영락없이 잘되다가도 화면이 멈췄다. 나는 정 부장의 눈치를 보며 AS를 신청했다. 업무시간에 딴짓한다고 한 소리 들을까봐 내심 신경이 쓰였다. 정 부장은 딸아이가 수학을 만점 맞았다고 연신 즐거워하며 딸애와 계속 통화 중이었다.

'기특한 것.'

정 부장은 딸에게 저녁에 들어갈 때 뭐 사서 들어갈까 하며 이것저것 물어보더니 결국 다 사 간다고 했다. 나는 그 찰나를 놓칠 수 없었다. 정 부장이 좋아하는 콩고물이 잔뜩 묻어 있는 인절미와 정성스레 탄 아이스커피를 잽싸게 하지만 공손하게 두 손으로 내려놓으며 와! 부럽다는 제스처를 해 보였다. 그리고 AS 기사에게 문자로 '빨리빨리'를 보냈다.

역시 결과는 뻔했다. 누구나 한 번 정도는 경험이 있을 것이다. 처음에는 메인보드 불량이란다. 그렇게 되면 돈이 많이 든다. 메인보드를 고치

느니 다시 사는 것이 낫다. 늘 같은 소리다. 고쳐 봐야 얼마 못 간다. 그러나 혹 그래픽카드 고장일 수 있는데 그러면 얼마 들지 않는다고 말한다. 그러더니 대뜸 화를 낸다. 원래 이곳은 다른 기사가 와야 하는데, 급하다고 해서 왔는데, 덥기는 왜 이렇게 덥냐고. 그걸 왜 나한테? 내 탓인가? 누구처럼 처음 봤는데 짜증을 낸다. 잘못된 부분을 고쳤는데 얼마 지나서 않아서 똑같은 곳이 고장이 나면 본사로부터 기사의 자질이 거론되며 책임 어쩌고…… 운운했다. 나는 그래픽카드 불량이 아니라며 다른 이유가 있을 것이라고 했다. 기사는 '그렇게 잘 알면 당신이 고치지 나는 왜 불러'라는 표정을 지으며 어떻게 할 것인가 물었다. 일반 회사들은 정기적으로 컴퓨터를 점검해 주는 업체가 있다. 아니, 그냥 뭐 그렇다는 것이다.

"동진 씨, 뭐라는 거야. 이직 준비해? 요즘 취업하기 어려운데."

정 부장은 싱글거리며 여기저기 전화해 댔다.

일단은 AS 기사가 그렇다는데. 어쩔 도리가 없었다.

"금방 되죠? 근데 얼마예요?"

"두 가지 제품이 있는데. 저것보단 이게 낫죠."

나는 그 제품 가격이 온라인 쇼핑몰보다 매우 비싸다는 것을 알고 있었다. 그래서 그냥 온라인 쇼핑몰에서 직접 주문하려고 마음을 먹었다가 기사에게 속마음을 들키고 말았다.

"물론, 개인적으로 싸게 사서 직접 꽂아도 돼요. 근데 또 같은 곳에서 고장이 발생하면" 하며 장비를 소리 나게 챙겼다.

"무이자 되나요?"

"전 AS 기사거든요. 카드업체 직원이 아니라고요."

믿고 싶었다. 오래가겠지. 이게 얼마짜린데. 나는 AS 기사 옆에서 세상

2KG짜리 바벨을 양쪽에 달면 5KG이 된다

돌아가는 일에 맞장구를 치며 웃어 댔다.

"다 됐습니다. 적어도 2년은 고장 안 날 거예요." 그리고 대뜸 고객 평가 엽서를 내밀었다. 나는 기사의 인상 쓴 얼굴을 슬쩍 보며 '매우 만족합니다' 칸에 표시해 주었다. 그냥 표시해도 될 것을 "여기다, 하면 되죠." 하며 비실비실 웃었다. 기사는 "아! 괜찮은데" 하며 손을 휘젓는 제스처를 해 보였다. 그리고 뭘 그딴 걸 묻냐며 귀찮다는 표정으로 냉동실에서 10분 전에 꺼내 살얼음이 생긴 야쿠르트 5개들이 한 줄을 목젖이 출렁이도록 마셔 댔다. 나는 입맛을 다셨다. 기사는 또 다른 전장으로 기사답게 떠났다.

나는 부팅을 하자마자 고수들을 찾아 나섰다.

컴퓨터가 '¿' 표시 후, 아무런 이유 없이 갑자기 꺼져 버립니다. 그리고 재부팅될 때는 하드디스크가 무엇인지 체크하는 부분에서 '¿' 문자가 뜨다가 화면이 멈춰 버려요. 이거 하드디스크 문제인가요? 혹 그래픽카드 문제인가요? 메인보드는 아닌 것 같은데. 그러다가 몇 시간이나 하루 있다 켜면 다시 윈도우 부팅돼서 인터넷 좀 하다가 다시 다운돼서 멈춰 버리고 어찌해야 할지 고수님들 좀 알려 주세요.--;

– 블래스터 웜이나 여러 바이러스로 인하여 그런 현상이 발생할 수도 있습니다. 윈도우 보안패치를 모두 적용하시고 바이러스도 점검해 보세요.
– 아무쪼록 도움이 돼서 해결되셨으면 좋겠네요. '¿'가 보인

후 다운이 된다면 윗분의 답글처럼 바이러스나 악성코드 때문에 발생하는 다운 현상일 수 있습니다. 따라서 랜 케이블을 분리한 후에 오염되지 않은 바이러스 프로그램으로 문제의 바이러스나 악성코드부터 잡는 게 좋을 듯합니다.

- 혹, '안본좌' 아세요?
- 윗글은 이 게시판에는 어울리지 않아 삭제 요청합니다.
- 속 끓이지 말고 정품 사라. 능력 없으면 포맷하든지.
- 언제 봤다고 반말? 님아, 매너 좀요.

답변들 고맙습니다.*^^* 님들 좀 짱인 듯. 근데 인터넷상에서 바이러스 검사하면 바로 그 증상을 보이던데 정말 바이러스 때문에 그런가요?

나는 혹시나 하며 본체의 케이스를 열어 보았다. 유심히 보던 중 하드디스크 옆에 사람의 귀가 한쪽 놓여 있는 것을 보고 소스라치게 놀랐다. 내 전화를 받던 친구는 바로 자신의 컴퓨터 케이스를 열어 보여 주었다. 놀랍게도 하드디스크 옆에는 사람의 귀가 양쪽 모두 놓여 있었다.

, , , , .

운동도 할 겸 계단을 선택했다. 어라! 청소하시는 분의 안색이 안 좋다. 괜히 한 소리 들을 것 같아서 할 수 없이 엘리베이터 버튼을 눌렀다. '이 시간에 왜, 청소를 하지?' 하며 8층 버튼을 눌렀고 문은 군고구마 껍질 벗

2KG짜리 바벨을 양쪽에 달면 5KG이 된다

기듯이 열렸다 닫혔다. 그리고 2층에서 멈췄고 습관적으로 스마트폰을 꺼내 들었다. 그때 엘리베이터가 다시 작동되었고 문이 열렸다. 손이 덴 것 같이 화끈거렸다. 엘리베이터에서 나와 계단으로 올라섰고 결국 계단 청소하시는 아주머니에게 한 소리를 들었다.

"엘리베이터가 고장이 났어요."

아주머니는 이어폰을 끼고 계셨다.

"엘, 리, 베, 이, 터."

엘리베이터에서 아이가 내렸다.

"뭐!"

나는 계단을 두 칸씩 뛰어올랐고 그 바람에 다리가 휘청거렸다. 사과 꼭지가 반 정도 시야에 들어왔을 때, 내 몸은 공중 부양하듯 허공을 가로지르며 돌아서 엘리베이터로 향했다. 안단실이다. 그녀는 왜 주민들을 못 잡아먹어서 안달인지 모르겠다. 큰 소리가 났다.

그녀는 보이지 않는 공포였다. 해피와 산책하러 나오던 중이었다. 그녀의 기침 소리에 해피는 출입문 안에서 오줌을 지렸다. 온몸을 둥글게 만 채, 16년째인 내 차의 시동처럼 달달거렸다. 나는 해피를 들어 올리려 했으나 바닥에 딱 붙은 오래된 껌처럼 쉬이 떨어지지 않았다. 언젠가 선배가 집에 온다는 전화에 황급히 식사를 준비하던 중 현관 벨 소리와 함께 해피의 오두방정으로 나름 진수성찬이 엉망진창이 됐을 때도 해피는 당당했었다. 해피의 조상은 전투견이었다. 그런 해피가 눈물을 보였다. 이런 모습에 해피의 조상들도 어디선가 눈물을 흘리고 있을 것이다.

엘리베이터로 향하는 그 순간 뇌리를 스쳐 가는 많은 장면이 캡처되었다. 화단에 버렸던 껌 종이, 테니스장 옆 후진 주차, 일반쓰레기통에 던졌던 숙취 해소 드링크 병, 하지만 다 괜찮았다. 나는 이미 엘리베이터에 탔다. 그리고 8층 버튼을 꾹꾹 눌렀다. 두 배로 빨라지길 바랐다. 하지만 엘리베이터는 멈췄고 문이 열리면서 부녀회장이 들어섰다. 나는 입가에 경련이 날 정도로 미소를 지었다. 그녀는 옆집에 살았다.

"연찬가 봐요, 오호호호호호."

나도 하마터면 해피처럼 될 뻔했다. 8층 버튼을 누르자마자 불이 나갔다. 비상 버튼도 소용이 없었다. 나는 순간 무엇에 끌린 듯 그녀를 보았다. 그녀가 달콤하고 사랑스럽게 느껴졌다. 이 정도면 '울트라더블펜티엄' 급이다. 현존 최고의 컴퓨터는 '프리미엄그레이트울트라더블팬티엄'이었다. 네덜란드산 '고흐'의 귀가 내장되어 있었다. 하지만 그녀의 귀는 '석가모니'상이었다. 나는 연신 쥐어짜듯이 머리에서 신발 끝으로 땀을 흘려보냈다. 어둠이 눈에 익어 갈 무렵, 그녀는 내게 한 걸음 다가왔고 속삭이듯이 귀에 대고 말했다.

"원하는 게 뭐예요?"

나는 여러 가지 생각이 들었다. 이 아줌마 딸이 대학생인데.

"생각 있으면 집에 한 번 들러요. 올 때 꼭 전화하고."

그렇게 급하진 않았다. 나의 눈빛이 그녀를 원하긴 했지만 그건 아래가 아니라 위였다. 그것도 옆에 달린 것. 커다랗고 하얗고 말랑거리는 것 하나면 충분했다.

컴퓨터 부품은 너무 빨리 망가진다. 맘에 드는 브랜드를 사도 결국 이것저것 짜 맞추다 보면 정체불명의 컴퓨터가 된다. 그래도 프린터보단 낫다.

2KG짜리 바벨을 양쪽에 달면 5KG이 된다

바이러스

안단실. 그녀를 처음엔 의심했다. 무엇을 의심했는지 왜 의심했는지 도통 모르겠다. 처음 이 아파트로 이사 오던 날 그녀는 해피를 못마땅해했다.

"이거 얼마나 더 크죠?"

난 해피에 대해 미주알고주알 하려다 그냥 한 마디만 했다.

"더 안 커져요."

"이거 똥개죠?"

"얘, 혈통 있어요. 불테리어종인데."

"얼굴이 빵빵하네."

나는 차마 해피의 성격에 대해선 말하지 못했다. 난 그녀가 싫었다. 꼭 외모적인 것 때문은 아니었다. 그녀는 고속도로 휴게실 공중화장실에 설치한 자동방향제 냄새와 살 비린내 냄새가 합쳐진 냄새를 풍겼고 곱슬머리를 유난히 새카만 '양귀비'로 염색했으며 눈썹은 일자에서 시작해 각으로 끝나는 문신을 했다. 말할 때마다 역한 입 냄새를 풍겼고 겨드랑이는 늘 땀으로 흥건했다. 게다가 맘껏 삐져나온 코털은 바람이 불 때마다 흔들릴 정도로 길게 나와 있었다. 그래도 그녀는 아파트 부녀회장이었다. 아니, 그녀는 아파트 부녀 투사이자 전사였다. 해피처럼 퇴화하지 않고 계속 업그레이드되는 인간병기였다. 옆 부촌 아파트로부터 자신과 남편, 아이 그리고 자신을 믿고 따르는 빈민촌 아파트 주민들의 자존심을 지켜나가는 1톤 트럭의 선루프였다. 그녀의 내면을 들여다보지 못한 죄책감에 사로잡혀 난 54분을 괴로워했다.

'55분.'

영화 포스터가 말아져 있다면 무슨 내용인지 모른다. 각종 영화제에서 상을 받았다는 것도 알 수가 없다. 벽에 붙어 있어야 그 진가를 발휘한다.

'56분.'

'고흐', '미켈란젤로', '레오나르도 다빈치', '피카소' 명화들이 말아져 있다면 무엇을 표현하려 한 건지 알 수가 없다. 사실주의, 표현주의, 초현실주의 무얼 보고 평가한단 말인가.

'57분.'

'모차르트', '베토벤', '차이콥스키', '바흐' 악보가 말아져 있다면 그 선율을 느낄 수 있을까? 내면의 아름다움이 진정한 표현이다?

'58분.'

진정한 표현이다. 성서며, 고서며, 백과서적이며 다 말아져 있다면 한낱 종이에 불과하다. 그들이 표현하려 한 것은 자신을 나타내기 위함이다. 이래도 의도된 게 아닌가?

'59분.'

원래 말아져 있다면 그 위에 나타내려 했을 것이다. 아니, 보란 듯이 점점 크게 말았을 것이다. 그럴수록 내면은 더욱 공허했을 것이다. 자태가 아름다운 것이다. 보이는 게 진정한 아름다움이다.

나는 사방이 막힌 어둠 속에 있다

왼쪽으로 누웠다

오른손으로 왼팔을 손톱깎이로 집어냈다

규격에 맞게 움푹 팬 것이 뒤집어 놓은 보도블록 같다

개구리 배를 면도날로 가른 뒤 살점들을 집어넣었다

2KG짜리 바벨을 양쪽에 달면 5KG이 된다

개구리는 조심스럽게 살점들을 토해 놓았다
지렁이가 꿈틀대며 다가왔다
손톱깎이로 마디마디 잘라 개구리 배에 집어넣었다
개구리는 스멀대며 기어갔다
파리가 날아와 개구리 혀를 잘근거리며 잘라 냈다, 개구리 병신!

　방충망을 통한 햇살은 서서히 어둠을 몰아내고 방 안 곳곳에 퍼져 갔다. 오한이 난 것도 아닌데 몸이 떨렸다. 지독히도 두려운 아침이 시작되었다. 오늘은 반상회가 있는 날이었다.

　자화상을 그리고 싶어졌다. 그렇게 되면 모든 일에 더는 신경을 쓰지 않아도 될 것이다. 컴퓨터도 그렇고 안단실도 그렇고 정 부장도 그렇다. 나는 거울을 보며 귀를 만지작거렸다. 귀는 만질수록 붉어졌다.

　컴퓨터를 켰다.

　'password'

　나는 빵빵한 해피의 얼굴을 쳐다보았다. 귀가 빳빳하게 쫑긋 서 있다.

　'hint'
　'1904~44-44'

　컴퓨터는 요란한 소리를 내며 부팅이 되었고, 실시간 검색어 1위는 당연히 바이러스였다. 일명 '진달래꽃 바이러스'. 그렇다. 김소월은 32세에

요절했다. 그는 죽기 10년 전, 진달래꽃 바이러스에 감염되었다. 사실은
이랬다.

※ 김소월의 죽음에 대한 死實

① 진달래꽃 - 4

② 진달래 - 6+10+8=24

③ 진달래꽃 - 34

④ 1연 24음절, 2연 22음절, 3연 24음절, 4연 24음절 - 94

⑤ 2연의 22음절 - 1922년 《개벽》에 「진달래꽃」을 발표

　'진달래꽃'이라는 단어가 2연의 2행에 수록

⑥ 25+24+27+28=104

⑦ 1934년 사망 - 34

⑧ 12월 24일 오전 8시 사망 - 44

☞ 1. 4×8=32(진달래꽃과 8개의 항목)

　2. 죽기 10년 전(-10), 合 328자(32세 八字)

※ 참고문헌 및 웹 사이트

김소월(1993), 『진달래꽃』, 청목사 - 수록된 페이지 34

《동아일보》기사 발췌, 티스토리, 네이버 카페 등 - 12월 24일 사망(오전
8시 감안)_44

이 事實 같지 않은 死實에 많은 사람이 혼란스러워하였고 查實을 밝혀야 한다며 조사에 착수했지만 뚜렷한 실마리는 찾기 어려웠다. 안타까운 마음에 혹자는 1922년에 발표된 'F. 스콧 피츠제럴드'의 소설 「벤자민 버튼의 시간은 거꾸로 간다」처럼 시간이 거꾸로 가서 '김소월'을 살렸으면 했다. 하지만 이 소설은 '김소월'이 「진달래꽃」을 《개벽》에 발표한 1922년에 발표가 되었고 그도 바이러스를 피하지 못하고 44세에 사망했다. 후에 공교롭게도 「벤자민 버튼의 시간은 거꾸로 간다」는 '문학동네' 44페이지에서 끝났다.

※ 참고문헌

F. 스콧 피츠제럴드(2009), 『벤자민 버튼의 시간은 거꾸로 간다』, 「벤자민 버튼의 시간은 거꾸로 간다」, 문학동네.

耳빨

내가 그녀를 다시 찾으리라고는 상상도 못 했다. 나는 고민 끝에 전화했고 뜻밖에도 그녀는 귀찮아했다. 나는 당혹스러웠고 시간이 잠시 흐르는 동안 화가 조금씩 밀려왔다. 어디서 어떻게 해야 할지 난감했다. 괘종시계가 55분을 가리키자 내 다리는 휘청거렸다. 그 자리에서 공중 부양하듯이 한쪽으로 쏠렸다가 제자리로 돌아왔다. 그때 그 일이 있고 난 뒤 내 몸은 그녀를 두려워하는 마음이 생기면 언제 어디서를 막론하고 어설픈 발레를 하듯 최면에 빠져들었다. 엘리베이터 안에서 그녀가 먼저 말하지 않왔던가. 마귀처럼 웃어 대며 원하면 언제든지 집에 들르라고. '전화를 먼저 하고.' 그래서 어렵게 전화했는데.

나는 상상만 해 오던 일을 실행에 옮기기로 했다. 그녀의 귀가 탐이 났다. 그녀가 집에 있는 것을 확인했으니 가져오기만 하면 되었다. 하지만 현관문을 나설 때마다 심장박동이 요동쳤다. 그러기를 몇 번, 현관문을 무작정 잡고 미는데 그녀가 문 앞에 서 있었다. 나는 깜짝 놀라 잽싸게 문을 닫고 볼록렌즈로 그녀를 관찰했다. 뜨악! 그녀의 귀는 놀랍게도 짝짝이였다. 어둠에 빛났던 석가모니의 귀가 아닌 달마대사의 귀였고 자세히 보니 그것도 모조품이었다.

컴퓨터를 컸다.

'password'
'hint'
'1904~44-44'

가 차례로 떴다. 나는 결국 내 컴퓨터에 맞는 귀를 찾지 못했고 오른손으로 오른쪽 귀를 잡아당겨 왼손으로 오른쪽 귀를 조심스레 잘라 내었다. 처음에는 순간순간 놀랐지만 조금씩 벌어지는 귀가 칼을 대니 스윽 벌어졌고 이내 툭, 떨어졌다. 시원섭섭했다. 아니, 시원했다. 이제는 컴퓨터 때문에 신경 쓸 일이 없어졌기 때문에 마음이 편했다. 이보다 더 잘 맞을 순 없었다.

컴퓨터를 다시 컸다. 손은 떨리고 있었고 마음은 더 떨고 있었다.

2KG짜리 바벨을 양쪽에 달면 5KG이 된다

'password'

'hint'

'1904~44-44'

어라? 그대로였다. 헛웃음이 나왔다. 나는 컴퓨터의 전원을 끄고 본체를 열었다. 너무 성급하게 열어서 감전에 몸을 떨어야 했다. 모든 것이 제자리에 있었다. 나는 양쪽 귀를 하나씩 들고 강력 먼지 제거제를 뿌렸다. 그리고 귓불을 지우개로 닦아 내었다. 마지막으로 한 번 더 후~ 하고 분 뒤, 조심스레 하드디스크 위에 올려놓고 본체를 닫았다. 혹시나 하며 컴퓨터 본체에 꽂혀 있던 모든 코드와 선을 뽑았다가 다시 꽂고 전원을 켰다.

'password'

'hint'

'1904~44-44'

사실 별거 아닐 수 있다는 생각이 들었다. 그냥 44에서 44를 빼면 1904만 남는다. 곰곰이 생각해 보니, 그렇다! 1904년에 태어나서 1944년에 사망한 '이육사'가 떠올랐다. 마이너스 44는 음력 4월 4일이었다. 암호는 '264'였다.

AS기사가 떠올랐다.

'대부분 5만 원 이상이면 무이자 3개월이고요. 가만 보자. 이 카드로 이 금액이면 6개월 무이자 맞을 거예요.'

나는 꼬박꼬박 나가는 이자를 보며 카드 명세서를 구겨 버렸다.

이제야말로 모든 것이 다 끝났다는 편안한 마음으로 컴퓨터 전원 버튼을 눌렀다. 컴퓨터는 오래전에 자신을 기억하며 예전의 모습을 찾는 듯했다.

';'

컴퓨터는 다운되었다.

해피, 駭避. 恔妭. 哈詖.

오늘은 해피의 생일이었다. 어떤 선물이 좋을까 하는 망설임 끝에 요즘 유행하는 주머니 달린 옷을 선물하기로 했다. 옆집 '닥스훈트'종의 '부비'가 산책할 때 보면 다목적 주머니에 많은 것을 넣고 다녔다. 공원에서 부비를 바라보는 해피의 질투 어린 시선을 느낄 수 있었다. 잘됐다. 주머니를 조금 크게 만들었다. 비닐봉지와 집게도 넣고 모종삽도 넣고 물도 넣고 소시지도 넣었다. 그러나 해피는 나와는 달리 좋아하지 않았다. 내가 재단하느라 분주했지만, 해피는 심드렁한 표정으로 소파에 누워 텔레비전을 시청하고 있었다. 축하할 케이크도 동시에 만드느라 여간 바쁘지 않았다.

"해피, 누워서 보면 눈 나빠진다. 그리고 케이크에 얼굴 넣게 이리 와서 정면에 앉아 봐."

해피는 들은 척도 하지 않았다.

"해피, 너도 다른 개들처럼 엎드려 시청하든지 아니면 앉아서 시청해야 하는 것 아냐?"

해피는 계속되는 잔소리가 싫었는지 내 옆으로 다가와 앉았다. 카메라로 해피의 정면과 옆면의 얼굴을 차례차례 찍었다. 해피도 왼쪽 얼굴의 모습이 더 예뻐 보였다. 해피가 좋아하는 스테이크 케이크가 완성되자, 나는 서둘러 해피가 입을 옷을 완성했다. 이제는 해피에게 입히는 일만 남았다. 평상시 벗고 다녔던 해피에게 옷을 입히기는 쉽지 않았다. 나는 몇 번의 실랑이 끝에 결국 포기를 하고 고수들의 의견을 듣기로 했다. 스마트폰을 꺼내 들고 'SNS'에 올렸다. '애완견 옷 입히려면 어떻게 해야 하나요?' 클릭, 그때였다.

해피는 장난을 치듯 방 안 이곳저곳을 뛰어다녔다. 하지만 나는 아랑곳하지 않고 고수들의 의견을 수렴하고 있었다.

"해피, 이리 와 봐."

해피는 고개를 갸우뚱거리며 나에게 올까 말까 망설이다, 전투견답게 엄청난 속도로 나를 덮쳤다. 탁자 위에 놓았던 실뭉당이를 입에 물기 위해 힘껏 점프했고 탁자 위에 놓였던 케이크를 죄다 뒤집어썼다. 잠시 버둥거리던 해피는 소기의 목적을 달성했다. 그리고 앉아서 스마트폰을 확인하고 있던 나를 뛰어넘어 거실로 나갔다. 그런 해피를 잡기 위해 동시에 일어났던 나는 뭔가 아찔한 경험을 하게 되었다. 나일론 실이 하나 남은 귀를 스쳤고 귀는 반이 벌어졌다. 나는 귀가 떨어지지 않게 한 손으로 감싼 채 해피를 쫓았다. 해피는 장난치는 줄 알고 여기저기 뛰어다녔다. 쿵쾅대며 요동치는 내 가슴처럼 현관문도 진저리를 쳐 댔다. 아래층이었다. 그럴 것이었다. 나는 문을 열었고 그 틈으로 해피는 달렸다. 나는 가까스로 실뭉당이를 발로 밟았다. 해피는 공중에서 묘기를 하듯 한 바퀴 돌다가 방향을 바꿔 나에게 뛰어왔다. 깜짝 놀란 아래층 사람은 미친 듯이 아래로 뛰어 내려갔다. 그 와중에 해피는 문고리에 나일론 실을 두 번 감은 채 펄쩍 뛰었다. 위태롭게 매달려 있던 귀는 만유인력의 법칙을 성실히 이행했다. 나는 멍하니 그 자리에 멈춰 섰고 해피는 더는 움직이지 않는 실뭉당이를 포기하고 물컹거리는 귀를 물고 달렸다. 나는 그런 해피를 쫓았으나 중심을 잡기 어려워 그 자리에 주저앉고 말았다. 붕대를 찾았지만 여의치 않았고 일단은 해피의 옷으로 대충 싸맸다. 얼굴 여기저기에 커다란 주머니를 매달게 되었다. 일어서는데 현기증이 났다. 가까스로 한 걸음 한 걸음, 발을 떼며 덜덜 떨리는 몸으로 물을 마시기 위해 주방으로 갔다. 하지만 이미 집 안은 난장판으로 변해 있었고 깨진 화분을 밟지 않으려다 해피의 바퀴 달린 장난감을 밟았다. 그리고 커다란 주머니를 양쪽으로 흔들어 대며 넘어지기를 반복했다. 물 먹는 것은 포기했다. 나는 몸 구석구석을 더듬거리며 스마트폰을 찾아 긴급전화를 눌렀다. 몸은 사시나무 떨리듯 떨렸다.

"여보세요?"

"예. 말씀하세요."

"저, 귀, 제, 귀, 여, 귀."

　나는 이상한 놈으로 시작해서 이상한 놈 취급받으며 이상한 죽음에 맞닥뜨리고 있었다. 참 이상한 일이었다. 스마트폰의 배터리 때문에 GPS를 꺼둔 것을 후회하고 있었다. 그것을 다시 켰는지 어땠는지는 기억이 안 났다. "계세요?"라는 소리가 들렸고 마지막 자존심으로 킬킬대며 웃었던 것 같다. 그냥 데려가면 되지, 뭔 존댓말을 쓰고 참으로 예의 바른 저승사자다. 내가 미끄덩한 그의 손을 잡고 그의 품에 안겼을 때 그가 낯설지 않았다는 것은 희미하게나마 그의 유난히 검은 머리를 보았기 때문일 것이다.

나는 지상에서 2.6미터밖에 되지 않는 곳으로 이사를 왔다. 이제는 계절과 시간에 구애받지 않고 지상에서 불어오는 후끈한 열기와 한기를 받아들였다. 해피는 아파트 현관에서 44미터 떨어진 하수구에 대가리가 박힌 채 죽어 있었다. 평상시에도 누워 지내더니 그것이 목에 박혔으리라. 나는 베란다 이중문을 떼어 냈다. 냉장고에서 케이크를 꺼내 들고 서재에 가서 컴퓨터를 켰다. 바탕화면에 깔린 안단실을 보자 마음이 놓였다. 그녀에게서 귀를 산 사람들은 자동으로 그녀의 얼굴이 바탕화면 오른쪽 상단 모서리에 깔렸다. 45도 얼짱 각도로 찍어서 코털이 단연 돋보였고 4분마다 코털이 흔들렸다. 그것이 그녀의 특허였고 시장은 활성화되었다. 경쟁 업체들도 생겼지만, 상도 하나만은 지켰다. 옆 부촌 아파트 주민들한테는 팔지 않았다. 그녀가 '안본좌'였다.

그녀는 세상의 모든 귀를 거래하고 있었고 나를 한동안 괴롭혔던 '고흐'의 귀는 그녀의 집 베란다에 수북하게 쌓여 있었다. 오래된 귀들은 햇빛에 바래 아파트 내에서 열리는 알뜰 시장에까지 나와 있었지만, 아무도 거들떠보지 않았다. 결국 목요일 분리수거 때 한쪽 구석을 차지하고 있었다. 내가 오른쪽 귀를 잘라서 하드디스크 위에 올려놓았을 때 오류가 났던 것은 둘 다 왼쪽 귀여야 했기 때문이었다. 벽면에 비스듬히 걸려 있던 고흐의 자화상이 툭! 떨어졌다.

- 끝 -

버스는 나를 낯선 곳에 내려 주고 낯설지 않게 달렸다. 천천히 걷기로 했다. 이곳에 오기 며칠 전부터 많은 생각을 했다. 버스를 타고 이곳에 오는 내내 많은 생각을 했다. 버스에서 내려 버스정류장에 한참을 서 있었다. '그곳에 가야 하나?' 하며 많은 생각을 했다. 한 걸음, 한 걸음 걸을 때마다 많은 생각을 했다. 올 때마다 아버지에게 가는 길을 헤매었다. 분명히 머릿속에 가슴속에 새겨 두었었다. 길도 양 갈래밖에 없는데 왼쪽인지, 오른쪽인지 이상하게 헷갈렸다. 양 갈래 길에서 유심히 쳐다보았다. 자세히 보니 왼쪽 오른쪽이 아닌 아래쪽 위쪽이었다. 괜한 웃음이 나왔다. 뭔가 대단한 것이라도 발견한 것처럼 가슴이 들뜨고 양손에 땀이 나기 시작했다. 그리고 잠시 후 또 다른 고민이 생겼다. 아래쪽인가, 위쪽인가를 두고 고심을 했다. 오른쪽이 아니라 왼쪽이었기 때문에 아래쪽이 맞았다. 풀숲을 헤치며 걸었고 잠시 후 낯익은 잠시 후 낯선 농장이 나왔다. 못 보던 파란색 플라스틱 바구니가 대청마루 위에 있었고 색 바랜 녹색 장화는 아무리 봐도 아저씨 것이 아니었다. 하긴 일 년이 지났으니 하고 생각했을 때 경운기 안쪽으로 보일 듯 말 듯 개 한 마리가 껑충 뛰며 짖어댔다. 길은 거기서 끝나 있었다. 맞았다, 녹색 장화는 아저씨 취향이 아니었다. 다시 아래로 내려왔다. 양 갈래 길에서 자신 있게 위쪽으로 걸었다. 한참을 올라가니 저 멀리 앞쪽으로 파란 기와의 농장이 보였다. 거기서 오른쪽으로 돌아서 다시 위쪽으로 올라갔다. 왼쪽으로는 옥수수밭이 있고 오른쪽으로는 파란 대문이 달린 집이 있었다. 먼 친척이라는데 기억을 하려 해도 도무지 기억나지 않았다. 그냥 아저씨였다. 그래도 낯선 곳에서 아저씨가 있어서 반가웠다. 벌초하러 올 때마다 아저씨와 삼겹살에 소주 한잔하며 그저 말없이 웃곤 했다. 파란 대문 집 위쪽으로는 돼지 축사

2KG짜리 바벨을 양쪽에 달면 5KG이 된다

가 있었다. 아저씨와 술을 마시고 난 뒤, 남은 반찬들은 돼지 몫이었다. 불
콰해진 채 아저씨가 놓고 간 낫과 삼지창을 들고 아버지를 뵈러 갔다. 옥
수수밭과 돼지 축사 사이의 좁은 오르막길로 올라가니 시야가 확 트였다.
여기서 오른쪽으로 돌아서 밭둑길을 백 걸음 정도 걷다가 소나무가 양쪽
으로 기울어져 있는 풀숲을 헤쳐 들어가면 아버지가 기다리고 있었다. 그
렇게 오랜 고민 끝에 왔고 오면서도 무수히 생각했지만, 문득 아주 가끔
'왜?'라는 궁금증이 들었다. 왜 그랬을까? 엄마에게 곰돌이에게 나에게 왜
그랬을까? 그렇게 시간이 흐르자 결국 '왜 왔을까?'라는 의문이 들었다. 입
구에서 한참을 서 있었다. 한 걸음 떼기가 힘들었다. 돌아가고 싶었다. 돌
아가면 자유로울까?

엄마를 만난 지 십 년이 지나고 고모로부터 엄마가 죽었다는 전화 한 통
을 받았다. 그뿐이었다. 장례를 어떻게 치렀는지에 대해서 알려 주지 않
았고 나도 묻지 않았다. 눈물은 한참이 지나서 나왔다. 일 년이 지난 어느
날 길에 지나가다가 누가 "엄마!" 하고 부르면 눈물이 나왔다. TV에서 "엄
마!" 하고 부르면 눈물이 나왔다. 한 번, 딱 한 번 고모에게 전화했다. 외삼
촌을 혹시 아느냐고 물었고 모른다는 답변을 받았다. 이모를 아느냐고 물
었고 고모는 빠르게 모른다고 했다. 내가 망설이자 고모는 그냥 다 잊고
잘 살라고 하며 끊었다.

아버지가 컵에 오줌을 누고 있었다. 나는 말리지 않았다. 문제는 아버
지의 무분별한 컵 사용이었다. 아버지는 전용 컵을 사용하지 않았다. 아
버지에게 커다란 꽃 그림이 그려져 있는 컵을 주자 아버지는 고개를 끄덕

컵

이고 다음 날 내가 가장 아끼는 곰돌이 컵에 오줌을 누었다.

울상 짓고 있는 곰돌이가 보였다. 곰돌이는 따듯한 우유에 목욕하기를 좋아했고 때때로 우유에 꿀을 타기도 했다. 때로는 시원한 우유에 얼음까지 넣어서 가지고 놀았다. 이른 아침과 늦은 저녁에 아메리카노 목욕을 즐겼으며 신문을 정독했고 특히 광고를 좋아했다. 목욕하는 시간 외에는 늘 물구나무서기 자세를 취했다. 흔들림이 없는 좋은 자세였다.

아버지에게 대접을 권했지만, 사약 받는 기분이라며 고개를 절레절레 했다. 나는 서적과 인터넷을 통해서 오줌의 성분을 조사하였다. 백과사전에는 대사 과정에서 생기는 노폐물과 배설기관이 순환액으로부터 회수하여 몸 밖으로 내보내는 대체로 독성을 띤 물질이 들어 있는 액체 또는 반고체 용액이라고 나와 있었다. 아버지가 텔레비전을 시청하는 시간대에 미리 녹화해 둔 '오줌이 인체에 미치는 영향'이라는 DVD를 몰래 시청하게 했다. 또한, 자가 오줌 요법에 실패했던 사람들을 수소문 끝에 어렵게 찾았다. 하지만 그들은 오줌 요법은 컵이 중요하다는 아버지에게 설득당하고 대문 밖을 나설 때 자신의 분신처럼 개나리, 접시꽃, 코스모스, 동백꽃, 국화가 커다랗게 그려져 있는 컵을 소중히 보듬으며 떠났다.

오랜만에 친구와 포장마차에서 술을 마셨다.

"너는 아버지가 있어서 좋겠다."

친구의 말에 문득 소주가 참 좋은 술이라는 생각이 들었다. 소주 한 병은 지나간 추억들을 현재로 불러와 주었고 소주 두 병은 현재를 과거에 묻게 해 주었다. 친구는 소주를 두 병째 마시다 앞으로 고꾸라졌다. 친구는 고꾸라지기 전 늘 하는 말이 있었다.

"술에 취해 집에 갔는데 어머니가 아버지 언제 들어오느냐고 묻는 거

2KG짜리 바벨을 양쪽에 달면 5KG이 된다

야. 그래서 뭐, 곧 들어오겠죠, 했지" 하며 자신의 방에 가서 누우려다 보니 문득 죽은 아버지가 떠올랐다면서 "산 사람은 살아야지" 하며 긇아떨어졌다.

'툭 투 두둑, 투 두둑, 투 두둑, 투 두 두 두둑.'

포장마차의 묘미는 비닐지붕 위로 떨어지는 빗방울 소리를 듣는 것이다. 긇아떨어진 친구를 보며 아버지와 곰돌이를 생각하다 보니 평상시 주량보다 훨씬 많이 마시고 있었다. 나는 가까스로 새벽이 되어서야 집으로 왔고 술인지 뭔지 목구멍까지 가득 차올랐다. 그래도 목이 몹시 말랐다. 부엌 개수대에서 찬물을 마시려고 수도꼭지를 틀려다가 창문 밑에 우유가 담겨 있는 곰돌이 컵이 보였다. 나는 벌컥벌컥 들이마셨다. 그리고 잠시 후, 지난 몇 시간의 과거를 모두 쏟아 내었다.

다음 날 아버지와 보건소를 찾았다. 아버지는 치매였다. 의사에게 관절염과 오줌에 관해 물어보려다 치매라는 단어가 떠올라 더는 물어보지 못했다. 아버지를 요양원에 보내는 게 어떻겠냐는 것이었다. 나는 약물만, 이라고 하려다 입을 다물었다. 어떻게 보면 그것이 서로에게 편한 방법일 수 있었다. 하지만 줄곧 나는 아버지와, 아버지는 나와 살았다. 아버지는 보건소에 갔다 온 후, 다시는 컵을 찾지 않았다.

월드컵이 시작되었다. 시청광장에 모인 수많은 인파는 붉은 물결을 이루었다. 시청광장도 또 다른 거리도 아버지가 보고 있는 TV 화면도 온통 붉었다. 아버지는 TV를 껐다. 아버지가 TV를 다시 켰을 때는 월드컵 결승전이 한창이었고 브라질이 우승을 차지하였다. 브라질 선수들은 한 몸이 되어 뒹굴고 환호했다. 브라질 선수들이 한 덩어리가 되어 황금 컵을 들자 노란 물결이 일었다. 그 모습에 아버지는 벌떡 일어났다. 그리고 무언가 잃어버린 것을 찾느라 분주히 왔다 갔다 했다. 아버지가 곰돌이를 찾았다. 나는 망설이다 곰돌이 컵을 가져다주었고 아버지는 고개를 저었다.

퇴근길에 인형 가게를 들렀고 노란색 옷을 입고 있는 커다란 곰돌이 인형을 아버지에게 안겨 주었다. 아버지는 곰돌이를 안고 이리저리 뛰어다녔다. 주말이었지만 나는 일을 하고 있었고 아버지를 챙겨 줄 엄두를 못 내고 있었다. 하지만 아버지 곁에는 곰돌이가 있었다. 곰돌이와 식사도 하고 TV도 보며 웃고 있었다.

의사는 아버지를 살펴본 후, 이대로 내버려 두면 더는 안 된다고 했다. 내가 의사와 상담을 하는 동안 아버지는 곰돌이를 본 것 같다며 복도 끝으로 뛰어갔다. 곰돌이를 간호사가 안고 갔다며 "납치다, 유괴다" 하며 소아 병동으로 뛰어갔다. 나는 아버지와 버스를 기다렸다.

"이거 타면 동물원 가나?"

주말에 아버지와 동물원을 찾았다. 아버지는 동물원 쪽으로 가지 않았다. 아버지는 동물원 팻말 앞에서 한참을 서 있었고 그 반대편인 놀이동산으로 갔다. 나는 멋쩍게 아버지와 놀이기구를 쳐다보았다. 아버지가 황급히 찾아간 곳은 빙글빙글 돌고 있는 회전 컵이었다. 아버지는 아이처럼 "컵이다, 컵" 하며 뛰어오르려고 했다.

내일이면 아버지는 요양원으로 간다.

집으로 올라가는 계단 밑에서 한참을 서성거렸다. 첫발을 떼기가 어려웠다. '첫'이라는 단어는 가슴 설레게 하지만, 감동이나 아픔을 주기 때문이다. 이대로 멈출까? 남들이 간다고 꼭 가야 하나? 그러다 문득 지난날이 떠오르자 한 걸음 한 걸음 나아가기 시작했다. 엄마도 곰돌이도 명확한

2KG짜리 바벨을 양쪽에 달면 5KG이 된다

피해자고 아버지는 그저 가혹한 가해자일 뿐이라는 생각에 이르자 좀 전과는 다르게 발걸음이 가벼워졌다. 하지만 계단을 오르는데 천 길 낭떠러지로 떨어지는 느낌이 들었다. 평상시 처진 걸음으로 일 분이면 올랐었는데 십 분이 넘어도 집은 보이지 않았다. 얼마나 걸었을까, 계단 끝에 하얗게 빛나는 것이 보였다.

'설마, UFO?'

회전 컵이었다. 컵은 천천히 돌았다. 나는 계단을 뛰어 올라갔다. 아버지가 컵에서 목욕하고 있었다. 노란 물이었다. 아버지는 평온해 보였다.

아버지는 나와 여행을 간다고 하자, 이것저것 밤새 짐을 쌌다가 풀기를 반복했다. 그러더니 곰돌이 인형을 안고 한참을 앉아 있었다. 그리고 곰돌이 인형을 소중히 안고 잤다. 아침에 눈을 뜨자마자 나는 부리나케 아버지 방으로 가려다 부엌에서 식사 준비를 하는 아버지를 보았다.

나는 고등어를 좋아했다. 어렸을 적 아버지와 시장에 가면 고등어를 사자고 늘 졸라 댔다. 하지만 커다랗고 싱싱해 보이는 고등어는 살 수 없었다. 아버지는 큰 고등어를 만져만 보고 그 옆에 잔챙이 같은 것만 샀다. 처음 고등어를 사 온 날 아버지는 나름 정성껏 요리했지만, 맛은 비렸다. 그후로 고추장도 넣어 보았고 된장도 간장도 식초도 넣었었지만, 맛은 여전히 비렸다. 그러다 묵은 김치를 넣게 되었고 나는 차츰 고등어와 묵은 김치의 비린 맛에 익숙해져 갔다.

아버지는 어제 시장에 다녀왔다. 그렇게 큰 고등어는 처음 봤다. 아버지는 나름 터득한 비결로 고등어를 전날 우유에다 담가 놓았다. 우유에 담가 놓으면 비린내가 제거된다며 고등어 요리를 한 지 수년이 지난 어느 날 한 손에는 고등어를 한 손에는 우유 팩을 들고 부엌에서 한숨을 쉬는 아버지를 보았다. 아버지는 어제 우유와 함께 고등어를 샀을 것이다. 그리고 깜빡하고 고등어를 담가 놓았던 우유를 곰돌이 컵에 담았을 것이다. 얼마 전 개수대에서 토악질해 댄 생각이 여기까지 미치자 지난 과거가 스멀대며 온몸을 휘감았다. 아버지는 고등어 가시를 죄다 발라 살만 내 밥에 얹었다. 나는 말없이 받아먹었다. 아버지는 작은 사진첩만 손에 꼭 쥐고 내 앞에 서 있었다. 아버지와 손을 잡고 버스 맨 뒤 칸에 앉았다. 버스 맨 뒤 칸에 앉다 보면 자꾸 뒤를 돌아보고 싶은 생각이 들었다. 하지만 돌아볼 용기가 없었다. 돌아보면 누군가 뛰어올 것 같았다. 아버지와 버스에서 내리고 택시를 기다렸다.

"걷자."

한동안 길가에 서 있었다. 아버지는 지금 우리가 어디로 가고 있는지 알고 있었다. 아버지의 뒤를 조심스레 따랐다. 아버지가 손을 내밀었다. 나는 아버지의 손을 꼭 잡았다. 우리는 요양원에 도착했다. 아버지가 주사를 맞고 치료를 받는 동안 필요한 절차를 밟았다. 온돌과 침대 방이 있는데 아버지는 침대를 택했다. 정해진 시간 외에는 자유시간이라고 했다. 나는 아버지가 앞으로 생활하게 될 방문을 열었다. 문을 열자마자 침대가 보였고 오른쪽에는 텔레비전이 그 옆으로는 옷장이 있었다.

"요양원이요?"

이곳저곳을 알아보고 있었다. 교통편과 시설 등을 물어보았고 직접 가

　　　　　　　2KG짜리 바벨을 양쪽에 달면 5KG이 된다

서 확인도 해 보았다. 병원과는 또 다른 분위기였다. 입구조차 낯설었다. 여기저기 들르다 보니 거기가 거기였다. 어딜 가나 원장 선생님과 요양보호사 모두 친절했다. 갈 때마다 근처 음식점에서 요기를 해결했고 갈비탕이 가장 맛있는 음식점이 있었던 요양원을 택했다. 거리가 조금 멀었지만, 요양보호사가 유명했고 시설이 괜찮았다. 아버지에게 갈 때마다 갈비탕집을 찾았고 다시 찾았을 때는 갈비탕집이 장사를 접어서 무척 아쉬웠다.

방 안의 공기는 음습했고 탁했다. 창문은 끝내 열지 못했다. 열 수 있는 구조가 아니었다. 창문은 덕지덕지 실리콘 테두리로 넘쳐났다. 아버지에게 잠깐 어디에 좀 다녀온다고 하자, 가게에 가는 거냐고 물었고 나는 고개를 끄덕였다. 아버지는 내게 뭐라고 하며 뭔가 사다 달라고 했다가 이따 같이 가자고 하며 요양원으로 들어갔다. 밤하늘에 별들도 도로의 불빛들도 모두 없었다. 나는 한때 아버지가 사라져 주기를 바랐다. 불빛이 없는 버스정류장의 버스는 오지 않았다. 눈을 감았다가 떠 보니 달빛에 비친 아스팔트 길이 아파 보였다. 나는 순간 엎드려 어디가 아픈지 물어볼 뻔했다.

일주일 후, 요양원에서 전화가 왔다. 아버지가 요양원에서 잘 지내다가 갑자기 팔팔 뛰면서 온 방을 휘젓고 다녔고 방문을 주먹으로 치며 발길질을 해 대는 통에 다른 방까지 불안을 조성했다고 했다. 집에 가겠다고 아들이 날 버렸다며 대변을 줄줄 흘리면서 경찰에 고발하겠다고 으름장도 놓았다고 했다. 그리고 번호를 불러 주며 전화 좀 해 달라고 '909-9000번'

이 번호로 아들에게 전화해 달라고 했다며 원장은 더 지켜보다가 심하면 퇴실 조치하겠다고 말했다.

버스는 오지 않았다. 나는 맞은편 광고탑만 한동안 멍하니 보고 있었다. 909번을 보내고 9000번에 몸을 실었다. 승객이 많지 않아서인지 해질 녘 때문인지 차창 밖의 거리도 버스 안도 그리움이 몸서리쳐지도록 다가왔다. 원장은 아버지가 휠체어를 타고 다니면서 환자들과 대화도 하고 식사도 잘한다고 했다. 그러다 돈 걱정을 했는데 원장은 "아들이 다 내니까 걱정하지 마세요"라고 말했다고 했다. 적응을 잘하고 있어서 다행이었다. 아버지를 보고 가려다 적응하려면 시간이 더 필요하다는 원장의 말에 멀리서 보다가 발길을 돌렸다.

나는 아버지의 옷가지와 깔 자리를 태우면서 마음 깊숙이 차지했던 응어리도 함께 태우려고 노력했다. 아버지의 낡고 해진 지갑을 열어 보았다. 엄마의 흑백 사진 한 장이 들어 있었다. 엄마는 참 예뻤다. 불은 확 타오를 줄 알았는데 근근이 꺼지지만 않았다. 매캐한 냄새에 잠시 자리에서 일어났다. 마지막 연기가 사라진 주위는 서늘했다. 다 태워 버리고 싶었다. 하지만 수납장만은 태우지 못했다. 엄마가 버스를 타고 떠난 날부터 나는 수납장을 여닫고를 반복했다.

아버지가 쌍여닫이문 수납장을 사 온 날, 엄마는 수납장을 매일 닦고 안에 무언가를 넣고 흐뭇해했다. 가끔 보따리를 풀었다 묶었다 하며 웃음을 지어 보였다. 어느 날 아버지가 엄마의 수납장을 뒤지고 있었다. 엄마는 아버지를 밀치며 수납장을 등으로 막아섰다. 누구보다 수납장을 아꼈던 엄마의 당연한 행동이었다. 결국, 아버지는 수납장을 가지고 가지 않았

2KG짜리 바벨을 양쪽에 달면 5KG이 된다

다. 수납장을 발로 한 번 걷어차고 안에서 보따리를 들고 나갔을 뿐이었다. 엄마는 수납장을 안고 한참을 울었다. 나도 다행이라는 생각이 들어서인지 눈물이 나왔다. 그 후로 엄마는 더는 수납장을 보듬고 있지 않았다. 다만 가끔 수납장에서 막대사탕을 꺼내 내게 주었다. 아버지도 수납장에게 미안했는지 한동안 집에 들어오지 않았다. 그 한동안이 일 년같이 느껴졌다.

아버지는 소주 한 병을 들고 수납장 옆에 앉아 있었다. 맨 정신으로는 부끄러웠는지 어디서 한껏 취해서 큰 소주병을 들고 마셨다 놓기를 반복했다. 수납장도 아버지를 용서해 주기라도 한 듯 가슴을 활짝 열어 놓고 있었다. 그런 수납장이 야속했는지 엄마는 수납장을 남겨 두고 버스를 타고 떠났다.

나는 버스가 떠날 때까지 서 있을 수밖에 없었다. 버스가 출발하자, 나는 뛰었다. 엄마는 버스 안에서 나를 보며 울었다. 버스를 보내고 아버지 곁에 왔을 때 곰돌이 인형을 안고 있는 여자아이가 있었다. 나는 여자아이를 밀쳤고 여자아이가 안고 있던 곰돌이 인형은 땅에 떨어졌다. 여자아이를 쳐다보며 곰돌이 인형의 배를 천천히 짓밟았다.

"사랑해, 사랑해, 사랑해."

내가 곰돌이 배를 밟을 때마다 곰돌이는 사랑한다고 말했다. 사랑한다는 말투는 높낮이가 없었다. 비명을 지를 만도 한데 안색 하나 바뀌지 않았다.

엄마는 모두 버리고 떠났다. 엄마가 떠난 날, 유독 밤늦도록 슬프게 운 건 곰돌이었다. 내가 지쳐 뒤척일 때 곰돌이는 나를 재우면서 계속 울어댔다. 곰돌이의 눈가는 촉촉하게 젖어 있었다. 내가 일부러 닦아 내지 않는 한 눈망울이 그렁그렁하였다. 엄마가 미워서였는지 곰돌이가 지겨웠는지 나는 우두커니 앉아 있기 일쑤였다. 어느 날 친구에게 빌린 교과서에 곰돌이가 눈물을 쏟았다. 그것이 눈물이었는지 정신 차리라고 냉수 한 바가지 씌운 건지 모르겠다. 곰돌이는 시원하듯 뒤로 벌렁 누워 발버둥을 쳐 댔다. 나를 위해 자신을 희생했는데 나는 곰돌이를 뒷전에 두고 교과서부터 챙겼다. 곰돌이는 그런 내 모습이 야속했는지 한동안 내게 눈길도 주지 않았다.

여자아이는 나보다 한 살이 많다고 했고 말을 하지 못했다. 나는 그 애를 곰돌이라 불렀다. 곰돌이는 우유를 좋아했고 큰 컵에 마시다 곧잘 흘리곤 했다. 아버지는 술만 마시면 곰돌이를 패대기쳤다. 곰돌이는 반항하지 않았다. 아버지가 공장에 가면 나는 공원에 나와서 소꿉장난을 했다. 이웃 아주머니가 나를 보며 혀를 끌끌 찼다. 처음에 나는 아주머니에게 인사를 하며 방긋 웃어 보였다. 하루가 다르게 곰돌이는 말라 갔다. 어느 날 곰돌이는 깍깍거렸다. 아버지가 공장에 간 후, 곰돌이가 있는 방으로 가 보았다. 곰돌이는 창문을 손으로 박박 긁고 있었다. 곰돌이의 원망 어린 시선에 깜짝 놀라 다시 문을 잠갔다. 나는 문에 기대어 앉았다가 온기를 느껴 밖으로 도망치듯 나갔다. 공원에서 놀다가 배가 고파 부리나케 집으로 달려왔다. 하지만 곰돌이가 아버지로부터 능욕을 당하고 있었다. 곰돌이가 애원하는 눈빛을 보였으나 아버지는 몇 번이고 곰돌이의 머리통을 탁, 탁, 퉁기며 노란 물대포를 쏘아댔다. 곰돌이는 몸으로 결사 항전을 해 보았지만, 망나니의 격렬한 춤사위 앞에 온몸을 떨어야 했다. 나는 용서할 수 없었다. 하지만 이제 여섯 살인 내가 할 수 있는 건 아무것도 없었다.

빛이 없는 사각의 링에서 쉬지 않고 뛰었다. 적의 형태를 알아볼 수 없는 것이 가장 두려웠다. 적은 하나가 아니었다. 적은 나를 둘러싸고 내 육체와 정신을 갈기갈기 찢었다. 주먹이 부서지라 휘둘렀고 주먹이 둔탁한 곳을 스치고 나서 무척이나 후회했다. 무언가에 걸려 넘어질 때만 해도 다시 일어설 줄 알았다. 차가운 바닥도 입김이 나오는 어둠 속의 냉기도 나의 혼란을 가중하지는 못했다. 이곳에서 나가면 반드시 복수하겠다고 다짐했다. 이것은 지극히 당연한 일이고 누구나 다 그럴 것이라며 나를 위로했다. 잠시 후, 밖에서 '달그락', '탕탕', "빌어먹을"이라는 소리가 들렸다. 나는 목청껏 노래를 불렀다. 겨우 한 곡 불렀는데 목이 쉬었다. 록 가수가 참 위대하다는 생각이 들었다. 폐병 환자처럼 기침과 눈물이 범벅될 때쯤 '달그락, 달그락', '탕탕, 탕탕', "빌어먹을, 빌어먹을 새끼"라는 소리가 들렸다. 나는 도중에 포기하려고 했다. 하지만 자존심이 상했다. 그냥 뛰지 말고 가만히 있었으면 어땠을까, 라는 생각이 들었을 때는 이미 모든 것이 무너져 가고 있었다. 이제는 누워 있는 것만으로도 벅찼다. 온몸에 땀이 가득했고 정신은 혼미해져 갔다. 지는 것이 이기는 거라며 엉금엉금 기어서 문고리를 잡았다. 하지만 끝내 돌리지는 못했다. 좀 전에 누웠던 바닥을 찾아 편안히 누웠다. 온기가 느껴졌다. 잠잠히 무언가를 노려보고 있었는데 부드러운 손길이 내 양어깨를 잡자 내 몸은 들썩이기 시작했다. 혼돈이 왔고 무언가를 때렸던 기억이 났다. 하지만 그럴수록 내 육체와 정신은 부서지고 무너졌다. 이로써 아버지에 대한 반항의 단식은 하루 만에 비참하게 끝났다.

수납장에는 엄마가 남기고 간 해진 장갑이 있었다. 나는 수납장을 열고 그 안에서 엄마의 장갑을 낀 채 앉아 잠이 들곤 했다. 형태가 다르지만, 아버지도 나와 비슷한 행동을 보였다. 그날도 여느 때와 같이 아버지는 잔뜩 술에 취한 채, 수납장을 뒤지다 잠이 들었다 깨다를 반복했다. 그러기를 여러 번 그러다가 벌떡 일어나서 우유에 꿀을 잔뜩 따르고 있었다. 그때 전화가 울렸고 전화를 받는 동안 곰돌이가 우유를 마셔 버렸다. 아버지는 날뛰었다. 곰돌이는 머리채가 흔들리면서도 끈적끈적한 것이 온몸을 타고 흘러내려도 우유를 마셨고 우유를 빨았고 우유를 핥았다. 그 후로 곰돌이는 밥 대신에 우유를 찾았다. 따뜻한 우유 마시기를 좋아했고 때로는 우유에 꿀을 타 먹기도 했다.

공원에서 소꿉장난을 하고 있었다. 공장에서 돌아온 나는 정성스럽게 차려 놓은 아내의 밥을 먹었고 아이도 내 말을 아주 잘 들었다. 아이는 공부를 잘했다. 하지만 영어를 좀 잘한다 싶더니 외국으로 가 버렸고 아내는 다른 사내의 손에 이끌려 간 후, 다시는 볼 수 없었다. 그래도 혹시 나에게 돌아올까 봐 그날도 멍하니 서서 아파트 입구를 바라볼 때였다. 한 아주머니가 나에게 다가와서 과자 한 봉지를 내밀었다. 그리고 집에 나말고 누가 또 있느냐고 물었다. 내가 망설이자 아주머니는 나를 벤치에 앉혔다. 그리고 아주머니들이 더 왔다. 과자를 준 아주머니는 내 머리를 쓰다듬었고 두 아주머니는 내 뒤에 서 있었다. 나는 고개를 숙인 채, 과자 봉투에 손을 넣고 만지작거렸다.

"혹시 너 말고 집에 누가 또 있니?"

"곰돌이요."

과자를 준 아주머니는 내 손을 꼭 잡고 등을 두드려 주었고 뒤에 있던 아주머니들은 눈물을 흘렸다. 그날 저녁때 우리 집 현관문이 부서지는 줄 알았다. 결국, 현관문 때문에 이사하게 되었고 곰돌이는 땅에 질질 끌려

2KG짜리 바벨을 양쪽에 달면 5KG이 된다

가다시피 하며 고모와 같이 떠났다.

아버지가 손을 흔들었다. 차창 밖으로 곰돌이가 보였다. 곰돌이는 버스가 떠날 때까지 서 있었다. 버스가 출발하자 곰돌이는 뛰었다.

고모로부터 전화가 왔다. 곰돌이가 착한 사람을 만났고 잘 지내고 있으니 아무 걱정하지 말라고 했다.

시간은 빠르게 지나갔다. 하지만 내 주변은 그다지 변하지 않았다. 조금씩 초췌해져 가는 곰돌이 인형과 조금씩 낡아 가는 가구와 원래의 기능을 상실해 가는 전자 제품, 조금씩 닳아 가는 옷가지와 신발이 다였다. 아버지는 같이 있어도 멀리 떨어졌어도 내게 별로 달라지지 않았다. 곰돌이를 손으로 털어 내다가 세탁기에 돌렸다. 오랜만에 하는 하얀 거품 목욕이라 그런지 신나서 이리저리 몸을 굴려 댔다. 맘껏 자유를 느끼고 있었다. 한 시간의 자유가 끝나고 내가 곰돌이를 찾았을 때 곰돌이는 아쉽다는 표정으로 나를 물끄러미 쳐다보았다. 나는 곰돌이를 들어 베란다에 있는 탁자 위에 올려놓았다. 창문 밖을 바라보는 곰돌이의 모습이 쓸쓸해 보였다. 왼쪽 손은 푹 꺼지고 오른쪽 어깨는 쑥 들어갔다. 나는 냉장고에서 커다란 고등어를 한 마리 꺼냈다. 용기에 우유를 붓고 고등어를 담가 놓았다. 비가 소리 없이 내렸다. 세발낙지를 물에 담갔다. 낙지를 통째로 입속에 넣고 잘근 깨물었는데 고등어 맛이 났다. 낙지 맛이 기억나지 않았다.

나는 냄비를 꺼내서 까 놓은 양파를 냄비 바닥에 길게 깔았다. 어제저녁 용기에 우유와 담가 두었던 고등어가 보였다. 지글지글 우유가 탔다.

컵

나는 냄비를 꺼내서 까 놓은 양파를 냄비 바닥에 길게 깔았다. 어제저녁 용기에 우유와 담가 두었던 고등어가 보였다. 지글지글 우유가 탔다. 신경성 위염인지 속이 쓰리고 메스꺼웠다. 뭘 먹어도 먹은 것 같지 않고 계속해서 속만 메스껍고 쓰렸다. 병원에 한 번 갔다 와야 하는데 아직은 덜 아픈지 약을 먹고 시간이 조금 지나면 아무렇지 않았다.

나는 냄비를 꺼냈다. 까 놓은 양파를 냄비 바닥에 길게 깔았다. 어제저녁 용기에 담가 두었던 고등어를 꺼내 냄비에 끓였다. 고등어가 상했다. 비가 소리 없이 내렸다. 곰돌이는 여전히 바람을 쐬고 있었다.

병원을 찾았다. 건망증이었다. 의사는 건망증이 치매가 될 수 있다고 말했다. 치매도 유전이라고 했다. 문득 아버지가 생각났다. 예치금을 넣어 봐야 하나? 요양원에서 쫓겨 나와 이곳저곳으로 떠돌아다닐 아버지가 떠오르자, 울음이 나왔다. 건망증인가?

친구로부터 아버지를 보았다는 전화를 받았다. 퇴근길에 포장마차에 들렀다. 비는 오지 않았다. 밤하늘에는 별이 총총 떠 있었다. 화장실에 가려다 돌아서 나왔다. 목이 몹시 말랐다. 멀리서 누가 손을 흔들었다. 가까이 가서 보니 동네 꽃가게 주인이었다. 입구에는 국화꽃이 흐드러지게 피어 있었고 곰 같은 강아지 한 마리가 올려다보았다. 아저씨는 웃으며 상자를 내밀었다. 집으로 올라가는 계단에는 가로등이 유난히 밝게 비추고 있었다. 하지만 계단은 끝이 없었다. 무언가 하얀빛에 끌려 계단을 껑충껑충 뛰어올랐다. 구질구질 비가 내렸다. 차가운 기운을 느꼈다. 바닥에서 일어났다. 찢긴 종량제 봉투에서 발을 빼고 상자를 집어 들었다. 쌓여 닫이문 수납장에 상자를 넣어 두었다.

창문을 활짝 열었다. 햇살이 눈부셨다. 구석구석 묵은 먼지는 바람에

2KG짜리 바벨을 양쪽에 달면 5KG이 된다

실려 밖으로 나갔다. 중고 시장에서 산 흔들의자를 창문 가까이에 끌어다 놓고 앉았다. 흔들의자는 익숙지 않았다. 삐걱하는 소리도 귀에 거슬렸고 털썩 앉으면 뒤로 넘어갈 것 같았다. 오래전 영화의 한 장면에서 창문을 열고 먼 산을 바라보며 흔들의자에 몸을 맡긴 채, 세상과의 끈을 놓는 노인을 보면서 참 평화롭다는 생각이 들었다. 나도 언젠가는 저렇게 해 봐야지 했었다. 하지만 바람이 불어 창문을 닫았고 따스한 햇볕에 몸을 맡기는 것이 지금의 분위기와 더 맞아떨어진다는 생각이 들었다. 몸을 흔들의자에 맡기고 천천히 누웠다. 몇 번을 왔다 갔다 하니 구역질이 났다. 어릴 적 멀미가 났을 때 버스 창가에 기대어 앉아 있는 것처럼 의자에 기댄 채 눈을 감았다.

전화벨이 울리면 아버지는 수화기를 들었다가 살며시 놓았다. 그러기를 여러 차례 다시 전화벨이 울리자 이번에는 전화기가 부서지라 수화기를 내려놓았다. 전화벨은 한동안 울리지 않았고 저녁 열두 시가 다 될 무렵에서야 수화기를 들고 엄마와 대화를 이어 갔다.

버스는 오랜 시간이 지나서야 아주 낯선 곳에 아버지와 나를 내려놓고 연기를 뿜어대며 사라졌다. 아버지는 손목시계를 몇 번이고 쳐다보며 줄담배를 피웠다. 어제저녁 내 손목을 잡고 시장에 가서 새 옷을 샀다. 옷이 크다는 주인아줌마의 말을 무시했고 옷의 색깔이 맘에 안 든다는 내 말도 무시했다. 아버지는 이쪽저쪽 번갈아 가며 쳐다보더니 그 자리에 쪼그려 앉았다. 시간이 조금 지나자 이곳이 그리 낯설지 않았다. 나도 아버지 곁에 쪼그려 앉으며 흙바닥에 그림을 그렸다. 그때 내 이름이 불리고 나는 소리 나는 쪽으로 고개를 돌렸다. 그토록 보고 싶었던 엄마가 나를 향해 뛰어오고 있었다. 나는 자리에서 벌떡 일어났지만, 아버지의 소나무 등껍질처럼 거친 손아귀에서 빠져나오지 못한 채 내동댕이치듯 한 바퀴 돌아서 아버지 뒤로 휘청대며 섰다. 엄마의 비명과 울음소리에 눈물이 왈칵 쏟아졌다. 엄마의 양손에는 보따리와 종이가방이 들려 있었다. 멀리서 버스가 천천히 왔지만, 아버지는 나를 빠르게 끌고 버스로 향했다. 엄마 품에 한 번만 안기고 싶었다. 엄마 손을 한 번만 잡고 싶었다. '빵빵'대는 버스 앞에서 내 몸은 반쯤 들렸고 엄마는 보따리와 종이가방을 아버지 손에 쥐여 주려고 했지만 그러지 못했다. 다시 한번 '빵빵'대는 버스 앞에서 엄마와 아버지는 실랑이했다. 버스 문이 열리고 아버지는 나를 버스 안으로 던지다시피 했고 버스 계단에 정강이를 부딪친 나는 다시 한번 왈칵 눈물을 쏟았다. 아버지는 또다시 엄마를 밀쳤고 보따리에서는 음식물이 번져 나왔다. 나는 버스 안에서 달려 맨 뒤 칸 유리창으로 엄마를 쳐다보았다. 엄마가 가지고 온 종이가방에는 내가 좋아하는 색깔의 옷이 들어 있었다. 버스가 천천히 출발하자, 아버지는 버스 기사에게 고함을 쳤고 버스는 연기를 뿜어대며 빠르게 달렸다. 울음을 그치라며 아버지는 나의 뺨을 한 차례 때렸다. 신기하게 눈물이 뚝 그쳤다.

창문 넘어 차가운 바람이 불었다. 나도 모르게 눈물을 흘리며 눈을 떴다.

"가게에 가느냐? 아니다. 이따 같이 가자."

"화장실 나오다가 봤어. 정말이야."

"이거, 전해 주라고."

나는 흔들의자에서 일어났다. 수납장에 넣어 두었던 상자를 꺼내 열어 보았다. 막대사탕? 엄마가 수납장에서 꺼내 주었던 그 막대사탕이었다.

나는 웃음이 나왔다가 울음이 나왔다. 수납장 안에 있던 해진 장갑을 낀 채 잠이 들었다.

시간이 흐르고 아버지는 점점 야위어 갔다. 씹는 것도 힘들고 소화력도 약해서 될 수 있으면 가장 부드러운 것을 사야 했다. 홍시, 바나나, 카스텔라 등. 하지만 이제는 그런 것들도 넘기지 못했다. 침대가 세로에서 가로로 돌려져 있었다. 아버지의 양손은 침대에 묶여 있었다. 욕창으로 고름이 흐르고 몸이 가렵다며 온몸이 피가 나도록 긁어서 취한 조치였다. 몸에서 고름은 쉬지 않고 흘렀고 가려워도 긁지 못해 몸부림을 치다 보니 침대가 돌아간 것이었다. 원장은 아버지의 혀가 입 밖으로 나와 있는데 이 상태로는 얼마 못 간다고 했다.

마지막 풀을 베고 아버지 옆에 앉았다. 아버지는 컵에 몸을 맡겼고 내가 찾아가면 항상 숨바꼭질하며 컵을 뒤집어쓰고 있었다. '못 찾겠다 꾀꼬리'는 하지 않을 것이다. 서울을 떠나올 때는 할 얘기가 참 많았었는데 막상 오면 할 말이 없었다. 아버지와 원래부터 대화가 어색했던지라 나는 멍하니 앉아 있다가 잠이 들곤 했다. 꾀꼬리 소린지 뭔지에 잠에서 깼다. 비가 추적추적 내리고 있었다. 나는 주머니에서 막대사탕을 꺼내 입에 물고 빠르게 내려갔다.

- 끝 -

석쇠

불에 달구어진 석쇠는 서로에게 낙인이 찍힐 수 있는 무시무시한 존재였다.

　호흡을 가다듬었다. 경건한 정신과 육체를 위해 술과 담배 모두 끊었다. 오전 다섯 시면 뒷산 공원에 올라 턱걸이와 평행봉으로 시작해서 물구나무서서 걷기로 마무리 지었다. 틈만 나면 손바닥 팔굽혀펴기에서 손가락 팔굽혀펴기, 각종 악력 기구로 손아귀의 힘을 단련했다. 정기적으로 최소한의 장비만을 갖고 암벽 등반을 했다. 태양을 향해 손바닥을 쫙 펴서 기를 받았다. 머리 위로 세배하듯 손을 모은 다음 구부렸다가 피기를 수없이 반복했다. 잡념을 버려야 했다. 마음을 비우지 않으면 기가 쌓이지 않는다. 속세를 떠나는 것이 아니다. 적어도 과거에 집착하지 말고 버릴 건 뭐가 됐든 버려야 한다는 것이다. 나는 물의 온도를 점차 올리면서 양손을 적응시켰다.

　사장이 처음 건넨 석쇠는 오래전 유물로 전해 내려온 '섯쇠'의 형태로 낡아빠지고 흐물흐물하기까지 했다. 나는 이왕이면 양손에 꽉 들어 잡히는 단단한 석쇠를 찾아 발품을 팔았다. 재료의 재질, 두께, 길이, 무게, 열전도, 색상, 도장 상태, 구멍의 직영 등 그 어떤 것 하나도 소홀히 하지 않고 꼼꼼히 살펴보았다. 처음에는 무작정 석쇠의 장인을 만나 보려 했다. 하지만 단지 호기심으로 대면하고 싶지 않았다. 적어도 명검의 주인을 기다리기라도 한 것처럼 장인으로부터 인정받고 싶었다. 또한, 어설픈 지식으로 대화를 방해하고 싶지 않았다. 석쇠를 잡아 보면 무게의 전달만으로 기품을 느낄 수 있었다. 무게는 중요하지 않았다. 가벼운 석쇠라도 장인의 기가 완벽하게 들어 있다면 쇳덩이를 올려놓아도 휘거나 흔들리지 않는다. 또한, 무거워서 일반 사람이 두 손으로 들어야만 하는 석쇠라도 아무렇게나 성의 없이 만든 석쇠라면 결과는 확연히 달라진다. 진짜 무게를 표현하는 것이 아니다. 아무리 오랜 경력이 있더라도 노릇노릇하게 굽지 못한다는 뜻이다.

시장통은 북적거렸다. 갓길에 트럭이 빼곡하게 주차되어 있어서 더 혼잡스러웠다. 소형 차량 트렁크의 부피만큼 물건을 실은 오토바이가 곡예하듯 다가왔다. 기를 모아 여유 있게 피했다. 주차된 트럭 사이로 준중형 SUV의 전폭만큼 물건을 실은 오토바이가 다가왔다. 이것은 청력과 동시에 상하 약 칠십오도 수평 이백십 도의 시지각을 최대한 끌어올려야만 가까스로 피할 수 있다. 만약의 경우, 오늘의 미세먼지 농도가 이백 마이크로그램 퍼 큐빅미터 이상일 때 마스크를 착용하지 않았다고 가정해 보자. 기침과 재채기로 인해 고개가 숙여지고 손으로 막고 그로 인한 눈 충혈로 이어지면, 자칫 대형 사고로 이어질 수 있다. 나는 왼쪽에 세워 둔 트럭을 의식하며 오토바이를 피하는 과정에서 운반 수레 위로 엎어졌다. 장어, 맥반석 오징어 등 음식에 최적화된 석쇠가 산더미처럼 쌓여 있었다. 각종 불판도 끝없이 펼쳐져 있었지만, 노가리에는 석쇠가 제격이었기에 눈길조차 주지 않았다. 스테인리스 스틸이 세로로 접이식으로 되어 있는 로타리 석쇠, 가느다란 스테인리스로 되어 있는 와이어 석쇠는 일명 실실이 석쇠로 음식이 잘 눌어붙지 않는다. 닿는 면적을 최소화하고 칼날 높이를 다르게 하여 화력이 고르게 퍼지게 하는 칼날 석쇠 등 재질도 스테인리스, 구리, 동, 쇠 등 다양했다. 하지만 정작 노가리만을 위한 석쇠는 눈에 띄지 않았다. 한낮 온도가 삼십오 도를 넘자, 얼굴은 칠월 말의 붉은 토마토처럼 갈라지며 부풀어 오른 것처럼 터질 것 같았다. 연신 흐르는 땀은 온몸으로 흘러내리고 찌릿한 발걸음에 발목이 시큰거릴 때쯤이었다. 석쇠 하나가 바닥으로 떨어졌다. 손가락을 강하게 스치며 손목까지 통증을 동반했다. 정확한 황금비율이었다. 석쇠는 청아한 소리를 내며 귀뿐만 아니라 오감을 장악했다. 득음의 경지에서나 느낄 수 있는 다른 세계의 것이었다. 모든 것이 정지된 것처럼 움직이지 않았다.

그날이었다. 시공간을 초월한 것 같은 막이 가로막았다. 앞이 빤히 보이면서도 더는 나아갈 수 없었다. 손을 뻗어도 닿지 않았다. 나는 그동안 수련했던 자세로 기를 모았다. 강렬한 빛은 마침내 막을 순식간에 걷어 올렸다. 내가 그 석쇠를 선택했던 이유는 간과했던 부분에서 느꼈던 큰 울림이었다. 오로지 석쇠만이 팽그르르 돌았다. 순간 몸이 들썩거릴 뻔한 걸 가까스로 버텨 냈다. 미련이었다. 온갖 음해와 거짓말로 한동안 고통 속에 살았다. 가장 믿었던 사람으로부터 받은 모함으로 정신세계가 뿌리까지 뽑힐 지경이었지만 그때마다 석쇠가 있었다. 눈을 감았다. 거센 폭풍우가 휘몰아치며 나무가 뽑히고 바위마저 흔들거렸다. 나는 가부좌를 틀며 석쇠 위에 앉았다. 사방이 적막했다.

눈을 떴다. 반질거리는 굳은살이 양 손바닥 가장자리에 자리 잡았다. 스테인리스 코일을 감아 열전도를 방지하는 손잡이나 나무 손잡이가 있어서 열이 차단되는 석쇠도 있었다. 하지만 천천히 달아오르는 손잡이를 잡고 있노라면 마음속에 무엇인가 소용돌이치는 울분을 느낄 수 있었다. 그 시간이 지나면 성찰의 시간으로 고요 속에 석쇠와 한 몸이 되었다. 석쇠가 내가 되고 내가 석쇠가 되었다.

오후 네 시 삼십 분이 되자, 맞은편 게스트하우스 삼 층의 붉은 커튼이

2KG짜리 바벨을 양쪽에 달면 5KG이 된다

걷히고 창문이 활짝 열렸다. 서향이라 이맘때쯤이면 햇볕이 게스트하우스를 보호막처럼 감쌌다. 총 삼 층이었기에 달구어질 때로 달구어졌다. 베란다에서 일광욕을 즐기던 브라질 금발미녀는 선글라스를 벗으며 흐뭇한 미소를 지었다. 나는 반소매를 걷어 올렸다. 땀방울은 '카포에이라 젠장[1]'으로 다져진 둥글둥글한 어깨선에서 툭 튀어나온 심줄을 타고 석쇠의 구멍을 통과하여 구공탄의 심연으로 사라졌다. 찰나의 순간, 극도의 수련을 통한 미세한 움직임이 없었다면 구공탄의 표면에 떨어진 영 점 팔 퍼센트의 염분이 튀는 소리는 요란하였을 것이다. 왼손으로 담뱃재를 털며 오른손으로 부채를 연신 부치던 사장은 담배를 입에 물고 탈바가지 미소를 지으며 왼손 엄지손가락을 척 들었다.

"누구나 할 수 있는 일 아니에요? 이틀이면 다 하지 않나?"

백자 달항아리를 닮은 O는 게스트하우스 사장 P와 초등학교 동창이라며 뻔질나게 근처를 배회했다. 나이가 꽉 들어찬 노처녀였다. 전공과는 무관하게 대학원을 나와서 학원 강사로 개인과외 선생으로 나름 바빴던 젊은 날을 보냈다. 젊었을 때는 바빠서 꾸미기 힘들었고 나이 들어서는 꾸미기가 귀찮았다. 변해 가는 외모만큼 노후를 준비하지 않으면 안 되었다. 여행이 취미였고 살림은 애초 인생 계획에 없었다. 그러다가 초등학교 동창 모임에서 P를 만났고 게스트하우스를 운영한다는 것을 알았다. P

---

1) 카포에이라(Capoeira)는 무예, 음악, 춤의 요소들이 결합한 아프리카계 브라질인의 예술 형태다. 아프리카의 나라 중 특히 16세기 후반 현재의 앙골라로부터 브라질로 끌려왔던 노예들에 의해 만들어졌다. 하지만 독학으로 수련하기에 매우 어려웠고 관련 도서를 한 페이지 넘길 때마다 '이건 뭐지? 이 동작은 어떻게 해야 하지?' 하다 보니, '젠장'이 입에 붙어 '카포에이라 젠장'으로 불리기도 한다.

는 초등학교 때 O를 짝사랑했었지만, 너무 변해 버린 O를 부담스러워했다. 몰라보게 달라진 O의 외모에 대놓고 멀리했다. 하지만 O는 아랑곳하지 않고 시도 때도 없이 게스트하우스 앞에 있는 노가리 호프집에 출근하다시피 했다. 노가리 호프집에서 소주 한 병 시키고 고사를 지내던 그녀. 게다가 노가리 한 마리 달라기에 어쭙잖게 생긴 놈으로 하나 줬더니 그때부터 못 잡아먹어서 안달이다.

"저놈은 타고난 놈이다."

사장은 크게 웃으며 만족한 듯 왼손으로 번갈아 가며 양발 뒤꿈치의 각질을 어루만졌다. 처음 노가리 호프집에 왔을 때만 해도 사장은 탐탁지 않게 쳐다보았다.

"이 일 아무나 할 수 있는 일 아닌데."

사장은 혓바닥을 윗니 안쪽에서부터 굴려 입 밖으로 두 번 내밀었다. 가게는 아담했다. 하지만 여기저기 노가리를 풀면서 정말이지 노가리가 맛있다며 손님이 부쩍 늘었다. 저녁 늦게 사장은 만족하며 셔터를 내렸다.

게스트하우스 사장 P는 뱃고동 소리 같은 경적을 울리며 흡사 컨테이너 같은 차를 내 옆에 세웠다. 그는 몽골의 평야를 가로지르는 힘찬 백마처럼 생긴 지프를 앞쪽으로 대면서 가뜩이나 더운 날씨에 보란 듯이 더 덥게 만들었다. 욕을 할 여지의 순간도 주지 않고 경적을 또 한 번 울리고 오만 원을 내게 내밀었다.

"노가리, 그거 얼마나 한다고."

"형, 혹시 O 좋아해?"

그는 내 어깨를 한 번 보더니, 왼손 엄지손가락을 올렸다가 내렸는지 차창으로 집어넣어 확실히는 못 봤다.

"다음에 몸 좀 한번 풀자. 나 요즘 '주짓수(Ju-Jitsu)'해."

P는 저번 주에 태국 손님 한 팀 받고 '무에타이(muaythai)'에 심취해 있었다.

구름이 몰려왔다. 하늘은 금세 선홍색에서 검붉게 물들기 시작했다. 뜨듯한 바람이 불기 시작하면서 회오리치기 시작했다. 테이블이 흔들리고 파라솔이 접히면서 넘어졌다. 태풍이 온다는 뉴스를 듣지 못했다. O는 이미 낮술에 취해 있었다. P에게 받은 오만 원어치 노가리를 굽느라 불판은 이글거렸다. 멀리서 사장은 얼핏 보아도 신장이 일백팔십오 센티미터는 훌쩍 넘을 것 같은 호리호리한 체격의 남자애와 나란히 오고 있었다. 불과 일 미터 남짓한 거리에 서 있는 남자애는 TV에서나 볼 수 있는 꽃미남이었다. 사장은 다짜고짜 오늘부터 일할 것이라 했다. 하기야 요즘 장사가 잘되고 있기는 하다. 서빙을 하면 많은 여성 손님이 몰려들 것이다. 사장은 잘해 보자며 꽃미남에게 내밀던 내 손을 무자비하게 잡아끌며 이제 그만 나가라고 했다. 부당해고, 공인노무사, 청년실업, 브라질의 금발미녀 등 여러 가지 생각이 들었지만, 무엇보다 자존심이 상했다. '무슨 소리냐? 나한테 오는 단골손님이 얼마나 많은데, 그 누구보다 노가리를 노릇노릇 잘 굽는데'라는 말이 목구멍까지 올라왔다. 물러서지 않았다. 사장은 담배를 세 모금 정도 깊게 마신 뒤 뒷주머니에서 두툼한 봉투를 꺼내 내게 내밀었다.

"더 넣었다."

나는 석쇠를 집어 들었다. 그 짧은 순간 수많은 생각이 오고 갔다. 석쇠는 충분히 위험한 무기였다. 특히 불에 달구어진 석쇠는 서로에게 낙인이 찍힐 수도 있는 무시무시한 존재였다. 한참 달구어진 석쇠의 손잡이는 손바닥의 표피를 오그라들게 하였다. 빗줄기는 달구어진 석쇠를, 나의 울분에 찬 심장을 쓸어 내지 못했다. 그동안 석쇠를 연구해 왔던 시간이 어깨를 짓누르자, 풀썩 주저앉았다. 나는 바로 일어섰다. 반드시 후회할 것이다. 그렇게 믿고 싶었다. 아니, 당연했다. 노가리 호프집 아닌가? 사장이 전화를 받고 내 시야에서 멀어질 때쯤이었다. 간식으로 먹으려던 쫀드기를 꺼내 왔다. 꽃미남을 쫓아내기 위해 쫀드기를 석쇠에 굽게 하고 사장이 꽃미남에게 다가올 때쯤 아이도 아닌데 뭐 하는 짓이야, 하며 핀잔을 줄 참이었다. 그때 지나가는 아주머니의 "쫀드기 아냐? 오우, 대박. 어렸을 적 추억, 맛있겠다" 하며 군침을 흘렸고 되게 할 일 없는 동네 아저씨의 관심 폭발로 쫀드기는 대히트를 쳤다. 사장은 복덩이가 굴러왔다며 서비스로 한 테이블당 하나씩 쫀드기를 주겠다고 했다. 그때 나와 사장의 눈이 마주쳤다. 한때 석쇠에 쫀드기를 구워 먹고 있는 나에게 한심하다고 했던 그 욕과 눈빛은 선한 기쁨으로 바뀌었다.

오랜만에 노가리 호프집을 찾았다. 썰렁해진 호프집을 보면서 나름 이상한 뿌듯함도 느끼며 봐라! 외모가 무슨 상관이냐, 사장이 잘못 생각한 것이다, 하며 사장도 위로해 줄 겸 찾은 호프집은 빈자리가 없었다. 꽃미남 종업원은 아줌마 팬클럽까지 생겼고 사장은 한쪽 구석에서 노가리를 구웠다. 이를 악물며 돌아서는데 멀리서 사장이 불렀다. 그 짧은 순간 지난날의 시간이 파노라마처럼 펼쳐졌다. 사장은 나의 노가리 굽는 솜씨를 알고 있었기에 본인도 많이 아쉬워했을 것이다. 그래도 그렇지, 사장이 무슨 노가리나 굽고 앉아 있냐, 카운터에 앉아 있다가 손님 계산이나 해

2KG짜리 바벨을 양쪽에 달면 5KG이 된다

주고 손이 필요하면 마지못해 서빙 정도는 몰라도. 순간 석쇠에 노가리 굽는 직업을 비하했다는 자책감이 들었다. 노가리를 굽기 위해 그동안 쌓아 올린 엄격한 수련 과정과 석쇠의 유래를 찾기 위해 중·고등학교 때보다 더 공부를 많이 했는데. 나는 마음을 다시 잡았다. "뭣하냐!" 사장의 큰소리에도 나는 천천히 걸었다. 이렇게 잘되는데도 나를 다시 채용한다는 것에 근자감을 갖고 거드름을 피우며 천천히 걸어갔다. 사장이 잡으면 못 이기는 척하며 다시 잘해 볼 것이다.

"매출이 두 배가 넘어."

사장은 연신 싱글대며 고맙다고 했다.

"노가리 타요."

"괜찮아. 확실히 노가리가 문제가 아니더라고. 석쇠는 더더욱 아니고."

사장의 석쇠는 낡아 흐물흐물하기까지 했다. 나는 욱하는 마음에 여기 야외 테이블 장사한다고 신고하려다 참았다. O가 앉아 있는 중앙 테이블 위에는 노가리가 수북하게 쌓여 있었다. O가 마지막 노가리의 몸통 절반을 먹을 때쯤 꽃미남은 노가리를 한 접시 더 가져왔다. O는 일어나서 게스트하우스로 향했다.

"내국인은 안 받아."

P의 대답은 한결같았다.

"그 문제가 아니잖아!"

날씨가 너무 더웠다. 그래도 조금 참아 보려고 했다. 방송에서 다음 주면 괜찮다는 얘기를 들었기 때문이었다. 그래, 결국 시간이 문제였다. 너무 더워서 내 발길은 어느새 마트를 향해 가고 있었다. 시원한 물로 갈증을 풀려고 간 마트에서 제법 딱딱한 하드를 골랐다. 포장을 벗기자마자,

시원함이 마음을 녹이고 있었다. '윙~' 낯선 전화번호였다. 잠시 생각해 보니 지역 번호가 이력서를 낸 곳이었다. 아르바이트와 창업을 준비하면서 잊고 있었다. 떨리는 마음을 진정시켰다. 전공과는 다소 무관했고 집에서도 상당한 거리였다. 한 오 초 정도 지나면서 무수한 생각이 스쳐 지나갔다. 나는 최대한 자신 있는 목소리를 갖춰야겠다고 생각하며 전화를 받았다.

"예! 최고진입니다."

나는 확신에 찬 목소리로 말했다.

"책 시키셨죠? 오늘 배송해야 하는데 일시 품절이 돼서 이른 시간 내로 보내드리겠습니다."

"네. 예? 아, 네."

하드는 그새 녹아서 손잡이로 흘러내렸다. 손가락이 가려웠다. 그래도 입으로 가져가려던 순간, 뒤에서 뛰어오던 아이가 내 팔꿈치를 치고 앞으로 뛰어갔다. 남아 있던 하드는 바닥으로 떨어졌고 마트 앞에 있던 주인 아주머니는 한심한 표정으로 쳐다보았다. 그래도 잠깐 스친 달콤함이 입술에 남아 있었다. 나는 입술에 남아 있는 물기를 혀로 핥으며 비적대고 걸었다.

책상 서랍에서 이력서에 사용한 사진을 들여다보았다. 사진이 잘 나온다는 사진관을 찾아갔었다. 포토샵으로 수정하며 마냥 들떠 있었다. 서류 봉투도 색깔별로 샀다. 그 기업 마크와 같은 색상의 봉투들. 뻥튀기처럼 부풀린 자기소개서를 무슨 유물인 양 다시 봉투에 봉인하여 책상 서랍에 넣어 두었다.

2KG짜리 바벨을 양쪽에 달면 5KG이 된다

맞춤형 수제 석쇠에 배포용 이력서와 배포용 자기소개서를 굽는다.

나는 아무도 반겨 주지 않는 비좁은 원룸을 향해 지친 발걸음을 옮겼다. 셔터가 내려진 노가리 호프집을 지날 때쯤이었다. P가 다짜고짜 나의 어깨를 잡았다. 나는 누가 되었든 주먹을 날릴 참이었다. 순간 깽값이 떠올랐고 이참에 한 대, 아니 몇 대 그냥 맞고 병원에 누워 앞으로 어떻게 살아갈지 고민하자며 천천히 돌아섰다. 뜻밖에 P의 얼굴은 슬퍼 보였다. O 때문이냐고 물었지만, 한숨만 쉬었다. 외국인들이 문제냐고 물었고 그는 고개를 절로 흔들어 댔다.

이틀 전이었다. 오후 열한 시 오십구 분. 게스트하우스 앞에서 고등학생 세 명이 담배를 피우며 외국인 여성을 희롱하고 있었다. 각종 무술을 섭렵(?)한 P, 무엇보다 게스트하우스 사장, 한국인, 인생 선배, 사나이, 그냥 남자. P는 휘파람을 불며 다가갔다. 바깥쪽에 서 있던 학생은 담배를 길게 한 모금 빨며 숨을 내쉬더니 침을 칵, 뱉었다. 고개를 좌우로 흔들고 P에게 다가갔고 P는 황급히 복싱 자세를 취했다가 '슬픈 카운터[2]'를 허용했다.

"뭐야, 병신!"

상황은 종결됐다. 이야기를 끝마친 P는 극심한 피로를 느꼈다. 하지만 지난날의 오만 원이 생각나서 아무 말 하지 않고 돌아서는데 뒤에서 작은 소리가 들려왔다.

---

2) 권투에서, 상대 선수가 전진하며 공격해 오는 순간에 되받아서 치는 강한 주먹. P는 허공에 대고 어설픈 동작으로 수련하고 있었다. 나의 지난날이 떠올라 슬펐다. 독학은 왠지 슬프고 짠하다.

"삼대일, 이었어."

P의 목소리에서 세상 온갖 아픔이 다 배어 있었다.

"이해해요. 손님은요?"

나는 돌아서며 나지막이 말했다. 위로가 필요해 보였다.

"갔어, 그 시간에."

"잊어버리세요."

"그치, 그게 맞지?"

P는 그 상황이라면 누구라도 그렇게 됐을 것이라는 확신을 얻은 듯 숨을 크게 내쉬었다. 그래도 속상한 마음을 진정시키지 못했다. 나는 길바닥에 대자로 널브러져 있는 O를 흔들어 깨웠다. 지금 누구라도 P에게 어떤 모양새든 껴안기만 한다면 P는 그 자리에 주저앉을 것이다. 한참 걷다가 돌아서 보니 O가 P를 번쩍? 아무튼, 게스트하우스의 내국인 결계가 풀리는 순간이었다.

편의점에서 혼자 맥주를 마시는 노가리 호프집 사장을 만났다. 꽃미남이 옆 가게에 노가리 호프집을 차렸고 앞집에 골뱅이 호프집과 손을 잡고 서로 손님을 밀어 주고 있다는 것이다. 결국, 문을 닫았다며 누구한테 넘긴 것은 아니고 잠시 쉬고 있다고 했다. 곧 다시 열 것이며 내게 구원 아닌 구원의 손길을 내밀었다. 노가리 호프집은 노가리가 메인 아니냐며 잘해 보자고 했다. 조만간 연락한다며 웃어 보였다. 전혀 알 수 없는 웃음을 지을 때마다 전매특허인 찌그러진 하회탈 눈초리와 유난히 애교살이 많은 실눈을 치켜떴다. 순간, 이마 한가운데에 고리를 붙여 주고 싶었다. 가뜩이나 빛나는 얼굴은 편히 쉬며 잘 먹어서인지 반질거렸다. 특히 광대는 유광 코팅지에 금박 가공을 한 것처럼 번뜩였다. 사장은 탁자를 끌어당겨

비틀비틀 취한 척 일어나다가 전화를 받고 웃으며 시야에서 멀어졌다.

이제 떠날 때가 왔다는 생각이 들었다. 꽃미남은 더는 생각하지 않기로 했다. 수련으로 인해서 달라질 일이 아니었기에 마음을 굳게 먹었다. 밤새 컴퓨터를 켜 놓고 이리 재 보고 저리 재 보고 했지만, 견적이 안 나왔다. 또 지난날의 아픔이 몰려오기 시작했다. 남들과 똑같은 시간을 투자하고 삼류 대학, 삼류 학과 심지어 삼류 자격증을 따려고 아주 수많은 시간과 아픔과 인내와 싸우면서 얻은 결과는 삼류 인생에서 조금도 벗어나지 못했다. 그 한 걸음 나가기가 이렇게 힘이 드는데 또 시간에서 방황하는 것은 아닌지 제일 두려웠다. 결국, 시간 싸움인데 짐을 싸고 풀고 싸고 풀고 싸고 풀다가 결국 싸고 잤다.

떠나기 전, 노가리 호프집 사장을 만났다. 사장은 탐탁지 않아했다.

"장사 아무나 하는 것 아니다. 가령 예를 들어 떡볶이, 집에서 누구나 만들어 먹지. 근데 그걸로 장사한다고 생각해 봐. 좋아, 원래 장사 잘되는 자리에 그대로 들어갔다고 치자. 그럼 끝이야? 요즘 떡볶이 양념장 만드는 비결 가르쳐 주는 곳이 있어. 내가 알기로는 한 달간 그곳에 종업원으로 들어가서 대파, 양파 까고 달걀 삶아서 껍질 벗기고 떡 들어오면 일일이 하나씩 떡 떼고 오백만 원 주고 양념장에 대해서 배운다고 하더라."

나는 대화를 끊고 싶었다. '하더라'가 맘에 걸렸다. 사장은 어디서 주워들은 얘기로 내게 협박 아닌 협박을 하고 있었다. 나는 그게 화가 났다. 지가 경험하지도 않은 일을 마치 사실인 양 재잘재잘 떠드는 모습에 기가 찼다. 포동포동한 얼굴에 더 욕지거리가 치밀었다. 하지만 놀랍게도 나는 반듯한 자세로 경청하고 있었다. 연륜을 믿고 싶었다.

"나도 사실 뭐 그런 거로 오백만 원씩 받나 싶었어. 물론 잘되는 집 양념

비결, 배워 두면 좋지. 내 것으로 만든다면 오백만 원 아무것도 아니야. 근데 떡볶이 사장 하는 말이 양념장 별거 아니라는 거야. 있는 조미료 한 국자씩 퍼 넣는 게 다라는 거야. 근데 왜 그렇게까지 하냐고 했더니, 그 돈 아까워서라도 중간에 포기하지 않고 악착같이 한다는 거지. 떡볶이 사장 얼굴을 봤더니, 먼 하늘만 보더라고. 열 명이 배워 갔는데 다 망했다, 이게 팩트야! 장사, 그게 그렇게 단순하고 쉬우면 누구나 다 하지, 인복도 장사 복도 있어야 해. 그리고 무엇보다 영업의 비결이 있어야 한다는 거지, 내 말은."

나는 순간 일어나 손뼉을 칠 뻔했다. 심지어 "팩트야!"라는 대목에서 "팩트야!"를 따라 하고 싶었다. 사장은 다 마신 맥주 캔을 찌그러뜨리고 기회는 두 번 다시 오지 않는다며 일어섰다.

"내가 안타까워서 하는 말인데 대가 없인 아무것도 이룰 수 없다는 말 명심해라."

사장이 떠난 편의점 앞은 쓸쓸하면서 더웠다. '나도 그 정도는 아는데, 세상일이 언제 내 뜻대로 되나?'라고 자조(自嘲)하고, 자조(自助)하며 합리화로 마무리했다. 너저분하게 생각하든 길게 생각하든 굵고 짧게 생각하든 더웠다. 수저 타령이며, 머리 타령이며, 외모 타령이며, 백날 곱씹어 본들, 에어컨 한 번 빵빵하게 틀기는커녕, 선풍기 두 대를 켤까 말까 고심을 했다. 위와 아래에 고정해 놓고 싶었다. 누진세를 생각하며 온몸에 난 땀띠를 세균이 득실한 손톱으로 긁다, 긁다 피 보고 약 바르고 긁다, 긁다 어느새 굳은 딱지를 또 긁고 결국 피를 보았다. 선풍기 두 대를 고심했던 그 흔적이 온몸으로 얼룩져 퍼져 있었다. 우둘투둘 붉은 모양이 좁쌀 같은 마음으로 이어졌다. 몸이 처지자, 마음은 심란했다. 결국, 선풍기를 한

2KG짜리 바벨을 양쪽에 달면 5KG이 된다

대 더 장만하기로 했다. 더워 죽느니 조금 굶는 것이 낫겠다는 생각에 온라인 쇼핑몰을 뒤지다가 혹시나 하며 찾은 재활용 쓰레기 더미에서 운 좋게 선풍기를 발견했다. 고장 나서 버리기보다 에어컨을 틀면서 버린 선풍기일 거라는 확신을 하며 누가 볼세라 황급히 뛰어왔다. 주워 온 선풍기를 콘센트에 꽂자, 시원한 바람이 불어왔다. 하지만 잠시 이내 천천히 돌더니 멈춰 버렸다. 그러면 그렇지, 하며 마음도 멈출 찰나 선풍기를 분해하고 기름칠했다. 이왕지사 버릴 거 시도나 해 보자는 심산이었고 기름칠한 선풍기는 다시 세차게 돌기 시작했다. 기름 냄새가 잠시 머리를 어지럽게 했으나 냄새는 사라지고 시원한 바람만이 남았다. 며칠 후 선풍기는 천천히 돌았고 다시 분해했다. 돌고 분해, 돌고 분해, 분하고 돌 것 같았다. 여름이 막바지에 들었다. '땀띠는 없어지겠지. 없어질 거야.' 그렇게라도 되지 않으면 참 억울할 것 같았다.

결국, 미련하게 시간을 보내기로 했다. 좋게 생각하기로 했다. 시간만 허투루 보내지 않으면 되었다. 이참에 석쇠의 장인도 만나 보았다.

"나, 장인 맞아, 장씨니까."

웃어야 할지, 어디서 웃어야 할지 난감했다. 처음에 장씨라 해서 농담인 줄 알았는데 오히려 내가 더 당황해서 장씨의 본관별 인구, 가구 수에 이어 의의와 유래까지 들으며 맞장구를 쳐야 했다. 내 본관도 헷갈리는데 식사 후에 뜬금없는 퀴즈까지 내서 맞추느라 진땀을 뺐다.

더는 지체할 수 없었다. 나는 무엇이 잘못되었는지 곰곰이 생각해 보았다. 꼭 노가리여야만 하나? 노가리를 구우면서 의구심이 들었다. 나는 석쇠의 모든 것을 맛보기 위해서 시장을 찾았다. 동대문 시장 주변, 광장시장, 방산시장도 석쇠에 관한 자료를 얻기에 나쁘지 않은 곳이었으나 개인적으로 남대문시장이 교통이 편했다는 것을 밝혀 둔다. 어찌 되었든 남대문시장을 찾았다. 여기저기 냄새가 코를 장악했다. 점심시간에 맞춰서 간 것도 있지만 제대로 된 맛을 보려면 어쩔 수 없는 선택이었다. 갈치가 구워지고 삼치가 구워지고 조기가 구워지고 있었다. 고추장 불고기도 한몫했다. 치이익 소리에 침이 꼴깍 넘어갔다. 어디서 돌김 굽는 냄새도 코를 자극했다. 석쇠는 온도 즉 화력에 따라서 그리고 연탄이냐, 숯이냐 어떤 연탄이냐, 어느 곳에서 받은 숯이냐가 중요하다는 고민도 해 볼까 하는 찰나에 아줌마의 매서운 질타가 이어졌다. '안 먹으려면 옆으로 비켜라, 사람 좀 지나가게 뭘 보느냐? 어디 가서 먹어도 그 맛이 그 맛이다, 젊은 사람이 까다롭기는, 체, 생긴 건 멀쩡해서' 하는 질타를 들으며 나는 푸른 하늘을 바라보기 전에 간판들을 바라보았다. 빽빽한 간판들은 죄다 원조였다. 내가 두리번거리는 사이에 식당들의 자리들은 빼곡하게 차고 있었다. 나는 다시 한번 천천히 둘러보았다. 때마침 연탄 불고기를 초벌구이 하는 아저씨 옆에 앉았다. 자욱하고 매캐한 냄새가 온몸을 덮었다. 안 먹을 거면 꺼지라는 다소 투박한 호통에 뒷걸음치다가 식당으로 밀려들어갔다. 혼자 왔냐는 서슬 퍼런 눈초리를 피해 에어컨 앞자리에 앉았다. 물도 갖다주지 않았다. 손님이 나간 테이블을 치우러 가며 빈 쟁반으로 내 어깨를 툭 치고 지나갔다. 내 앞 테이블에서 냅킨이 떨어졌다고 하자, 아주머니의 시커멓고 굵은 힘줄이 툭 튀어나온 거센 손으로 내 테이블 위에 있는 냅킨을 앞 테이블에 옮겨 놓았다. 옆 테이블에서 젓가락 하나가 없다고 하자, 아주머니는 나를 쳐다보았다. 나는 다소곳이 두 손으로 수저

　　　　　2KG짜리 바벨을 양쪽에 달면 5KG이 된다

통을 옆 테이블에 주었다. 순간, 내 테이블에 수저와 젓가락이 없음을 알아차리고 옆 테이블을 보았으나 삼삼오오 에워싸고 밑반찬을 난도질하고 있었다. 너도나도 갈치 조림을 주문했고 본분을 망각한 채 나도 모르게 갈치 조림 하나를 주문했다. 서빙하던 아주머니는 앉아 있는 나에게는 앞이 보이질 않을 만큼 커다란 존재였다. 점심시간은 바쁜데 이인분이 기본이라 하며 눈치 아닌 눈치를 주었다. 지나오다 보니 혼자 식사하는 사람도 많다고 조그맣게 말했고 그럼, 거기 가서 먹으라며 큰소리를 들었다. 나가려고 하니, 아주머니는 둥글고 단단한 어깨로 내 가슴팍을 밀쳤다. 그리고 고개를 돌려 상냥하게 연인을 내 앞에 앉혔다. 연인은 합석에 대해 약간 거부감을 표했고 아주머니는 갈치 조림 삼 인분 같은 이 인분, 갈치구이 하나를 큰 소리로 외쳤다. 조림, 조림인데, 나는 기어들어 가는 목소리로 속삭였다. 그렇지만 생각해 보니 석쇠였기에 구이가 맞았다.

더는 방황하지 않기로 했다. 누구에게도 의지하고 싶지 않았다. 일이라는 것이 마음먹기 달렸기 때문이었다. 또한 경험만큼 값진 것이 없듯이 하다 보면 잘될 것이라 믿기로 했다.

드디어 창업하기로 마음을 먹었다. 그동안 돌아다니면서 봐 둔 곳이 있었다. 쓸데없이 돌아다니지 않았다고 스스로 칭찬했다. 아르바이트로 벌어 놓은 돈은 적었지만, 천운이랄까 괜찮은 가게였다. 비록 아주, 아주 작은 가게였지만, 보란 듯이 아주, 아주, 아주 크게 키울 것이다. 목이 괜찮았다. 계약하러 갔을 때 엄마가 따라왔고 전에 있던 사장은 엄마 친구였다. 내가 술에 취해서 엄마 집에 갔다가 수저 타령, 머리 타령, 외모 타령하며 밤새 주저리주저리 털어놓았다고 했다. 저녁에 고등어를 구운 석쇠를 안고 자는 바람에 모처럼 이불 빨래했다고, 밉지만 꼴 보기 싫지만 잘 됐으면 좋겠다며, 자주 안 봤으면 등등 한참을 주저리주저리 풀어냈다.

여러 가지 음식 중 결국 최종적으로 노가리를 선택했다. 나중에 안 일이었지만 간과했던 점은 석쇠 보관함이었다. 사람도 어디서 자는 것이 중요하듯 석쇠의 보관함도 석쇠 못지않게 중요했다. 또한, 석쇠 위의 열 즉 온도만 생각했지, 바깥 온도를 생각하지 못했다. 불의 재질이 정해지고 음식을 익혀야 하는 온도와 식혀야 하는 온도, 즉 계절도 중요했다. 사계절을 어떻게 이용하는가? 아니면 한 철 장사인가? 좀 더 세심했어야 했는데 대수롭지 않은 일이라 생각했었기에 마음이 급해졌다. 좁쌀 담았을 때는 몰랐었던 비닐봉지가 물을 담자, 여기저기 찔끔 새는 것처럼 놓친 부분은 없었는지 세심한 고민에 빠져들었다. 결과는 그때그때에 따라서 가게 분위기를 바꾸는 것으로 속 좁게 마무리했다. 돌아다니면서 느낀 것이지만 역시 연륜은 위대했다. 남대문 갈치구이 아주머니가 생각났다. '어디 가서 먹어도 그 맛이 그 맛이다' 하는 명언을 곱씹으며 잠은 역시 집에서 자야지 하는 생각과 함께 짐을 쌌다.

나를 맞아 준 이들은 한둘이 아니었다. 눈물이 났다. 마음에서 우러나오는 진실 어린 눈물. 각종 비난과 욕을 처먹어서도 아니고 각종 고지서 때문도 아니었다. 여전히 잘되고 있는 꽃미남 호프집, 자투리땅을 샀는데 대박 난 뺀질이 노가리 호프집 사장을 보면서 배가 아파 우는 것도 아니었다. 게스트하우스에서 결국 새살림을 시작한 O와 P가 부러워서 우는 것도 아니었다. 시간이 지나면 모든 것은 변질한다. 하지만 나는 변하지 않았다. 그래서 기뻐서 울었다.

손잡이도 한 덩어리지만 똑같이 뜨겁지 않다.

노가리 호프집 사장은 떠났다. 어디로 가는지 묻지 않았다. 꽃미남도 떠났다. 멀리 여행을 갈 것이라 했다. 묻고 싶었다. 브라질 금발미녀는 왜 데리고 가냐고.

그날도 되게 더웠다. 전달의 고지서를 보았다. 오래된 에어컨의 제습 기능은 맘 놓고 켜 놓을 수 있다는 것이 그나마 위안이 되었다. 내가 고민 아닌 고민을 하고 있을 때였다. 뜻밖에 나를 찾아온 이는 O였다.

'빨리 가 우리' 브라질 리우 카니발에서 따온 황금색 간판의 노가리 호프집은 화려한 볼거리를 제공했다. 육중한 O의 흥겨운 춤에 모두 축제 한마당이 되었다. 팔 월 이십이 일 브라질 리우 올림픽 폐막식을 보면서 우리도 다시 시작하자는 마음으로 팔 월 이십이 일을 황금 노가리 축제라 칭했다. 딱히 별다른 뜻을 부여하고 싶진 않았지만, 의미를 붙이자 전 세계인들이 게스트하우스로 속속 몰려들었다. 머리 염색 때문인 것 같기도 했지만, 상관하지 않았다. P는 지프에 황금색 노가리 마크를 부착했다. 그는 경쾌한 경적을 울리며 게스트를 맞으러 떠났다. 노가리가 먹음직스럽게 잘 익었다. 나는 석쇠를 뒤집었다.

- 끝 -

다리

사다리의 균형은 맞지 않았다. 한 걸음 뗄 때마다 떨걱했다. 한쪽 다리가 닳아 있었다.

*

열다섯 걸음 올라서서 빌라 벽을 보수했다. 경사진 사다리 한쪽 밑에 반쯤 깨진 벽돌을 끼워 두었다. 두 눈을 두 손으로 가린 채 떨고 있는 아들이 보였다.

* *

다섯 걸음 올라서서 벽에 페인트칠하였다. 다소 느렸지만, 안정적으로 옮겨 가며 다 칠했다.

* * *

열 걸음 올라서서 기둥에 현수막을 달았다. 비교적 높았지만, 이제는 여유로웠다.
바람이 매섭게 불던 날, 이 일만은 하지 않기를 바란다며 아버지는 가셨다.

* * *

현수막을 설치하고 있었다. 좀 더 상세하게 말하자면 아내를 치고 간 목

2KG짜리 바벨을 양쪽에 달면 5KG이 된다

격자를 찾고 있었다. 재봉질이 제대로 되었나 꼼꼼히 살펴보았다. 오른쪽 먼저 한쪽 기둥에 설치하고 사다리에서 내려왔다. 벚꽃을 밟았던 운동화 밑창이 바닥에 수북이 쌓여 있던 벚꽃을 다시 밟자, 불편했던 오른쪽 다리가 앞쪽으로 쭉 미끄러지며 넘어질 뻔했다. 간신히 한 손으로 사다리를 잡으며 안도의 한숨을 내쉬었다. 하늘에서 벚꽃이 내렸다. 현수막 한쪽을 움켜쥐고 반대편으로 가서 사다리에 올랐다. 현수막을 단단히 묶기 전에 반대쪽을 쳐다보았다. 평상시에 하던 행동은 아니었다. 그날은 바람이 몹시 불었고 벚꽃에 시야가 가려졌다.

'조금 위쪽으로요. 아니, 아래쪽으로. 아니, 아니.'

오래전에 이 일이 아닌 것 같다며 떠났던 동료의 음성이 들렸던 것 같다. 잠시 허공에 몸을 맡겼다. 벚꽃 위에, 사다리 옆에 누워 하늘을 보았다. 어느새 저만치 달이 떠 있었다. 예전에 일하다 다쳤던 다리에 통증을 느꼈지만 이내 사라졌다. 벚꽃이 유난히 흩날리던 날이었다.

아내가 차려 놓은 밥을 먹기 시작했다. 등갈비, 아들 진수가 좋아한다. 아들은 자동차 정비소에서 일한다. 밥을 먹고 창고에서 사다리를 꺼냈다. 문득, 길가에 세워 둔 트럭이 떠올랐다. 기름이 떨어져서 사다리만 간신히 끌고 왔다. 참 미련했다. 이까짓 게 뭐라고 없어지면 안 될 것처럼 소중하게 어깨에 메고 불편하게 왔다. 사다리를 손으로 잡자 허둥댔던 내가 떠올랐다. 어딘가 모르게 흔들렸다. 고개를 숙여 보니 사다리의 한쪽 다리가 닳아 있었다. 창고에서 나무토막을 집어 들었다. 도구로 다듬은 나무토막을 사다리에 두 번 정도 넣다 뺐다. 한쪽이 닳아 있는 사다리 밑과 나무토막 위에 접착제를 발라 놓았다. 접착제가 약간 굳어질 즈음 나무토막을 사다리 밑에 힘껏 붙이고 세워 두었다. 시간이 어느 정도 지난 후에 못질할 참이었다. 그러다 문득 내 발밑에도 나무토막을 붙이면 어떨까 하는 생각이 미치자, 머리카락이 쭈뼛 섰다.

'죽은 다리도 아닌데 무슨 생각을 하는 건지.'

나무토막을 붙인 사다리를 세웠다. 여전히 균형이 맞지 않았다. 큰 부분은 끌을 작은 부분은 일자 드라이버로 쳐내며 다듬었다. 다른 쪽을 맞추며 사포로 문질렀다. 조금 작아졌지만, 예전보다 더 단단해진 느낌이 들었다. 창고에 등을 기대고 쪼그려 앉았다. 아버지는 이 일을 하는 것을 못마땅해했었다.

* *

학교 수업을 마치면 아버지가 있는 공사 현장을 찾았다. 학원 갈 형편도 안 됐고 공부도 하기 싫었다. 틈틈이 아버지의 공사 현장을 따라다니며 도왔다. 도왔다기보다 말동무가 더 어울렸다. 아버지에게 늘 연장을 집어 주었고 아버지는 나에게 어쩌다 용돈을 집어 주었다. 개교기념일이었다. 오늘은 무척 기대했었다. 동이 트기 전, 아버지와 손을 잡고 한 시간가량 걸어서 공사 현장에 도착했다. 아버지와 시합했다. 누가 더 빨리 페인트를 칠하는가였다. 처음 잡아 본 도구는 묵직했다. 칠을 하기는커녕 균형 잡기도 어려웠다. 나는 힐끔 아버지를 보았다. 아버지는 능수능란하게 빠른 속도로 내 쪽으로 다가왔다. 이에 질세라 나도 열심히 칠했다. 하지만 작업복에 묻히는 게 더 많았다. 처음에는 머리 위에 쓴 수건 위로 페인트가 떨어질 때마다 눈을 질끈 감았지만 이내 차츰 익숙해져 갔다. 내가 내

2KG짜리 바벨을 양쪽에 달면 5KG이 된다

몸에 신경을 더 쓰는 동안 아버지가 옆에서 등을 툭, 쳤다.

"제법인데."

나는 어깨를 으쓱했다. 해 질 무렵, 아버지와 손을 잡고 다시 한 시간가량 걸었다. 온종일 페인트칠하느라고 몸이 쑤시기도 하고 다리도 아팠지만 내내 들떠 있었다. 이렇게 새벽같이 일을 한 건 오늘이 처음이었다. 무뚝뚝한 아버지가 내 생일을 챙겨 주려고 일을 만든 것이었다. 그래서 하나도 힘들지 않았다. 집으로 오는 길에 온종일 내 머릿속을 떠나지 않던 곳에 다다랐다. 엄마의 병원비로 빚이 많았다. 넉넉지 않은 삶은 일상화되어 버렸다. 준비물을 살 때면 근처 큰아버지 집으로 삼십 분 전에 도착해서 눈치를 보다가 사촌 형이 준비물을 살 때 "나도" 하며 샀다. 물론 사촌 형의 핀잔은 늘 있었지만, 집보다는 편했다. 나는 중국집 앞에서 당당하게 멈췄다. 그리고 잠시 뒤 아버지 손에 이끌려 집으로 왔다. 저녁 먹으라는 소리가 귀에 들리지 않았다. 유치했지만, 이불을 뒤집어썼다. 별의별 생각이 다 들었다. 집에 있었으면 친구들과 축구도 하고 재미있는 텔레비전도 보았을 텐데. 잠시 후 이불을 들춘 건 아버지였다. 아버지는 짜장 라면을 끓여 주고 밖으로 나갔다. 울었던 탓에 소화가 잘 안 되었다.

지금껏 살아오면서 가장 맛있게 먹었던 음식이었다.

* * *

"진수야, 달이 참 밝지 않니?"

아들은 나를 본체만체하며 방으로 들어가려 했다.

"너도 이젠 장가가야지."

"병신이 무슨."

"그게 무슨."

"다리병신에게 누가요, 군대도 못 가는 병신인데."

사다리를 잡자 묵직함이 전해졌다. 트럭에 사다리를 실었다. 앞 유리에 떼다 만 스티커가 남아 있었다. 조심한다고 했는데 아내가 깬 모양이었다. 아내가 먼지 쌓인 방충망을 열기 전에 시동을 걸었다. 오늘은 평상시보다 빨리 끝내고 서울에 올라와야 했다. 아내와의 데이트가 있다. 이시간 도로의 공기는 차갑지만 차 창문을 내리고 달렸다. 현장에 도착하자 세 사람이 나와 있었다. 차에서 내린 나에게 보온병에서 커피를 따라 주고 두 사람은 현장을 떠났다. 아내가 남편의 허리를 감싸며 다시 한번 "잘부탁합니다" 하며 손을 흔들었다. 축하하는 현수막을 걸 때면 덩달아 기분이 좋았다. 아는 사람 소개로 왔다는 젊은 사람은 솜씨도 좋고 눈썰미도 좋았다. 현수막 설치가 끝나자마자, 젊은 사람은 일이 있다며 꾸벅 인사를 하고 서둘러 차를 몰았다. 주문한 곳이라면 어디든지 갔지만 한 번도 같은 곳에 간 적이 없었다. 설치된 현수막을 다시 한번 쳐다보고 차에오를 무렵, 한 아이가 차 문을 두드렸다. 아이를 따라 아이가 가리키는 곳을 보았다. 벚꽃이 떨어진 벚나무 가지 사이에 노란 풍선이 걸려 있었다. 트럭으로 가서 사다리를 갖고 왔다. 아이에게 풍선을 주자 아이는 뒤도안 돌아보며 앞으로 뛰어갔다. 아내에게 전화가 왔다. 서둘러 차를 몰았다. 아내가 제일 좋아하는 가수가 행사장에 온다는 것이었다. 행사장에도착하자마자 아내를 찾았다. 아내는 왜 이렇게 늦었느냐며 핀잔했다. 행사장에는 사람들이 북적거렸다. 앞에 설치해 놓은 플라스틱 의자에는 이

2KG짜리 바벨을 양쪽에 달면 5KG이 된다

미 사람들이 다 차 있었고 그 뒤로도 빼곡히 차 있었다. 아내는 발뒤꿈치를 몇 번 들고 내리더니 장을 보자고 했다. 아내에게 잠시 기다리라고 하고 트럭에서 사다리를 들고 왔다. 부끄럽다며 아내는 사다리를 거부했다. 그러다 전주 음악이 흐르고 가수의 음성이 들리자, 아내는 뛰어 올라가다시피 사다리에 올랐다. 가수의 안무인지 아내가 눈에 띄어서인지 가수는 우리 쪽으로 손을 흔들었다. 아내는 아이처럼 같이 손을 흔들며 좋아했다. 공연이 끝나고 아내는 아들이 좋아하는 등갈비를 사려 했으나 등갈비는 행사장 품목에 없었다. 아내와 집으로 돌아오는 길에 집 앞 가로등에 눈길이 갔다. 가로등이 깜빡거렸다. 아내가 내 팔을 잡아당겼다. 나는 아내에게 웃음을 보였다.

"못 해. 저기까진 못 가."

"한 송이의 국화꽃을 피우기 위해 봄부터……."

소리가 나는 쪽으로 다가갔다. 사다리를 벽에 세워 두고 두리번거렸다. 그 소리는 담장 너머에서 들려오고 있었다. 나는 오해할까 봐 쉽사리 사다리에 오르지 못했다. 결국, 포기하고 뒤돌아 가는데, 소리가 또 들렸다.

"노오란 네 꽃잎이 피려고."

나는 망설이다 사다리에 올랐다. 말소리는 사라지고 담장 너머에 피어 있는 국화가 눈에 들어왔다. 아내는 국화를 좋아했다. 하지만 한 번도 국화를 사지 않았다.

"국화, 난 좀 그래."

"뭐, 어때서. 사 줄까?"

아내는 고개를 절레절레 흔들었다.

"등갈비 좀 그만 사."

아내는 픽 웃었다. 아내는 등갈비 음식점에서 일했었다. 어느 날 아내가 음식점에서 남은 등갈비를 싸 들고 왔고 아들은 개가 뼈다귀를 핥아 먹듯이 등갈비를 빨고 또 빨았다. 나는 당시 도배일을 하고 있었다. 재료도 재료지만 인건비가 쏠쏠했다. 하지만 그것도 경쟁이 붙어서 점차 일거리가 줄어들었다. 원래 살갑지 않은 성격이라 누구에게 부탁하는 것이 껄끄러웠다. 같이 일하던 사람들이 한데 뭉쳐 다른 사람들을 떼어 내기 시작했다. 내가 고심할 무렵 아내가 이 일을 하겠다고 나섰다. 예전부터 눈썰미와 솜씨가 있었던 아내는 도배 일을 금방 배웠다. 도배는 적당한 끈기의 풀 배합이 중요했고 더 중요한 건 풀이 마르기 전에 벽에 붙이는 것이었다. 벽은 누구나 할 수 있다. 문제는 천장이었다. 사다리에 올라 있는 사람은 밑에서 벽지를 건네받자마자 빠르게 붓칠해 가며 밀어붙여야 한다. 벽지와 벽지의 선이 중요하다. 풀이 한 군데라도 벽지에 발라져 있지 않으면 주름이 생긴다. 그럴 때면 칼로 거품을 빼고 눌러줘야 한다. 몇 번 하다 보면 요령이 생기지만 몸은 아픔에 익숙해지는 것을 거부한다. 어디가 탈이 나도 난다. 벽지를 붙일 때면 계산을 잘해야 한다. 남으면 잘라 내면 되지만 모자라면 문제다. 작은 무늬가 있는 것은 무늬를 맞춰야 해서 될 수 있으면 고객들에게 커다란 꽃문양이나 두루뭉술한 문양을 최신의 벽지라 우긴다. 아내는 그래도 살가운 성격이라 인근 부동산에 수시로 드나들었다. 시장에서 산 단팥빵을 손에 들고 부동산 문을 열며 하하, 호호 웃음을 터뜨렸다. 그날도 부동산 주인의 소개로 도배를 하러 갔다. 아내는 다리가 아픈 나를 대신해서 사다리에 올랐다. 사다리 작업 안전 수칙은 늘상 염두에 두었지만, 몸에 배지 않는 이상 사고는 늘 따른다. 도배 전

2KG짜리 바벨을 양쪽에 달면 5KG이 된다

용 접이식 우마 사다리에 올라서서 왔다 갔다 하다 보면 균형을 잃을 때가 있다.

"내가 할게, 내려와."

"한 살이라도 젊은 내가 하지 뭐."

한 번이라도 벽지를 발라 본 사람은 안다. 머리를 뒤로 젖히며 사다리에서 왔다 갔다 하는 것이 얼마나 고통스러운지. 아내는 휘청하며 떨어졌다.

"들어가, 좀 더 자."

"잠은 많이 자."

나는 아내를 밀어 내며 트럭에 올랐다. 아내는 차창 밖에서 검은 비닐봉지를 건넸다.

"배고플 때 먹어."

봉지를 살짝 들여다보았다. 노랗게 잘 익은 바나나였다. 바나나 한 개를 아내에게 건넸다. 아내는 손사래를 쳤다.

"하나만 먹어도 배불러."

나는 늘 열고 다니던 차 창문을 올렸다. 차 안에 바나나 향기가 가득했다. 아내의 향기가 가득했다. 국화의 향기가 가득했다. 아내는 피를 흘린 채 손에 든 바나나를 놓지 않았다고 했다.

떨리는 손으로 사다리에 올랐다. 사다리 정상에 오르자 다리가 몹시 떨렸다. 가슴은 더 떨려 왔다. 나는 '목격자를 찾습니다'라는 현수막을 부들부들 떨며 설치하다 이내 주저앉았다.

'순정이는 등갈비를 아니, 국화를 좋아했습니다······.'

나는 그동안 해 왔던 도배 일을 접고 아르바이트로 해 왔던 현수막 설치를 본격적으로 하기 시작했다. 노련미를 앞세워 젊은이들과 경쟁하며 입지를 탄탄히 굳혀 나갔다. 높은 곳이나 걸 때가 없는 곳을 공략했다. 이 일이 전망이 없다며 떠났던 동료와 예전에 같이 일했던 젊은 사람과 함께했다. 어디든지 셋이 같이 다녔다. 양쪽에서 잡고 한 사람이 봐 주고 일은 속전속결이었다. 돈이 되는 일이라면 무엇이라도 했다. 게릴라 현수막이 주업이 되자, 그저 현수막이 좋아서 한다는 젊은 사람과 사사건건 부닥치며 갈등이 심해졌다. 결국, 돈이 필요한 옛 동료와 둘이 하게 되었다. 우리는 말이 없었다. 새벽에 나가서 밤늦게 돌아왔다. 게릴라 현수막은 꼭 필요한 업체에서 대량으로 찍었다. 우리는 단속반과 숨바꼭질하였다. 붙이고 떼고를 반복했다. 아파트 분양 현수막은 출퇴근길에 맞춰서 도로에 서 있다가 철수하기도 했다.

나는 평상시와 마찬가지로 묵묵히 사다리를 트럭에 실었다. 오늘은 일이 많았다. 호프집 개업, 마트 땡처리, 헬스장 회원 모집, 자동차 영업, 원·투룸·오피스텔 투자자 모집 등 갈 곳이 많았다. 매일 이런 식이면 목표를 앞당길 것 같았다. 아들을 장가보내고 같이 화원을 하고 싶었다. 단일 품목으로 화원 전체를 노랗게 물들이고 싶었다. 업종을 바꾼다는 것이 쉽지 않겠지만, 틈틈이 공부를 병행했다. 꽃 가게를 할까도 생각했지만 답답할 것 같았다. 대문을 열자 아들이 창고에 등을 기대고 쪼그려 앉아 있었다. 종일 뛰어다닌 탓에 어깨와 팔, 다리 등 성한 곳이 없었다. 나는 무의식적으로 다친 다리 쪽으로 사다리를 메고 걸었고 그 모습은 영락없이 불편한 장면을 만들었다.

"병신 흉내 내나, 내가 나간다고 하니까 놀리는 거야."

2KG짜리 바벨을 양쪽에 달면 5KG이 된다

아들의 들릴 듯 말 듯 작은 소리가 커다랗게 들리며 가슴에 깊숙이 꽂혔다. 순간 어찌할 줄을 몰랐다. 아들은 얼마 전에 알게 된 커피 배달원 경미와 지방으로 내려갈 것이라 했다. 경미는 무용수를 꿈꿨지만, 생활이 여의찮아 어떻게 하다 보니 지금 이 일을 해 왔다는 것이다. 전문대학에서 전공한 무용을 더 배워 자신의 꿈을 키우고 싶다고 했다. 이에 아들이 동참했다.

"아무래도 서울보다는 지방이 돈이 되니까요."

불법 개조하겠다고 했다. 나는 딱히 이렇다 할 변명이라도 해서 잡아 보고 싶었지만 알았다고 고개를 끄덕였다. 아들의 결혼, 누군가의 꿈을 짓밟고 싶지 않았다. 땀으로 온몸이 젖은 채 점퍼를 수돗가에 던져 놓고 창고로 향했다. 아들은 점퍼를 빨래 가방에 넣으려다 주머니에 있는 약 봉투를 발견했다.

"아프면 병원에 가서야죠."

밥그릇에 소주를 부었다. 그릇에 달이 반쯤 걸려 있었다. 그 모습을 보고 있자니 등갈비가, 바나나가 생각났다. 아내가 보고 싶어졌다.

구청에서 사업자등록증을 받아들고 나왔을 때 아들로부터 전화가 왔다. 나는 전화를 받지 않았다. 업체에서 현수막을 받아 설치만 했었는데, 돈벌이도 그렇지만 내가 직접 제작하고 싶었다. 세상에 단 하나밖에 없는 현수막을 만들고 싶었다. 현수막만 설치해도 대박 나고 사람들이 모이고 잃어버린 그 모든 것들을 찾아 주고 싶었다. 사무실은 아담했다. 옛 동료와 여직원이 다였다. 여직원 후배의 소개로 대학교 축제 현장을 찾았다. '제대로 정신 박힌 놈들만 와라!'라는 빛바랜 사회학과 현수막이 눈에 띄었다. 글자 색깔은 빨간색 한 가지였지만, 다시 한번 쳐다보게 하였다. 게시대 앞에 사다리를 펼쳤다. 학생들뿐만 아니라 일반인들로 학교는 시끌벅적했다. 사다리 맨 꼭대기에 오르자, 운동장 끝 무대 위에 장터에서 보았던 가수가 공연하고 있었다. 나도 모르게 가수에게 손을 흔들었다. 가수는 안무와 상관없이 나에게 손을 흔들어 주었다.

'그 사람 잘 있죠?'

직접 사업체를 하다 보니 게릴라 현수막을 할 수 없었다. 돈 많이 벌었나 보네, 하며 발길을 돌린 단골손님도 있었다. 불법으로 사용한다고 해도 찍어 주는 것은 상관이 없다. 하지만 설치는 할 수 없었다. 특히 요즘은 미관상 천으로 된 현수막보다 LED 전자현수막이 대세였다. 지정된 곳에 설치하는 것을 서로 선호했다. 현수막을 설치하려면 먼저 구청에 신고하고 지정된 게시대와 도로변 펜스 외에는 불법이라는, 여기까지 생각이 들자 헛웃음이 나왔다. 그러나 매달 업소에 떨어지는 추첨방식에 한계가 있어서 나는 다시 게릴라 현수막으로 돌렸다. 처음 의도와는 달리 막무가내로 찍어서 막무가내로 달고 막무가내로 싸우며 떼고를 반복했다. 어느 날이었다. 노쇠한 아버지가 사무실로 들어와서 이런 것도 되느냐며 물었다. 아들이 직장 내에서 요즘 말로 왕따라는데, 하며 아들에게 힘내라는 문구를 제작하고 싶다고 했다.

'아들아, 힘내라!'라는 단순한 문구였다. 그 후로 한 달 후, 나는 다시 '아버지, 사랑합니다!'라는 현수막을 제작 설치했다.

아들에게 전화가 왔다. 아들은 말이 없었다. 나는 수첩을 꺼내 아들에게 건넨 통장 비밀번호를 다시 확인했다.

2KG짜리 바벨을 양쪽에 달면 5KG이 된다

'벌써 다 썼나, 무슨 일이 생긴 건가.'

나는 화분을 들여다보았다. 무언가 심었다는 것은 기억에 있지만 무얼 심은 건지는 기억나지 않았다. 한 가지 명확한 것은 국화는 아니었다. 그저 매일 들여다보고 햇볕을 쬐어 주고 물을 주는 것이 다였다.

"사다리도 심으면 꽃이 필까?"
"설마, 농담이지?"
"나무잖아요."
덤덤한 표정으로 묻던 아내의 얼굴이 떠올랐다.

동료에게 먼저 서울로 올라가라며 차비를 챙겨 주었다. 덜컹거리는 도로를 지나니 눈앞에 파란 물결이 일었다. 백사장 입구에서 한참을 있었다. 나는 차에서 내리지 못했다. 돈 많이 벌어서 오자며 아내의 풀에 굳은 손등을 두 손으로 잡으며 말했었다. 아내는 "그깟 바다" 하며 그러자고 했었다. 차 유리문 안에서 바라보는 바다는 뿌연 먼지를 쓸어 내지 못하고 왔다가 사라지고를 반복했다. 폐장한 해수욕장은 적막했다. 시동을 걸까 하며 망설이다 시동을 걸었고 다시 돌려 껐다. 어둑해진 바닷가에 발을 담갔다. 검은 물빛은 검은 다리를 씻어 가지 못하고 남아서 한 걸음 움직일 때마다 모래를 남기고 갔다. 품 안에서 아내를 닮은 국화 한 송이를 꺼냈다. 국화의 줄기를 잡고, 파도 속으로 밀어 넣었다. 파도가 빠져나가면서 잎과 이파리를 떼어 내려 했다. 그것을 보고 있자니 머리를 감던 아내의 얼굴이 떠올랐다. 아내는 머리카락이 많이 빠진다며 속상해했었다. 그래도 예쁘다는 말에 물에 젖은 머리를 들며 웃어 보였다. 나는 다시 오는 파도 속으로 국화를 보냈다.

　달이 유난히 밝았다. 트럭에서 사다리를 내려 어깨에 짊어졌다. 나무는 튼튼해 보였다. 사다리를 나무 앞에 세우고 한 계단, 두 계단 올랐다. 사다리는 그 끝이 보이지 않았다. 이대로 계속 오른다면 하늘 끝까지 오를 것 같았다. 그동안 눈여겨봐 왔던지라 나무의 가지는 튼튼해 보였다. 나는 밧줄을 가지에 걸고 힘껏 당겨 보았다. 사다리가 흔들리지 않을 만큼 가지는 단단했다. 밧줄을 목에 걸었다. 사다리만 내 몸에서 떨어져 나가면 되었다. 그래도 혹시나 하며 밧줄에서 목을 빼고 밧줄을 양손으로 잡고 사다리에서 펄쩍 뛰었다. 손목이 삐끗하며 어깨가 빠지는 고통과 함께 몸은 그네 타듯 앞으로 쭉 나갔다가 제자리로 오며 나무에 등을 세게 부딪쳤다. 그 과정에서 자연히 바닥으로 떨어졌다. 떨어지면서도 나뭇가지를 보았다. 나뭇가지는 꺾이지도 휘청거리지도 않았다. '튼튼하네.' 바닥에 주저앉은 채 나무를 올려다보았다. 풍선을 가지에서 빼 달라는 아이가 떠올랐다. 눈처럼 휘날리던 벚꽃 위에 누워 있던 모습이 떠올랐다. 사다리에 한 발을 디뎠다. 다시 오르는 사다리는 덤덤했다. 한 열 계단 오르자, 나뭇가지에 다다랐다. 그리고 스무 계단 정도 오르자, 길에 세워 둔 트럭이 보였다. 서른 계단 정도 오르니 숨이 가빴다. 계속 올랐다. 꽃무늬 벽지 천장이 보이자, 돌아서 앉았다. 중국집에서 아버지와 엄마, 나 셋이서 자장면을 먹고 있었다. 나는 시종일관 웃고 있었다. 엄마는 내 입가에 묻은 짜장을 닦아 주었다.

　　　　　　　　　2KG짜리 바벨을 양쪽에 달면 5KG이 된다

＊ ＊

친구들과 웃고 장난치며 오다가 어깨에 사다리를 메고 있는 아버지를 보았다. 아버지는 더는 움직이지 않고 서 있었다. 아이들이 다 지나가고 난 뒤 절뚝대며 집으로 걸어갔다.

"절뚝대는 거 싫어, 아프면 병원에 가."

나는 금방이라도 울음이 터질 거 같아, 애꿎은 신발주머니를 바닥에 내팽개쳤다. 아버지는 사다리의 한쪽 다리를 수선하고 있었다. 한쪽으로 지탱하다 보니 균형이 안 맞는다고 했다. 나는 화가 나기도 하고 미안하기도 해서 방으로 곧장 들어가지 않고 대문에 기대어 섰다.

"그냥 알루미늄 사다리 사면 안 돼요?"

할아버지가 남겨 준 유일한 재산이었지만, 몸도 편치 않은데 굳이 더 무겁고 불편한 나무 사다리를 메고 다니는 것이 정말 싫었다. 한번은 동네 빌라 담벼락에 올라가서 보수하는 것을 보았는데 경사진 곳에 반토막짜리 벽돌을 한쪽 사다리 밑에 괴고 있는 모습에 경악을 금치 못했다. 아버지가 움직일 때마다 내 가슴은 타들어 갔다. 더는 볼 수가 없었다. 심장이 두근거리고 다리가 후들거렸다. 아버지가 사다리에서 내려올 때 나는 두 손으로 내 눈을 가리고 주저앉았다.

"왜 동네일까지 해?"

나는 참아 왔던 울음을 터뜨렸다.

* * *

울어 대는 전화통에 나는 방 안의 불을 켰다. 아들의 전화였다. 내일 서울로 올라온다는 것이었다. 집으로 온다고, 아예 온다고, 다시는 안 내려간다고 했다. 통장의 돈은 그대로라며 그리고 툭, 끊었다.

아버지의 이 일만은 하지 않기를 바랐다는 말씀이 머릿속에 가슴속에 남아서 한동안 일을 할 수 없었다. 나는 내가 하고 싶은 일과 할 수 있는 일을 연습장에 써서 지워 나가기로 했다. 오전에 생각한 일은 오후에도 별다른 진전을 보이지 않았다. 그때 전화가 왔고 나는 도구를 챙겨 현장으로 나갔다. 주인아주머니가 짜장면을 시켜 준다는 말에 잠시 나가서 먹고 오겠다고 말했다. 도구는 방에 놔둔 채 작업복 차림으로 밖으로 나왔다. 순댓국을 먹을까, 설렁탕을 먹을까 하다가 집에서 차려 주는 밥을 먹고 싶어 백반집을 찾았다. 동료 하나가 끝까지 고기를 먹겠다고 고집을 피워서 일 끝나면 저녁에 먹자고 했다. 백반집을 나서는데 '목격자를 찾습니다'라는 현수막이 눈에 들어왔다. 우리는 한 손에 커피가 든 종이컵을 한 손에는 담배를 피워 물고 있었다. 벚꽃이 흐드러지게 피우다 넘쳐, 흘러내리고 있었다. 벚나무 아래에서 시간을 확인하고 아직 여유가 있자 이런저런 대화를 했다. 그러다 동시에 다시 현수막을 보게 되었다.

"다시 만날 수 있다면……."

우리는 각자 담배에 불을 붙여 피우고 식은 커피를 마저 마셨다. 주인아주머니는 흡족해했다. 그리고 수고비를 두둑이 챙겨 주었다. 이런 날은 으레 한잔하는 것이 맞았다. 그래서 아까 먹기로 한 고깃집을 찾았다. 갈

2KG짜리 바벨을 양쪽에 달면 5KG이 된다

비를 뜯으며 세상을 하나, 둘 뜯기 시작했다.

"말세야."

"그런 새끼들은 똑같이 당해 봐야 해."

이곳은 오래된 집들이 많아서 우리는 계속 낮에는 백반집을 밤에는 고 깃집을 찾았다.

"아파트 하나 맡으면 평생 잘 먹고 잘사는데."

항상 우리는 언젠가 그런 날이 올 것이라고 굳게 믿으며 헤어졌다가 다음 날 만났다. 이곳은 이제 더는 낯설지 않았다. 그러던 어느 날이었다. 그날은 아침부터 무척 더웠다. 통장 아주머니가 아침부터 큰 소리로 "도 배지가 예쁘네" 하며 왔다 갔다 하더니 내 앞에 섰다. 맞선을 주선하겠다고 했다. 그러더니 다짜고짜 내 손을 잡고 밖으로 나왔다. 통장 아주머니는 마당에서 한참을 서성이더니 조심스레 말을 꺼냈다. 애가 있는 과부라는 것이었다. 남편과는 사별이라고 했다. 아들이 있는데 장애인이라는 것도 언급했다. 아이 때문에 남편과 이별한 것은 절대 아니라며 사별이라고 강조했다. 통장 아주머니는 떨떠름하게 서 있는 나를 뒤로하고 가더니 다시 왔다. 요즘에 그런 참한 사람 만나기 어렵다고 했다. 나는 그냥 고개를 끄덕였다. 통장 아주머니는 다시 한번 내 손을 잡았다. 아무래도 일을 그만두기 전까지는 계속 나를 찾을 것 같았다. 통장 아주머니의 주선으로 아내가 일하는 등갈비 집에서 혼례를 치렀다. 구민회관에서 할까도 했지만, 아내도 나도 등갈비 집에서 하는 것이 편했다. 시장 사람들이 저마다 축하해 주었다. 나는 아내와 사진관에서 사진을 찍었고 신혼집도 통장의 소개로 이곳에 얻었다. 조그만 마당이 있고 마당 안쪽에 조그만 창고가 하나 있었다.

* *

아버지와 다툴 때마다 창고에 들어가 한동안 나오지 않았다. 아버지도 내가 창고에 있다는 것을 알고 있었지만 더는 찾지 않았다. 창고 안은 습했다. 돌려서 켜는 전구가 하나 있을 뿐이었다. 사다리가 벽에 기대어 있었다. 용도에 따른 사다리의 종류는 다양했다. 작업에 따라 꼭 필요한 사다리가 필요했다. 하지만 어디를 가든 아버지는 항상 할아버지에게 받은 나무 사다리를 챙겼다. 나는 사다리를 만져 보았다. 묵직했다. 사다리에 걸터앉으려 했으나 균형이 맞지 않았다. 서 있을 때는 그렇지 않은데 앉으면 흔들렸다. 작은 창문으로 어스름 달빛이 들어왔다.

* * *

게릴라 현수막은 사람들 눈에 얼마나 잘 띄느냐가 관건이었다. 우리는 여기저기 육교를 찾아다녔다. 아파트 분양 광고였는데 실적은 다음 날 분양사무실에 걸려 오는 전화로 확인할 수 있었다. 그렇게 되면 여기저기 찾아다니지 않고 그 육교에서 떼었다 붙였다 하면 되었다. 민원이 들어온 다음 날 그 육교를 찾았다. 현수막은 철거되고 없었다. 육교 밑에 트럭을 세웠다. 나는 한참 동안 트럭에서 나오지 않았다. 인적이 없는 틈을 타서 빠르게 육교를 향해 계단을 뛰어올랐다. 설치를 마치고 뒤돌아서는데 우리는 세 사람에게 둘러싸여 있었다. 신고받고 출동한 단속반이었다. 그들과 실랑이하며 현수막이 철거되는 과정에서 나는 계단을 구르며 다리를 겹질렀다. 미친 듯이 차를 몰았고 단속반은 쫓아오지 않았다. 플래시가

2KG짜리 바벨을 양쪽에 달면 5KG이 된다

몇 번 터졌을 뿐. 나는 연신 흘러내리는 땀을 소매로 문지르며 운전대를 꽉 쥐었다. 집으로 왔을 때는 온몸이 땀으로 젖어 있었다. 약국에 들러 약을 샀으나 깜빡 잊었다. 나는 씻지 않고 그대로 잤고 다음 날 고열에 시달렸다. 다쳤었던 다리라 더는 신경 쓰지 않았다. 아내의 따스한 손길이 그리웠다.

다음 날 아들에게 전화하려다, 하려다 포기하고 불편한 다리를 끌며 밖으로 나왔다. 동료에게 전화가 왔다. 다리는 괜찮으냐고. 다리는 괜찮다고 했다. 빛바랜 현수막을 찾았다. 목격자는 찾지 못했다. 나는 오랜 시간 현수막 옆에 앉아 있었다. 다리의 붓기가 어느 정도 가라앉았다.

아내와 한강을 찾았다. 아내는 한강 다리에서 자살하는 사람들을 위해 다리 뒤로 현수막을 걸자고 했다. 나는 그런 건 공익광고로 우리가 굳이 할 필요 없다고 했다. 아내는 자비로 한 달만 현수막을 설치하자고 졸랐다.

"한 달씩이나?"

문구는 아내가 만들기로 했다.

"다시 한번, 자살을 거꾸로 하면, 이런 것은 너무 흔하지. 뭐가 좋을까?"

아내는 몇 날 며칠을 고민했다. 한강 다리에 도착하자 다리 난간에는 불법 광고물들이 부착되어 있었다. 불법 광고물을 발견하는 즉시 수거할 수 있도록 단속반이 운영되고 있지만, 수거와 동시에 광고물이 다시 붙기에 단속이 어렵다고 했다. 다리 안쪽에 있는 광고물은 자칫하면 운전자들에게 사고를 유발한다고, 그런 뉴스를 볼 때마다 그런 뉴스를 들을 때마다 다리가 아팠다. 어쩌면 다리는 생명이자, 죽음의 그림자가 드리워진 곳이라는 생각이 들었다.

정원을 하기까지의 고민과 그 이후로의 실패와 좌절, 하지만 그때마다 용기를 준 건 가족이었다. 아들은 서울을 떠난 날부터 한시도 편한 날이 없었다고 했다. 낯선 장소와 낯선 사람들 속에서 아내와 같이 있는 것만으로 버텼지만, 텃세가 심해서 자리 잡기도 어려웠고 아내 또한 굳은 의지와 달리 이미 몸이 굳어서 열정과 용기만으로는 고전을 면치 못했다는 것이었다. 아들이 서울로 올라온 뒤 일주일이 지났을 때였다. 아들 내외가 저녁 식사를 준비하고 있었다. 그날의 메뉴는 등갈비구이였는데, 예전에 먹었던 등갈비와는 차이가 있었다. 아내가 해 주었던 등갈비는 늘 찜이었는데 며느리가 내놓은 등갈비는 구운 등갈비였다. 집에서는 등갈비를 굽기가 쉽지 않았다. 뼈와 고기가 두꺼워서 여차하면 익지 않고 타기 때문이었다. 며느리는 시장 안에서 등갈비를 구웠다고 했다. 준비해 간 돈을 다 쓰기 전에 뭐라도 해야 해서, 선택한 것이 음식점이었는데 문득 어렸을 적부터 등갈비 맛에 익숙한 아들의 아이디어로 시작했다고. 일반 음식점이 아닌 가판대에서 먼저 삶아 놓은 등갈비에 양념해서 구웠다고 했다. 길에서 흔히 사 먹을 수 있는 꼬치 같은 것이었는데 뜻밖에 반응이 좋았다며, 혹 이렇게만 한다면 원래의 목표를 이루지 않을까, 잠시나마 행복하고 좋아했었다고 했다. 하지만 처음 해 본 장사라 이문이 남기는커녕 매번 적자였는데, 어느 날 아들은 아내를 데리고 인근 야산에 올랐고 문득 집이 보고 싶어 정리하고 올라왔다고 했다.

"트럭 안에서 달을 보는데 아버지가 보였어요."

2KG짜리 바벨을 양쪽에 달면 5KG이 된다

나는 정원 한가운데에 사다리를 심었다. 사다리 칸마다 작은 화분에 꽃이 피어 있었다. 어느 날은 하얀 꽃이 또 어느 날은 노란 꽃이 피었다. 정원 입구에는 사다리가 펼쳐져 있었고 그 사이사이에 꽃이 피었다.

　"사다리에 꽃이 피었습니다."

　손주의 재롱에 나는 웃음을 지어 보였다. 손주와 함께 아들이 운영하는 정비소에 들렀다. 제법 사장 티가 났다. 집으로 돌아오는 길에 유난히 달이 밝았다. 아들의 손에는 바나나가 내 손에는 등갈비가 들려 있었다. 집에 오니 사진을 공부하며 여행 중인 며느리로부터 우편물이 도착했다. 나는 우편물을 아들에게 건넸다. 아들은 우편물을 뜯어서 내용물을 확인하더니 나에게 다시 건넸다. 나는 고개를 갸웃대며 조심스레 봉투를 열었다. 며느리가 보내온 사진은 전국을 돌며 찍은 현수막이었다.

　'우리 예쁜 순정이, 첫 돌 축하'

　'순정아! 입학 축하해'

　'가을 운동회, 순정이가 일 등'

　'순정아, 졸업을 축하해'

　'순정이, 대학 합격!'

　'순정이, 취업 성공!'

　'순정아, 결혼 축하해!'

　'순정아! 평생을 너만 바라볼게. 우리 영원히 함께하자'

　나는 사다리를 접어 창고에 집어넣었다. 다리의 통증은 사라졌다. 바람이 더는 불지 않았다.

- 끝 -

오십보백보

진찰실의 벽은 얼룩져 있었다. 로비의 조명도 어두웠다. 둥그런 탁자나 쿠션 의자도 없었다. 의학 도서가 가지런히 꽂혀 있어야 할 벽면이 온통 서랍장으로 덮여 있었다. 로비 분위기는 한의원 같았고 진찰실 안의 분위기는 창고 같았다. 고시생이 있는 방처럼 책이 산더미처럼 쌓여 있었다.

　지저분하게 널려져 있는 옷가지들과 전신 거울, 잡지 책들과 바닥에 뒹굴고 있는 드라이기, 빛바랜 연두색 서랍장 위로 십구 인치 낡은 텔레비전, 그 옆엔 일백십 볼트를 이백이십 볼트로 바꿔 주는 서랍장보단 좀 더 진한 연두색의 변압기, 벽은 커다란 이중창문으로 때가 끼고 불투명했다.

　복어 집은 정면으로 요리할 때 반쯤 보이는 직사각형으로 탁 트인 주방이 있고 요리사가 손님들을 맞이하며 그 앞으로 둥근 테이블과 쿠션 없는 둥근 의자들이 아무렇게 놓여 있었다. 고급 요릿집이 아닌 선술집 정도였다.

　취조실에는 덩그러니 긴 탁자와 철제 의자가 있었다.

　더벅머리에 검은 가죽 잠바, 진갈색의 면바지, 흰 운동화를 신은 상현은 병원 문을 열고 들어와 간호사에게 형사 신분증을 보여 준 뒤 의사와의 면담을 요청했다. 간호사는 잠시만 기다리라며 진찰실로 들어갔다. 조금만 더 기다리라고 했다. 하지만 상현은 막무가내로 진찰실의 문을 벌컥 열었다. 의사인 영준은 가운데 머리가 많이 빠져 있으며 얼굴은 온화한데 말라서 더 늙어 보였다.
　"결론부터 얘기하죠."

"무슨 일이시죠?"

"사건을 수사 중인데요."

"무슨 일 처리를 이렇게 하나요. 예의도 없고 절차도 없고."

영준의 말투는 차가웠지만, 입가에 옅은 미소를 띠며 볼펜의 뒤를 바닥에 툭툭 치고 있었다. 평상시와는 조금 다른 행동을 보였다. 물론 상현도 알고 있었다. 세 번째 방문이어서 그의 행동거지를 어느 정도는 파악하고 있었다.

"진료기록을 포함해서 환자에 관한 서류들은 함부로 보여 드릴 수 없습니다."

"유력한 용의자라서요, 협조 바랍니다. 그리고 일전의 의료 사고에 대해서도."

"의뢰인 말만 믿고 정확하지도 않은 정보에 타인의 신분을 노출할 순 없어요. 거기에다 의료 사고는 뭔가 오해가 있는 듯하군요."

"다 이렇게 합니다."

"영장을 가져와요."

영준은 얇은 나비 모양의 안경 너머로 상현의 위아래를 빠르게 스캔했다. 이미 확신하고 찾아왔다는 생각이 들어서인지 차분한 모습에 되레 긴장했던 것에 잠시나마 후회했다.

"장옥준 38세, 알코올 중독이라 들었습니다. 넉 달 전 복음병원에 입원해 있다가 퇴원하고 그 병원에서 알선해 준 안두리 교회에서, 장애아들을 돌보며 봉사활동을 했는데 의뢰인과는 봉사활동 회원인지라 자주 만나게 되었고 그 과정에서 의뢰인에게 남자가 있는데."

영준은 길게 얘기할 시간이 없다며, 상현에게 나가 줄 것을 요청했다.

진료 시간이 정해져 있다며 한사코 나갈 것을 종용했다. 상현은 로비에서 대기 명단목록을 보고 들어왔기에 영준이 하는 말에 당황하지 않았다. 물론 영준도 상현이 그럴 것이라는 정도는 간파하고 있었다.

"시간 좀 내주시죠, 퇴근 후엔 어떻습니까?"

상현은 더는 수사를 지체하고 싶지 않았다.

"제가 그래야 할 이유가 있나요?"

영준은 서랍장을 여닫으며 상현의 인상을 훑어보았다.

"내일은 어떠세요?"

"수요일은 세미나에 참석합니다."

"그럼, 목요일 날은 어떠세요?"

"영장을 가져와요."

"그날 뵙겠습니다."

영준이 아직 출근하지 않은 것을 알고 상현은 간호사에게 강압적으로 말하고 진찰실로 들어가려 했다. 저번 목요일 날 약속하고 왔는데 세미나에 갔다고 말한 것에 대해서 따지듯이 말했다. "수요일 날, 세미나에 간다고 하고선" 하며, 간호사를 밀치듯 진찰실로 들어갔다. 의심치 않도록 문을 살짝 열어 둔 채, 안에서 기다리겠다고 말했다. 간호사는 내심 걱정돼서 취하는 행동치곤 편안해 보였다. 상현도 이것을 눈치채고 있었다. 어쩌면 간호사도 이 일에 깊숙이 개입됐을 것이라는 막연한 확신이 들었다. 간호사는 녹차를 주겠다며 진찰실로 들어왔고 상현은 도둑이 아니라 형사라며 약간 화난 제스처를 보였다. 또한, 늘 밥을 제때 먹지 않아서 녹차를 마시면 속이 쓰리다며, 커피도 마찬가지라고 단호하게 말했다. 상현은

2KG짜리 바벨을 양쪽에 달면 5KG이 된다

영준의 의자 뒤에 있는 캐비닛을 열어 보려 했지만 굳게 닫혀 있었다. 서랍장도 마찬가지로 닫혀 있었다. 책상 위에는 진료지와 볼펜 그리고 가족사진이 담겨 있는 액자가 놓여 있었다. 돌아서 나오려다 책상 밑으로 작은 상자에 사십오도 각도로 살짝 삐져나와 있는 작은 액자를 집어 들었다. 상현은 화장실에 가면서 영준이 오기를 기다린다며 진찰실에 들어갔다는 것을 말하지 말라고 했다. 영준이 출근하자 간호사는 그 형사분 오셨다며 화장실에 갔다고 말했다. 물론 진찰실에 들어갔다는 것은 손짓으로 표현했다. 상현은 화장실 문 뒤에서 예의주시하고 있었지만 별다른 소리가 없어서 자연스럽게 변기 물을 내리고 나왔다. 상현은 창문을 열었다 닫으며 영준의 표정을 살폈다. 영준은 의외로 상현에게 발밑에 놓여 있었던 액자를 꺼내 놓았다.

"남의 방에 함부로 들어와도 되는 건지."

"뭔 소린지."

"그렇게 관찰력이 없어서 형사는 무슨, 이 액자 위 테두리에 검은 테이프 같은 걸 봐요. 액자를 좌우로 흔들면 검은 테이프가 왼쪽으로 가게 되죠."

상현은 내심 당황했지만, 겉으로는 내색을 안 했기에 오히려 표정과 몸동작이 부자연스러웠다.

"저번 살인 사건이 미수로 끝났지만, 의뢰인이 누군지 아십니까?"

"범인을 알고 있는 듯 확신이 서려 있군요."

"안미라 씨가 소진다래, 장애우들 봉사활동 회원이신 건 아시죠? 장옥준도 회원이고 안미라 씨는 보름에 한 번 봉사활동을 나오다가 매주 그러다 매일 나오게 되었고 장옥준과 점차 가까워지면서 안미라 씨에게 남자가 있는 것을 알고 안미라 씨를 눈여겨봐 왔던 장옥준이 그날 복어 집에서 재경을 만나서 살해하려 했다. 그런데 거기엔 의심나는 일들이 한둘이 아닙니다. 아내 몰래, 사랑했던 여인이 자신의 환자와 바람을 피우는 것을 목격하고 의료과실로 사망케."

"삼류 소설이네요."

"안미라는 재경을 시켜 장옥준과의 사이를 떼어 놓으려 했든지, 당신이 안미라를 사랑했기에 감수하면서 지내왔는데 뜻밖에 복병을 만나니 이참에 복어 집으로 장옥준과 재경을 불러들여 독이 든 복어로 둘 다 살해하려 했다. 하지만, 장옥준은 일이 뜻대로 안 돼서 숨어 버리고 재경이 의식을 잃자, 장옥준을 살해범으로 본다."

상현은 확신하듯 마치 판사가 판결문을 읽듯 차분한 어조로 때로는 강한 어조로 영준을 압박했다.

"막장 소설 씁니까? 그리고 요즘 누가 그렇게 지레짐작으로 수사를 합니까? 재경이가 누군 줄 몰라요?"

"재경이가 누굽니까?"

"그런 수사력 가지고 무슨, 그래서 밥은 먹고 다닙니까?"

"솔직히 말씀하시죠? 장옥준 지금 어디에 있습니까?"

"복어 좋아해요? 매운탕에 술 한잔할까요?"

병원 앞 술집에서 영준과 옥준은 소주를 마셨다.

"목요일 날, 제가 사람을 데려오죠."

"어차피 막가는 인생입니다만, 뭐 하는 사람입니까?"

"자신의 형을 죽였다고 나에게 협박하고 있어요."

"법적으로 처리하면 되잖습니까?"

"사실 내 잘못도 있어요. 아무튼, 달래도 보고 했는데 막무가내예요. 내 가족을 협박하고 10억을 요구하더라고요."

"전 요리만 하면 됩니까?"

"복어의 독에 의한 죽음이 아니라, 물에 수면제를 탈 겁니다. 그래서 운전하고 가다가 교통사고로 위장하면."

"그렇다면 굳이 복어집에서 할 필요가 있나요?"

"그 친구 복어를 좋아한다는군요."

"현금으로 주실 수 있죠?"

"그리고 이거, 녹음기."

"이게 뭡니까."

"혹시 잘못되면 이대로 진술 바랍니다."

인적이 없는 허름한 창고, 천장에 매달려 있는 전구는 약간 깨진 창문 틈으로 새어 들어오는 달빛에 흡수되고 있었다. 낡은 테이블 위에 빛바랜 전화가 놓여 있고 그 옆으론 오래된 텔레비전이 위태롭게 부서질 듯한 탁자 위에 비스듬히 놓여 있었다. 옥준은 절룩거리며 녹음기를 켰다.

[R1]

의사 선생님께 문제가 있는지 그림자처럼 쫓아다녔어요. 관광지였어요. 말을 탈 기회가 있었는데 안장을 찾느라 동분서주하더라고요. 그냥 기념 촬영일 뿐인데 마치 경주라도 할 사람처럼 열의를 보이더라고요. 점심시간이 지났고 웬 싸구려 돈가스집에 가서 수프의 종류를 물어보더니 종업원이 크림수프밖에 없다고 하니까 무척 당황하더라고요. 그왜 있잖아요. 고기는 어떻게 달라고 뭐라고 한 것 같던데 종업원은 뒤도 안 돌아보고 가더라고요. 저녁때였어요. 혼자선술집에 갔는데, 소주잔에 고춧가루가 딱딱한 게 붙어 있더라고요. 주인장을 부르려고 무척 망설이는 것 같았어요. 눈치를 보더니 직접 떼고 안도의 숨을 쉬더라고요. 살인할 사람은 아니었습니다.

옥범은 복어를 꺼내 손질하고 있었다. 경력 사십 년의 베테랑 요리사였다. 수많은 직업이 있지만, 복어를 멋들어지게 다루는 사람은 극히 일부에 지나지 않는다며 복어 손질과 요리에 대해 오는 손님마다 칭찬이 자자했다. 옥범 또한 자부심이 대단했다. 적어도 자신은 세계까지는 아니더라도 국내에서는 제일 손꼽힐 거라며 자신만만했다가 학교나 유학에 관한 또 세계 대회나 상에 관한 얘기가 나오면 빈 도마에 칼을 세게 부닥쳤다. 그 소리가 갑자기 쏟아지는 게릴라성 소나기였다면 손님들도 다시는 오지 않았을 것이다. 특이했지만 최면이라도 걸린 것처럼, 묘한 리듬과 박자에 빠져들었다. 손님들은 유학과 학교 얘기를 하다가도 복어 다루는 솜씨를 보면 멍하니 앉아 있곤 했다.

영준은 동료 의사들과 복어집으로 들어왔다.

"기가 막힌 선택을 하셨습니다."

"주인 양반 재미있는 분이시군요."

"저희 가게엔 처음이지요? 뭐 하시는 분들이신가요? 초면에 이런 것 물어도 될지 모르겠습니다만, 지적인 일을 하시는 것 같네요."

"의사입니다."

"아! 의사 선생님들이시군요. 무엇을 드시겠습니까? 저희 업소는 복어 매운탕 전문집입니다."

"그럼 매운탕으로 주세요. 정말 맛있습니까?"

"일단 한 번 드시면 계속 찾아오실 겁니다."

"잘해 주세요. 제 입맛 까다롭습니다."

"제가 이 바닥에서 사십 년 동안 잔뼈가 굵은 몸입니다. 한 번 오신 분들이 다시 찾을 땐 베테랑 씨 합죠."

"그래요. 저도 이 방면에선 베테랑 소리를 듣습니다."

"우리는 어떻게 보면 같은 직업이라고 할 수도 있겠군요. 선생님께서는 사람의 목숨을 살리고 저는 복어의 목숨을 놓고 제 칼 놀림에 의해서 복어의 목숨이 왔다 갔다 하지 않습니까, 물론 복어를 사람에게 비교한다는 것이 우습기는 하군요."

"제가 알기로 복어는 바다에서 건지자마자 배 위에서 죽이는 것으로 알고 있는데요. 복어의 아래턱이 굉장히 강해서 여차하면 손가락도 절단될 수 있다고 해서, 돌이나 망치로 주둥이를 때려잡는다고 알고 있습니다. 게다가 내장은 독이 있어서 일반음식점이나 시장에 나올 때 법적으로 아예 빼고 납품하는 것으로 알고 있습니다."

"아! 역시 많이 배우신 분이라 모르는 것이 없군요. 틀린 말씀이 하나도 없습니다만, 제가 이 바닥에서 사십 년입니다. 아주 특별한 손님이나 또 간직할 만한 추억을 갖고 계신 분을 위해선 직접 살아 있는 복어를 요리해서 올립니다. 물론, 그때에는 아주 신중하게 처리해야 합니다. 복어의 내장에 있는 독을 뺄 때는 찬물에다 빼야 합니다. 뜨거운 물에서 독을 빼게 되면 복어의 살과 피가 엉겨 붙어서 그대로 먹으면 즉사하지요. 아차, 이건 비밀입니다. 바쁘신 선생님들을 모셔 놓고 제가 주책을 떠는군요."

옥범은 복어를 다루는 손놀림이 여간 빠르지 않았다. 영준은 옥범의 칼 놀림을 보며 동료 의사들에게 우리가 수술할 때 메스를 저 정도 놀린다면 환자는 어떻게 될까 하며 웃었다.

"인간은 누구나 죽게 되어 있습니다. 언제 어디서 죽을지 누가 압니까?"

옥범은 주방에서 파닥거리는 복어를 꺼내 왔다. 영준은 파닥거리는 복어를 보다 복어의 눈빛이 죽어 가던 친구의 눈빛 같아 고개를 돌렸다.

"복어가 살아 있네요? 어떻게 구매했습니까?"

"제가 누구입니까, 이 바닥에서 사십 년 동안 잔뼈가 굵은 몸입니다. 선생님의 새로운 활력을 주기 위해서 제 사십 년 동안 쌓아온 노하우를 공개하겠습니다. 너무 맛있어서 다음에 또 부탁하면 곤란합니다. 오늘만 특별히 해 드리는 겁니다."

"근데 독은 다 뺐습니까?"

"아, 이 복어는 지금 요리할 수 없습니다. 독을 빼내야죠. 제가 이 바닥에서 사십 년 동안 잔뼈가 굵어 온 몸입니다. 설마 내장의 독 때문에 그러시는 것이라면 염려 푹, 놓으십시오. 아, 의사 선생님께서 그렇게 겁이 많으셔서 어떻게 수술을 하십니까. 그리고 모험을 해야 큰 것을 얻는 법입니다. 아마 둘이 먹다 한 사람이 죽어도 모를 겁니다. 자, 다 됐습니다."

이때 검은 정장 차림으로 오른쪽 팔에 위생이라고 쓰인 완장을 찬 남자가 들어왔다.

"구청 위생과에서 나왔습니다."

"뭐 그리 자주 와서 들여다봅니까? 저희 업소는 깨끗 그 자체입니다."

그 남자는 영준이 앉아 있는 주변을 흘끗 보며 주방으로 들어갔다. 주방의 기구들을 들어 보이며 코로 가까이 가져갔다.

"이거 세균의 온상지네."

"아따, 이 양반 뭔 소리를 그렇게 섭섭게 하십니까. 보아하니 초짜네. 뭘 좀 뜯어보려고 하는 수작이라면 나한텐 안 통하지."

"이 사람 보기보단 무식하네."

"뭐야! 시방 보아하니 돌팔이구먼."

영준은 돌팔이라는 말에 주방을 향해 고개를 돌렸다.

"내가 이 바닥에서 삼십 년으로 잔뼈가 굵은 몸이야. 냄새만 맡아도 세균이 몇 마리 있는지 알 수 있다고, 단 한 마리까지도 맞출 수 있어."

"이 사람 허풍이 심하네, 검은 양복만 입으면 말을 그렇게 해도 되는 거야? 그래, 나는 가방끈이 짧아서 잘은 모르겠지만, 위생만큼은 철저히 지킨다고. 나 목욕하는 것보다 더 자주 씻는다 이 말이야."

"이 사람 말로 해선 안 되겠네. 아무튼, 내 구역이고 하니까 봐주는 거야. 나중에 검사원들과 나와서 대대적으로 조사할 테니까 조심하라고. 에이, 지저분해."

"아, 썩을 놈. 생긴 것 보니 되게 밝게 생겼네. 자식, 담뱃값 좀 달라고 하면 어련히 안 줄까 봐, 꼴에 자존심은 있나 보군. 야, 이놈아 대대를 끌고 와 봐라. 내가 눈 하나 깜짝하나."

영준은 복어가 조금 남아 있는 탕을 들여다보다 수저를 내려놓았다.

영준은 의사, 간호사들과 수술 준비를 하고 있었다. 공교롭게도 수술환자는 얼마 전 복어집에서 보았던 구청 위생과 직원이었다.

"의사 선생님 저 죽습니까?"

"언제부터 그랬습니까?"

"아침까진 멀쩡했는데 점심나절부터 속이 메스껍고 막 뒤집히는데."

"최 간호사, 마취 준비해 주세요."

"잠깐, 제가 위생산데 수술기구들은 깨끗합니까?"

"깨끗합니다."

도형은 배에 의한 통증으로 식은땀을 줄줄 흘리고 눈은 반쯤 하얗게 뜬 채 몸을 뒤척였다.

"수술하고 나서 침상이며 기구들을 새것으로 바꿉니까?"

"침대보는 새로 바꾸고 기구들은 깨끗하게 닦습니다."

"소독은 당연히 하지요?"

"합니다. 최 간호사, 마취."

도형은 마취제에 눈만 끔뻑거리며 안간힘을 쓰다가 영준의 팔을 잡았다.

"메스 좀 봅시다. 이거 세균이 천 마리는 족히 되겠는데요. 제가 군대에서 의무병으로 있었습니다. 아니 제가, 군대 훈련 중 병사가 다쳤는데 소독 안 한 기구로 치료했다가 오히려 다친 상처보다 세균으로 인해서 결국, 병사는 불명예로 제대했죠. 제가 이 바닥에서 삼십 년 동안 잔뼈가 굵은 몸입니다. 흔히 베테랑이라고 하죠. 이거 세~균이 득실~하~는~데 지금 입~고 있는 가운~과 쓰~고 있는 마~스."

"이 사람이, 당신 죽고 싶어!"

삼십 초면 마취가 되어야 하는데, 의식이 남아 있었다. 영준은 시계를 들여다본 후, 메스를 들었다. 영준은 빠른 손놀림으로 자르고 꿰매고 했다.

'나도 이 분야에서 이십 년 동안 잔뼈가 굵은 몸이야. 나를 흔히 베테랑

이라고 부르지.'

영준은 실수로 다른 장기를 건드리고 사방에서 피가 터져 나왔다.

"뭐야! 이거! 이거 왜 이러지, 안 돼, 아냐, 아냐, 아냐, 안 돼!"

영준의 실수로 도형은 사망했다. 영준은 담배만 피워 대다, 담배를 바닥에 집어 던졌다.

'나는 베테랑인데. 그래, 운이 없었던 거야. 내가 죽인 게 아니라고. 놈이 경망을 떨지만 않았어도 충분히 잘해 낼 수 있었어. 난 이 시대 최고의 의술을 가지고 있다고 자부했는데. 그래, 내 잘못이 아니야. 잊고 다시 시작하자고.'

영업 준비로 한창 바쁜 옥범이 주방에서 복어를 다듬고 있을 때 복어집으로 영준이 찾아왔다.

"어서 오십쇼! 오래간만이네요."

"예."

"별로 기운이 없어 보이는군요."

"예."

"저번에 위생 문제로 안 오시는 줄 알았습니다. 저희 업소 깨끗합니다."

"예."

"무슨 문제라도."

"전 말입니다. 제가 하는 직업에 대단한 자부심을 느꼈었습니다. 제 직업이 최고라고 생각했죠."

"자신의 직업이 최고라고 생각해야죠. 아, 말 끊어서 죄송합니다. 얘기 계속하십시오."

"그런데, 그렇지 않다는 걸 알았습니다. 저는 저의 의술을 굳게 믿고 있었죠. 그러나 본의 아니게."

"사람은 신이 아닙니다. 신도 가끔가다 실수하는데 심지어 우리 인간이 별수 있겠습니까? 하하하. 그러나 저는 이 분야에서 최고라고 자신합니다. 잠시만 기다리십시오. 제가 오늘 선생님을 위해서 최고의 솜씨를 발휘하겠습니다."

영준은 신문을 뒤적이다 자신의 기사를 보고 신문을 덮었다.

[R2]

벌레가 날아다니면 모기라고 생각했습니다. 모양만 같으면 똑같은 기능이 있을 거로 생각했습니다. 설사 아니더라도 있으면 불필요할 거라고, 제 마음에서 받아들일 때까지 되뇌었습니다. 달랑 차비만 있으면 어디든 나갈 것 같은데 오히려 지갑이 두툼하면 불안했어요. 잠이 깨면 항상 불을 켠 채 잠이 들었습니다. 타이머를 맞췄다 다시 제자리로 돌려놔서 그런지 몰라도 선풍기에서 이상한 소리가 나더라고요. 드르르 드르르 드르르 꼭 시위하는 것 같기도 하고.

"오해야. 그 친구 교통사고로 들어왔어. 근데 죽기를 바라더군. 위암 말기였어. 자신뿐만 아니라 자식들한테 고생시킬 수 없다며 수술을 거부했다고."

복어집의 영업이 끝나갈 무렵 영준은 표정이 굳은 채로 들어섰다.

"영업 끝났, 어휴, 의사 선생님이시네요? 어쩐 일로."

"긴히 드릴 말씀이 있습니다."

"농담이시죠?"

"섭섭지 않게 드리겠습니다."

이때 문을 열고 옥준이 들어왔다.

"밖에서 기다리겠습니다."

옥범은 영준의 소매를 잡았다.

"잠깐만요. 못 들은 거로 하겠습니다."

영준은 골목에 서 있다가 옥범이 퇴근하자, 복어집 문을 두드렸다.

"그때, 얘기한 대로 진행해 주세요."

복어집에서 상현은 영준을 다그쳤다.

"이제 사실대로 말씀해 주시는 겁니까?"

"아직도 날 의심하는 겁니까? 재경인 의뢰인 안미라의 이복동생입니다. 미라는 내게 재경일 애인이라 소개를 했죠. 그때 알았어요. 미라가 왜 내게 접근했는지, 오해하고 있구나 해서요. 근데 그 친구는 위암 말기 환자였어요. 이미 죽은 목숨이었단 말입니다."

상현은 칼솜씨가 서투른 옥준을 보다 신분증을 요구하고 옥준은 밖으로 뛰쳐나갔다. 도망가다 다리를 겹질리고 상현에게 붙들렸다.

취조실에서 옥준은 이미 넋이 나가 있었다.

"벌레가 날아다니면 모기라고 생각했습니다. 모양만 같으면 똑같은 기능이 있을 거로 생각했습니다. 설사 아니더라도 있으면 불필요할 거라고,

제 마음에서 받아들일 때까지 되뇌었습니다. 달랑 차비만 있으면 어디든 나갈 것 같은데 오히려 지갑이 두툼하면 불안했어요. 잠이 깨면 항상 불을 켠 채 잠이 들었습니다. 타이머를 맞췄다 다시 제자리로 돌려와서 그런지 몰라도 선풍기에서 이상한 소리가 나더라고요. 드르르 드르르 드르르 꼭 시위하는 것 같기도 하고. 어디까지 했죠? 맞아요, 관광지였어요. 말을 탈 기회가 있었는데 안장을 찾느라 좀 고생을 했죠. 그냥 기념 촬영일 뿐이었는데 갑자기 경주가 하고 싶었어요. 점심시간이 지났고 돈가스 집엘 갔죠? 수프의 종류를 물어보니까 크림수프와 쇠고기 수프 야채수프가 있다고 하더라고요. 그래서 야채수프로 달라고 했죠. 고기는 웰던으로 해 달라고 했어요. 저녁때였어요. 혼자 선술집에 갔는데, 소주잔에 고춧가루가 딱딱한 게 붙어 있더라고요. 주인장을 불러서 얘기했죠. 그게 답니다."

"그게 다라뇨?"

"예, 제가 뭐라고 했나요?"

"아니, 방금 마치 뭘 외운 사람처럼 읊어 댔잖아요?"

"아닌데요."

재경은 차분했다.

"제가 병원을 찾았을 땐 의붓아버진 이미 의식을 잃은 상태였죠, 교통사고였어요. 그런데 낯익은 여자가 아버지 손을 잡고 우시는 거예요. 그래요, 맞아요. 어머니였어요. 너무 오랜만에 봐서, 아니, 어렸을 적에 보고 못 봐서."

상현은 주머니에서 녹음기를 꺼냈다.

"이 녹음기가 저에게 우편으로 배달됐던 겁니다."

상현은 녹음기를 틀었다.

병원이라며 전화가 왔어요. 제가 병원을 찾았을 땐 아버진 이미 의식을 잃은 상태였죠. 교통사고였어요. 동생에게 전화하려고 잠시 나왔다 들어갔는데 의붓어머니가 아버지 손을 잡고 우시는 거예요. 뒤에서 누군가하고 있는데 침대 뒤에서 또 한 사람이 나오는 거예요. 의사였어요. 의붓어머니와 심하게 다투더라고요. 의붓어머니는 그냥 울기만 했어요. 그 의사 선생님과 아버지는 친구였다는군요. 그런데 의붓어머니가 이상한 소리를 했어요. 아버지를 일부러 죽였다고. 설마 했는데 화장실에서 간호사들이 더 살 수 있었다고, 그래서 일부러 접근했어요. 복수하려고요. 처음엔 그 가정을 파탄시키려고 했는데 고영준 그 사람 끈적하게 다가오더군요. 그래서 오히려 내가 더 겁이 났어요. 고영준을 떼어 버리려고 제 동생 재경이를 애인처럼 보였고 봉사활동에서 옥준을 알게 됐어요. 형이 요리사라고 했어요. 복어 요리사, 복어로 사람을 죽일 수도 있다고.

"설마……"

"그래요. 당신 어머니께서 꾸민 일입니다. 수술 실패 후 폐인이 돼 가는 고영준이 눈엣가시였겠죠. 소름이 끼치더군요. 전 남편과 자식을 버리고 다른 남자와 살더니 어떻게 자식을 이용해서 이 같은 일을 꾸밀 수 있는지. 당신의 누나를 고영준에게 일부러 접근케 하고 그걸 빌미로 돈을 챙기려고 했습니다."

"그럼, 취조실에 있는 건 누군가요?"

"조사 중인데, 집을 압수 수색하다가 이상한 USB를 발견했습니다. 더조사해 봐야 알겠지만, 화자가 다른데, 내용이 같아요. 순서는 다르지만, 의사 얘기가 나와서 아무래도 고영준과 관련된 듯합니다."

복어집에서 나온 상현은 경찰서로 가기 위해 자신의 차로 돌아왔다. 시동을 켜고 녹음기를 차례대로 재생했다. 말소리가 처음에는 명확하게 들렸는데, 점차 희미하게 들렸다. 상현을 미행했던 재경은 상현의 차 문을 열고 녹음기와 영준이 옥준에게 건넨 USB, 블랙박스 SD를 뺐다. 재경은 옥범에게 USB를 주었고 옥범이 준 물을 마시자마자, 그 자리에서 거품을 물고 쓰러졌다.

옥범은 영준의 목소리가 담겨 있는 USB를 영준에게 건넸다. 영준은 옥범에게 돈 봉투를 건네고 복어집에서 나왔다. 미라는 영준을 보며 옅은 미소를 띠었다.

- 끝 -

2KG짜리 바벨을 양쪽에 달면 5KG이 된다

혹돔

눈이 스르르 잠겼다. 따듯한 체온을 느끼며 강한 조명을 받았다. 몸을 일으켜 세우려 했으나 꼼짝할 수 없었고 숨을 쉬기 힘들었다. 잠시 후, 몸의 물기가 말라 갈 무렵 딱딱한 나무 위에 반듯하게 놓였다. 순간 주광색의 스포트라이트가 번쩍였고 차디찬 금속이 내 몸을 스쳤다. 쓰라린 아픔보다 묘한 쾌감을 느꼈다. 순간적이라 아무런 생각을 할 수가 없었다. 정신을 차려보니 몸이 따로 놀았다. 머리를 움직이고 꼬리를 움직여도 몸은 반응하지 않았다. 조심스레 숨을 쉬어 보았다. 심장만 두근거릴 뿐이었다. 있는 힘껏 몸을 움직이자 살들이 튀어 나갔다. 더는 꼼짝할 수 없었다. 통증은 없었지만, 정신이 혼미해져 갔다. 기다란 금속들은 바쁘게 내 몸을 조금씩 뜯어 갔다. 몸이 사시나무 떨듯 떨렸다. 마지막으로 몸부림을 쳐 댔다. 내 몸의 일부가 떨어져 나가는 것이 이렇게 커다란 고통일 줄 몰랐다. 반대쪽 몸이 후들거렸다. 그러지 말라고 꼬리를 흔들어 댔다. 나의 성치 않은 몸을 눈동자들이 지켜보고 있었다. 그들의 눈동자를 후비고 싶었다.

피켓 문구는 커다란 X였다. 재킷, 바지, 장화 모두 검은색 무광 가죽이었지만 지원의 얼굴은 빛이 났다. 두 시간째 미동하지 않았다. 참참이 플래시가 터졌을 때 오른손을 들어 검지와 중지로 V자를 했을 뿐이었다. 지나가는 노인이 혀를 차며 한 번 쳐다보다가 다시 와서 지원 앞에 섰다. 지금은 사진사지만 한때는 기자였다고 말했다. 학교를 전전하며 졸업식 사진을 찍는다고도 했다. 노인은 뒤로 주춤거리다 뒷걸음질로 황급히 자리를 피했다. 지원은 재킷을 벗었고 속옷만 입고 있었다. 지원이 재킷을 다시 입을 때였다. 태수는 지원의 왼팔을 강하게 잡았다. 지원이 바로 뿌리치자 물렁

　　　　　2KG짜리 바벨을 양쪽에 달면 5KG이 된다

루주의 사설 경호원인 태수는 당황했다. 지나가는 학생들이 스마트폰으로 사진을 찍자 태수는 지원의 목을 감싸고 웃어 보였다. 지원은 어느 단체를 대표해서 나온 것은 아니라고 못 박았다. 또한, 지금은 이것에 대해서 누구에게 알린다거나 도와달라거나 하는 것도 아니라고 말했다.

"그럼, 뭐 하는 건데, 무지개 깃발도 흔들어야 하는 거 아냐?"

"그런 거 아니래도. 색안경 좀 끼고 보지 마. 네가 예술을 아냐?"

태수는 옷매무새를 바로잡았다. 옅은 은색 줄무늬가 촘촘하게 들어간 검은 유광 색의 정장 차림이었다. 움직일 때마다 정장의 결이 드러나는 건장한 체격의 소유자였다.

"넌 이게 단순한 X로 보이냐?"

"그럼 곱하기냐?"

지원은 고개를 절레절레하며 피켓을 어깨에 메고 물랭루주로 들어갔다. 태수는 멈칫했다가 황급히 따라 들어갔다.

잠시 숨을 고르고 무대로 천천히 걸어 나갔다. 무대 위에 설치된 봉을 잡고 바닥에 앉았다. 조명은 모두 꺼져 있었다. 'Calling you[3]'의 전주가 흐르자 나는 봉을 잡고 일어섰다. 다리로 봉을 감쌌다. 발바닥에 땀이 났다. 미연이 뒤에서 나를 감싸 안았다. 조명이 서서히 들어오면서 'Jevetta Steele'의 숨넘어갈 듯한 낮게 깔린 애절함이 절정에 이르렀을 때 조명이 켜졌다. 붉은 조명은 피를 감추었지만, 비명은 숨기지 못했다. 뜨겁고 끈적끈적한 것이 어깨에서 가슴으로 흘러내렸다. 미연의 자살 시도는 충격

---

3) 영화 바그다드 카페(Bagdad Cafe, 1987) OST, 가수 제베타 스틸(Jevetta Steele).

이었다. 나라면 모를까, 미연이 왜?

나는 옷을 모두 벗었다. 단단한 것이 내 몸에 붙어 있다는 게 거추장스
럽고 불편했다. 공연만 성황리에 마치면 성기를 떼어 내기로 결심했다.
이번 공연에 사활을 걸었다. 그동안 보여 주지 않았던 색다른 공연을 위
해 고군분투했다. 하지만 요즘 세상에는 비밀도 없고 신기한 것도 없었
다. 나는 그저 하찮은 광대에 불과했다. 여기까지 생각이 미치자 두통이
밀려왔다. 담배 한 개비를 물고 거울 앞에 앉았다. 희뿌연 연기 사이로 미
연이 뒤에 서 있었다. 왼쪽 손목에 하얀 붕대를 감고 있었다. 내가 가장 부
러워하는 미연은 버릴 것이 없었다. 미연의 어깨는 부드러웠고 가슴은 풍
만했다. 다소곳이 앉아 있는 하얀 다리는 잘라 가질 수만 있다면 진즉 그
렇게 했을 것이다. 나는 그나마 여성호르몬이 많아서 목울대가 보이지 않
는 것에 만족했다. 목소리에 신경을 쓰다 보니 말수가 점점 줄어들어 차
갑다는 이미지가 굳어졌다. 나는 브래지어를 차고 성기를 구겨 넣고 팬티
를 입었다. 무릎이 튀어나와 보기 안 좋았지만, 호르몬 주사를 맞으면서
누구 못지않게 수다쟁이로 변해 버렸다.

공연은 늘 처음처럼 긴장감의 연속이었다. 실수는 바로 추락이었다. 어
디에서나 마찬가지로 이미지가 중요했다. 처음이 가장 중요했다. 처음
에 실수하고 만회하려고 해도 그 이미지가 남아 있어서 아무리 애를 쓴
다고 해도 꼬리표처럼 따라다녔다. 불특정 관객이 대부분이었지만, 적게
나마 팬클럽도 존재했다. 한 번의 실수는 프로에서 아마추어로 낙인이
찍혀 버렸다. 스스로 극복하지 못하고 떠나는 출연자도 많았다. 특히 이
곳에서 실수는 그러면 그렇지, 라는 색안경을 쓰고 보는 장소였기 때문

에 더욱 신경이 쓰였다. '물랭루주(Moulin Rouge)' 이곳은 저마다의 사연을 간직한 소중한 공간이었다. 성별은 중요치 않았다. 무대가 있어서 모였고 공연이 있기에 꿈을 포기하지 않았다. 먹고 사는 데 급급했다면 이곳에 남아 있는 사람은 아무도 없었을 것이다. 술과 상관없이, 유흥과 상관없이 공연을 보러 오는 사람들도 많았다. 단지 막연한 호기심으로 오는 것이 아니었다. 공연은 TV, 영화에서 각인되었던 장면을 패러디하거나 세계 축제에서 공연되었던 것을 자신의 스타일에 맞춰서 재창조했다. 가장 많이 선호하는 것은 '브라질 리오 카니발(Rio Carnival, Carnaval do Rio de Janeiro)' 축제와 '빅토리아 시크릿 패션쇼(Victoria's Secret Fashion Show)'였다. 하지만 대부분 창작하려고 했다. 나는 그것에 누구보다 자부심이 있었다. 창작은 삶에 있어서 포기하지 않는 원동력이기 때문이었다. 끝없이 연구하고 노력하고 돈이 없어도 땀을 흘리는 그 시간만큼은 누구보다 행복했다. 하지만 이곳은 창작을 허락할 만큼 녹록하지 않은 곳이었다. 결국, 대중에게 많이 회자한 영화를 선택하는 것이 일과가 되어 버렸다. 그러다 보니 경쟁심에 늘 다투고 크고 작은 사건들이 생겼다.

"나는 〈시카고〉[4]의 록시 하트."

"록시 하트 나오면 벨마 켈리도 나와야지."

"죽고 싶지 않으면 따라 하지 마라."

"걔네 콤빈 거 몰라?"

공연이 잡히면 작품과 배역이 정해지지 않았는데도 서로 영화나 뮤지컬의 주인공을 하겠다고 으르렁대는 일과로 하루를 시작했다. 또한, 저마

---

4) 영화 〈시카고(Chicago)〉. 2002년. 뮤지컬, 범죄, 드라마. 미국.

다 의상과 소품에 민감하게 반응을 보였다. 화려한 옷을 입으려고 가지각색의 색깔들로 뽐내고 무대에 섰다. 하지만 조명은 그 어떤 색보다 하얀색을 잘 받쳐 주었다. 색색의 조명들은 하얀색에 흡수되었다. 그러자 이번에는 하얀색 타조 털에 반짝이는 보석들을 달기 시작했다. 보석들은 조명에 반사되어 알록달록 아름다운 빛을 만들어 냈다. 누구는 거울을 잘게 쪼개서 옷에 달았다. 거울에 비친 조명은 또 다른 영상미를 발산하였다. 그러자 거울의 크기로 옥신각신 신경전을 펼쳤다. 소품은 무대에서 중요한 요소였다. 소품도 마찬가지로 조명과 밀접한 관계가 있다. 특히 머리에 쓰는 관과 손을 이용하는 부채는 하얀색이나 은색이 바탕이었다. 그것도 보석이나 거울 조각으로 치장했다. 때로는 거대한 조형물을 이용하기도 했다. 하지만 공간의 제약과 소품에 드는 비용 때문에 실효성은 미미했다.

나만큼 세월에 흔적을 고스란히 담고 있는 보석유리관을 집어 들었다. 투명보석으로 이루어져 있어 조명효과를 톡톡히 볼 수 있었다. 머리 뒤쪽으로 커다란 타조 깃털을 몇 개 꽂았고 점점 그 수가 늘어났다. 보석이 몇 개 떨어져 나갔다. 처음 보석유리관을 쓰고 무대에 섰을 때 세상의 모든 시선을 뜨거운 가슴으로 받아들였다. 보석유리관을 들어 천천히 돌려 보았다. 이렇게 쉽게 떨어져 버릴 수 있다면 고민하지 않았을 텐데. 하지만 이것도 드러난 자리가 표가 났다. 깃털이 바래고 군데군데 떨어져 나간 공작을 어깨에 메고 거울을 바라보았다. 공작은 구애를 펼치는 화려한 공작새처럼 멋있고 웅장했다. 타조 털에 여러 색으로 염색하고 보석으로 치장했다. 춤에 맞춰 접거나 조금씩 펼쳐 보이며 섬세한 동작을 표현했다. 보석유리관의 세월만큼 공작도 세월을 비껴가지 못했다. 눈꽃도 펼쳐 보

2KG짜리 바벨을 양쪽에 달면 5KG이 된다

왔다. 작은 타조 털로 눈 결정체 모양을 본떠서 만든 지게로 다양한 춤 동작을 표현하는 데 도움을 주었다.

혁준이 잠깐 사무실로 비켜 준다는 말에 신경 쓰지 말라고 했다. 나는 옷을 모두 벗었다. 핀잔을 주는 혁준을 바라보면서 보름 전에 주문해 놓았던 무대의상으로 갈아입었다.

그를 처음 만났을 때였다. 무대 뒤에서 언니들과 옷을 갈아입고 있을 때 그가 들어왔다. 그는 앳된 얼굴로 두리번거리다 금세 얼굴이 벌게졌다. 그도 그럴 것이 우리는 대부분 실오라기 하나 걸치지 않은 채 모두 벗고 있었다. 그는 고개를 숙이며 출연자 대기실을 물었고 우리는 키득거리며 웃었다. 분장실이며 탈의실, 대기실 그런 거 없다고 하자, 그는 상기된 얼굴로 무대 구두가 담긴 봉투를 내밀었다. 큰언니는 담배를 피우며 그의 엉덩이를 손으로 툭 쳤다. 그는 당황해하며 어쩔 줄 몰라 했고 지배인이 들어와서 홀에 가 있으라고 하자, 엉거주춤 홀로 나갔다. 두리번거리는 모습이 무척 귀여웠었다. 내가 맥주를 들고 나가서 홀에 앉아 있는 그의 잔에 맥주를 따라 주었다. 그는 물처럼 마셨고 그의 손을 내 무릎 위에 갖다 대자, 그는 그 자리에서 얼음처럼 굳어 버렸다. 빨개진 얼굴에 땀을 비 오듯 흘렸다.

"연주, 알지?"

나는 그의 말에 잠시 움찔거렸다. 연주는 일본에 가서 대성공을 거뒀다. 동갑내기 라이벌을 모를 리 없었다. 연주는 이름 대신 구슬이라는 애칭으로 통했다. 이름처럼 얼굴도 동글동글했고 성격도 모나지 않았다. 일본으로 건너간 지 삼 년 만에 일본 공연장에서 큰돈을 벌었고 그곳에서 성전환 수술도 성공적으로 끝마쳤다. 지금은 이태원에서 대모로 통한다. 사십삼 평 아파트도 장만했고 고급승용차도 타고 다녔다.

"연주 얘기를 왜 해?"

내가 신경질적인 반응을 보이자, 혁준은 고개를 갸웃했다.

"빅뉴스인데 하지 말아야겠다."

혁준은 묘한 뉘앙스를 풍기며 한쪽 입꼬리를 씰룩댔다. 그때 혁준의 얘기를 들었어야 했다. 어쩌면 다시 시작할 수 있는 절호의 기회를 놓친 셈이었다.

나는 담배를 깊숙이 빨아들였다. 이 일을 처음 시작했을 때 스포트라이트를 받을 줄 알았다. 화려한 의상을 입고 번뜩이는 조명 아래에서 사람들의 환호를 받고 싶었다. 노래와 춤 연기를 마음껏 펼쳐 보이고 싶었다. 하지만 장소가 주는 압박감에 조금씩 흔들렸다. 안무가와 늘 언쟁을 벌였다.

"네가 그렇게 고고하냐? 개뿔, 네가 춤을 알아? 이런 거 안 하려면 뭣하러 여길 들어왔어? 브로드웨이로 가든지, 하긴 능력이 있어야 가지?"

늘 거기까지였다. 우리는 성(性)에 대해 더는 그 누구도 언급하지 않으려 했다. 시간을 두고 천천히 생각해 보기로 했다. 조급함은 없었다. 하지만 화려한 빛은 그리 오래가지 않았다.

"인생은 타이밍이야."

안무가의 반복되는 그 한 마디, 모르는 사람은 없었지만, 시간은 속절없이 빠르게 흘러갔다. 밝기가 문제가 아니라 온도만이라도 유지하고 싶었다.

내가 담배의 마지막 한 모금을 쭉 빨아들이고 연기를 내뱉었을 때 혁준이 웃으며 다가왔다. 그도 한때는 앙드레 김을 꿈꾸며 패션디자이너의 길을 걸었고 왕성한 작품 활동도 했었다. 혁준은 메두사가 달린 혁대를 만들고 있었다.

"허리가 이십오 인치였나?"

"뭐, 이십오 인치?"

나는 발끈했다.

혁준은 "그래도 남자" 하다가, 내 눈치를 봤다.

"이십이 인치야."

"설마."

"오빠, 안 그럼 우리 다 굶어 죽어. 이것도 살찐 거라고."

나는 어색한 분위기를 돌리려 화제를 바꿨다.

"오빠, 예명이 뭐였지?"

"베드로 왕, 욕 많이 먹었지. 베라 왕 짝퉁이냐고."

나는 의상실 거울 옆에 놓여 있는 보석유리관을 집어 들었다. 이십만 원을 그의 손에 쥐어 주자 그는 펄쩍 뛰었다.

"재료비 얼마 안 하잖아."

"야, 그렇게 따지면 작가나 화가는 재료비 얼마나 드냐?"

내가 보석유리관을 도로 제자리에 놓자, 그는 보석유리관을 포장하며 내게 내밀었다.

"꼭 성공해라. 네 말대로 이거 재료비 얼마나 들겠냐, 내가 예술가도 아니고 그 꿈 버리지 마라. 언젠가 너도 남들 앞에서 화려한 조명 받을 날 오겠지. 그땐 내가 공연 첫날 맨 앞에 가서 널 지켜볼게."

"꽃 들고?"

"미쳤냐. 그동안 못 받았던 돈 받으러 가야지."

공연이 끝나고 텅 빈 홀을 바라보다 무대에 주저앉았다. 태수가 굳은 표정으로 내게 다가왔다. 군대 제대하던 날 공연을 보러 온 태수는 미연을 보고 물랭루주에 눌러앉았다. 할 줄 아는 것은 아무것도 없었다. 하지만 막무가내였고 결국 물랭루주의 경호원으로 지내고 있었다.

"미연은 어때?"

나는 내심 걱정 반 질투 반의 심정으로 물었다. 그는 고개를 가로저으며 아무 말 하지 않았다.

"이리 좀 올라와 봐."

나를 경계하는 그의 태도에 내심 속상하기도 하고 미연이가 부럽기도 했다. 그는 그런 나의 마음을 읽었는지 무대 위로 뛰어올라 내 옆에 앉았다.

"빈대는 하루에 섹스를 이백 번 정도 하는데 그중에 동성애가 일백 번이래."

내 말이 끝나자, 그는 내 얼굴을 빤히 보다가 병원에 있는 미연에게 가야겠다며 자리에서 일어났다. 그의 뒷모습을 바라보고 있자니 미연과의 대화가 떠올랐다. 태수와 데이트 첫날, 커다랗고 하얀 토끼 인형을 받았다고 좋아했었다. 미연이 자살을 시도하던 날, 피범벅이 된 미연은 토끼 인형의 눈알을 손에 쥐고 있었다.

태수는 소파에 기대어 앉아 이리저리 리모컨을 눌러 댔다. 화면 속의 여자는 술에 잔뜩 취한 채 옷을 하나, 둘 벗기 시작했다. 흐느적거리는 여자의 몸놀림은 한때 발레리나를 꿈꾸었던 것처럼 간결하면서도 화려해 보였다. 마지막으로 스타킹을 말아서 벗을 때 태수는 바지를 벗고 기다리고 있었다. 화면 정지, 플레이, 화면 정지, 플레이, 태수는 잠시 숨을 고른 뒤,

담배를 피워 물었다. 리플레이 후 화면 정지, 태수의 몸은 여러 차례 극심한 반동을 겪었다. 담배를 마저 다 피우고 소파에 고꾸라졌다. 얼굴이 붉게 달아올랐다. 희뿌연 담배 연기는 방안 가득 찼다. 태수는 창문을 활짝 열었다. 담배 연기가 창문으로 다 빠져나갈 때쯤 전화벨이 울렸다.

"오늘 뭐 입고 나갈까?"

"넌 하얀색이 잘 어울려."

"하얀색?"

"그냥 하얀색 말고 하얀색 줄무늬."

"알았어."

미연은 화장을 지우기 위해 화장대 앞에 앉았다. 그러다 옷장을 열어 보았다. 하얀색 줄무늬 원피스는 아직 한 번도 입고 외출한 적이 없었다. 미연은 방 안을 두리번거렸다. 설마 아니겠지, 하며 다시 화장대 앞에 앉았다. 미연은 눈을 감고 잠시 숨을 고른 뒤, 거울을 바라보았다. 방 안에는 또 다른 시선이 있었다.

"미안해."

태수는 침상에 뒤돌아 있는 미연에게 무뚝뚝하게 말했다. 내가 그랬던 것처럼 태수도 미연에게 첫눈에 빠져들었다. 자신에게 적극적인 애정 공세를 펼치는 태수를 함부로 내치지 않았다. 태수는 미연의 경호원이자 매니저였고 오랜 구애 끝에 연인으로 발전했다. 첫 데이트 때 태수는 손수 제작한 커다랗고 하얀 토끼 인형을 선물했다. 눈동자가 있는 토끼 인형. 미연은 예쁜 눈이 자신과 닮았다며 호들갑을 떨었다.

"훔쳐보니까 어땠어?"

"미안하다."

태수는 병문안을 갔다 온 후 물랭루주에 한 번도 나오지 않았다. 그러다 미연의 퇴원 소식에 물랭루주를 다시 찾았다. 다소 해쓱해진 얼굴이었지만 몸은 예전보다 더 커지고 단단해 보였다. 미연이 퇴원하던 날 태수는 오토바이 사고로 죽었다.

놀래깃과의 바닷물고기인 혹돔은 태어날 때 모두 암컷으로 태어난다고 한다. 그러다 그 무리 중 가장 큰 것이 수컷으로 변해서 종족을 번식한다고 한다. 나를 합리화시키려고 하는 것은 아니다. 구차하게 변명하고 싶지 않다. 게이, 레즈비언, 트랜스젠더 이들이 세상을 좀먹는 것도 아닌데. 왜 색안경을 쓰고 보는지 도저히 알 수가 없었다. 여기까지 생각이 미치자 정신이 혼미해지기 시작했다. 양주병의 바닥이 드러나자마자 앞으로 고꾸라졌다.

몸에서 열이 났다. 양팔은 허리에 붙어 버렸다. 다리도 서로 붙어 꼼짝할 수가 없었다. 옆구리에서 지느러미가 나오고 다리는 꼬리로 변하자, 나는 펄쩍 뛰어 수족관으로 몸을 던졌다. 첨벙, 첨벙, 첨벙, 수족관은 혹돔으로 꽉 차 있었다. 공연이 시작되었다. 나는 맘껏 꼬리를 흔들었다. 몸은 머리부터 꼬리까지 매끈했다. 암컷들뿐이었다. 날렵하게 물속을 휘젓고 다녔다. 수족관은 바다같이 넓었다. 모래 위에 바위와 수초들 사이로 자유자재 묘기를 맘껏 뽐냈다. 누구 하나 내게 색다른 시선을 주지 않았다. 조명이 꺼지자, 칠흑 같은 어둠이 찾아왔다. 이곳은 차별 없고 성역 없는 천국 같은 곳이었다. 졸음이 쏟아졌다. 나는 편안하게 물 위에 내 몸을 맡

　　　　　　　　2KG짜리 바벨을 양쪽에 달면 5KG이 된다

졌다. 둥둥 떠다니며 자유를 만끽했다.

조명이 켜지고 눈을 떴다. 어제와 달리 몸이 무거워졌다. 설마 하며 수족관 가까이에 가서 나를 비춰 보았다. 몸은 어느새 커다래지고 이마가 툭, 튀어나와 있었다. 젠장, 신체 일부가 툭, 튀어나오는 것에 환멸을 느꼈는데 제길, 나는 수컷이 되었다. 하지만 그전과는 달랐다. 암컷들이 나에게 미친 듯이 달려들었고 나는 수컷으로써 모든 권력을 움켜쥐게 되었다. 스포트라이트를 한 몸에 받게 되었다. 수많은 암컷과 하루하루 인생을 즐겼다.

온몸에 토사물을 뒤집어쓰고 무대 위에 널브러져 있는 나를 깨운 건 미연이었다. 미연이는 태수를 찾았다. 태수가 죽었다고 말하기 쉽지 않았다. 미연이 아직 그를 용서하지 않았기 때문에 멀리 떠난 것으로 마무리지었다.

"그 자식 돌아오기만 해 봐. 가만두지 않겠어."

미연은 성치 않은 몸으로 발을 쾅, 구르며 무대 아래로 성큼 내려갔다. 홀에서 사라지자, 나도 힘겹게 욕실로 향했다. 옷을 모두 벗었다. 세찬 물줄기는 내 몸 구석구석 토사물을 씻겼다.

오랜만에 혁준의 의상실을 찾았다. 혁준이 나를 보자마자 재떨이부터 내밀었다. 나는 손사래를 쳤다. 직접 끓여 준 원두커피를 마시며 무대에 쓸 소품을 구경했다. 오페라와 뮤지컬을 제작했을 때가 나름 전성기였다며 헛웃음을 짓더니 내게 다가와 오른팔로 허리를 감쌌다. 나는 피하지 않았다.

"오빠는 왜 결혼 안 해?"

"나랑 결혼할래?"

"오빠, 남자 좋아해?"

내가 무슨 말을 뱉었는지 정체성의 혼란이 왔다. 다음에 오겠다고 하고 그의 의상실에서 서둘러 나왔다. 물랭루주로 오는 길이 낯설었다. 나는 옷을 갈아입고 있는 미연의 허리를 감쌌다.

"나랑 결혼할래?"

미연은 나를 뿌리치지 않았다. 그녀의 몸이 가늘게 떨고 있다는 것을 알았다. 그리고 풀썩 주저앉으며 눈물을 쏟아냈다.

"나, 그 새끼 애 가졌어."

미연의 배가 불러 오기 시작했다. 입덧이 심했다. 물론 공연은 하지 않았다. 그만두겠다는 것을 내가 억지로 막았다. 부장에게 부탁해서 경리를 맡겼다. 하지만 곧잘 발작했고 손님과도 시비가 끊이지 않았다.

나는 무대에서 한창 공연하고 있었다. 무례한 손님과 시비가 붙은 미연을 도와준 것은 지원이었다. 지원은 물랭루주에 들어왔을 때 무대에 관심이 많다고 했다. 연극영화과를 졸업했고 영화판과 연극판에 있었다고 했다. 하지만 자신과는 어울리지 않았고 밤무대 공연을 연출하고 싶다고 했다. 그리고 자신은 레즈비언이라고 말했다.

사장은 물랭루주가 이런 곳이 아니었다며 자신이 생각했던 것과는 많은 것이 다르게 흘러간다고 못마땅해했다. 사장이 자리에서 일어나자, 지원은 달라지는 공연에 대해서 열변을 토했다. 태국, 일본, 브라질, 미국 쇼를 언급하며 한국 밤무대도 세계에 발맞춰 나가야 한다고 했다. 자신에게 일 년만 허락해 주면 물랭루주를 명실상부 세계 축제의 장으로 만들어 놓겠다고도 했다.

　　　　　　　2KG짜리 바벨을 양쪽에 달면 5KG이 된다

지원은 하루도 쉬지 않았다. 출장도 자주 다녔고 동영상을 분석하며 무대미술, 무대장치, 카메라, 조명과 관련된 프로 연출부도 끌어들였다.

"예술은 아무나 하냐?"

"그냥 하던 거 해."

"너희가 제일 잘하는 거 있잖아."

지원은 손님들의 아우성을 무시하고, 무시하고 무시했다.

술에 잔뜩 취한 지원이 미연을 끌어안았다. 미연은 강하게 거부했다.

"이젠 내가 경호원 해 줄게. 난 훔쳐보지 않아."

미연은 아무 말도 하지 않은 채 태수가 입고 있었던 재킷만 쳐다보았다.

"정신 차려. 그 새끼는 죽었다고."

지원은 아랫입술에 침을 묻히며 차갑게 쏘아보았다.

"빌어먹을 레즈비언."

나는 지원의 뺨을 후려쳤다. 미연은 사흘 동안 음식을 입에 대지 않았다. 나흘째 되던 날 가느다랗고 긴 음식들만 찾았다. 인큐베이터에서 숨만 고르고 있는 아기처럼 보였다. 미연이 일어서려고 하자, 나는 미연의 허리를 살짝 감아서 푹신한 베개를 벽에 기대게 하고 앉혀 놓았다. 새끼고양이마냥 가볍고 말랑거렸다. 밥은 아직 무리라 죽을 먹이려 했다. 하지만 계속 국수를 찾았다. 주방에서 국수를 찾았지만, 라면밖에 없었다.

"라면 끓여 줄까?"

"아니, 구불구불한 건 안 돼. 이 아이만큼은 곧게 자랐으면 좋겠어."

미연은 구불구불하거나 구겨지거나 꺾여 있는 것을 극도로 싫어하게 되었다.

"그런다고 뭐가 달라지냐, 현실을 직시하라고."

지원은 이전과는 달라져 있는 미연에게 애증 어린 조언을 내뱉곤 했다. 그럴 때마다 내가 나서서 지원을 가로막았다.

"미연이, 아프잖아."

"그래서."

"그냥 좀 내버려 두면 안 돼?"

내가 리허설을 한창 하고 있을 때 지원이 다가왔다.

"지랄하네. 넌 뭐냐?"

"난 선화야."

나는 공작 털로 눈꽃 모양을 한 지게를 어루만지며 당당하게 말했다.

"선화는 무슨, 강용철! 이름 좋네."

쪼그려 앉아 있던 미연은 용수철처럼 일어나서 지원의 뺨을 세게 때렸다. 지원은 피식하며 나갔다. 미연의 어깨는 여전히 흔들거리고 있었다. 지원의 태도는 어쩌면 당연한 거였다. 나는 구차하게 변명 같은 건 하고 싶지 않았다. 어쩌면 태수가 죽기를 바란 건 나였다. 태수가 물랭루주에 들어오기 전부터 나는 미연과 누구보다 가깝게 지냈었다. 우리는 서로에게 말과 행동 모두 스스럼없었다. 미연은 발레리나를 꿈꿨다. 가끔가다 공연에 대해 열변을 토하곤 했었다. '백조의 호수'에서 '오데트 공주'가 백조로 변한 슬픈 운명을 몸으로 표현하기도 했다.

"자신이 다른 모습으로 변한다는 것은 저주일까?"

"그로 인해 사랑하는 사람이 죽는다면 그게 사랑일까?"

우리는 답이 없는 질문을 주고받곤 했다. 미연은 내가 어렸을 적부터 여성에 관심이 있었던 얘기를 술 마실 때마다 반복해도 늘 호기심 어린 눈빛으로 날 대해 주었다. 고등학교 때 화장을 하고 거리에 나갔을 때 아무

2KG짜리 바벨을 양쪽에 달면 5KG이 된다

도 나에게 다른 시선은 주지 않았다. 심지어 구애받았을 때 묘한 쾌감을 느꼈다. 미연이 나의 허리를 뒤에서 감싸며 등에 얼굴을 파묻었다.

"쓰레기."

나는 세차게 미연을 뿌리쳤다. 미연은 바닥으로 나뒹굴었지만 차가운 시선은 거두지 않았다. 눈 하나 깜빡하지도 않았다. 배꽃 같은 그녀의 다리가 눈에 들어왔다. 첫눈처럼 창백한 얼굴로 몸은 똬리를 틀었다. 고양이 발톱 세우듯 양 손가락을 구부려 할퀴려는 자세를 취했다.

"네가 죽였지?"

"어떻게 그런."

"넌 처음부터 태수 안 좋아했잖아."

갑자기 내가 태수를 죽였을 거라는 생각이 들었다. 오토바이 핸들, 브레이크, 안장, 또 뭐가 있지? 오토바이에 별 관심이 없었던지라 딱히 오토바이에 대한 부품이나 사고로 위장할 만한 것이 떠오르지 않았다. 아니지, 뺑소니 차에 치였으니까 내가 가해 차량 운전자였을까? 생각이 여기까지 미치자 나는 미연을 아니, 잠정 목격자를 죽여야겠다는 생각이 들었다.

"태수랑 잤지?"

미연은 무표정으로 물었다. 나는 말없이 주저앉아 있는 미연을 일으켜 세웠다.

"미안하다."

"뭐가? 뭐가 미안한데?"

"앞으로 일어날 일, 모두."

나는 지원과 낮술을 마셨고 잠에서 깼을 때는 지원과 정사를 벌인 뒤였다.

"넌 정체가 뭐냐?"

담배를 피우던 지원의 음성이 담백하게 들렸다.

공연은 성황리에 끝났다. 지원은 그동안 각국의 무용수를 모아 합동 공연을 펼쳤다. 하지만 반응은 그다지 신통치 않았다. 스크린을 동원해서 영화같이 꾸몄고 조명과 무대장치를 이용하여 뮤지컬도 선보였다. 사실 지원이 연출한 뮤지컬 공연에 출연하면서 밤무대의 신세계를 경험했다. 내가 젊은 날에 하고 싶었던 공연이었다. 관객들과 소통의 공연. 마음껏 노래하고 춤추고 무대를 뛰어다니며 나의 모든 기량을 뽐내고 싶었던 공연. 나로서는 대만족이었다. 일부 손님들이 환호하는 눈치였지만 나머지들은 그 이상을 바랐다. 역시 무대장치, 조명 등은 중요하지 않았다. 결국은 벗는 게 최고였다. 마지막 순서로 지원의 레즈비언 친구들이 가세하자, 물랭루주의 열기는 최고조를 달렸다. 매상도 최고였다. 사장은 씁쓸해하며 돌아섰다.

나는 태국으로 떠나기 전, 미연을 맡아 줄 사람을 찾았다. 현재 성전환 수술은 태국이 최고였다. 수술을 마치고 공연을 보면서 그들과 교류도 원했다. 이참에 푹 쉬다 오기로 했다. 수술 후 관리를 잘해야 후유증이 남지 않았다. 일전에 수술 후, 후유증으로 고생하는 선배들을 보았다. 그들은 수술 후, 바로 공연에 들어갔고 후유증으로 무대를 완전히 떠나기도 했다. 그리고 지금처럼 의술이 발달하지도 않았기에 부작용으로 고생을 많이 했다.

나는 만반의 준비를 마쳤다. 하지만 미연이 문제였다. 정상도 아닌데 그녀를 두고 멀리 떠나기가 쉽지 않았다.

"지랄. 유난 떨긴. 아주 가냐?"

2KG짜리 바벨을 양쪽에 달면 5KG이 된다

지원이었다. 나는 불안한 마음을 갖고 태국으로 향했다.

태국에서 성전환 수술을 마치고 물랭루주로 돌아왔을 때 미연의 광기는 극에 달했다. 시도 때도 없이 국수와 냉면을 흡입했다. 미연은 쌍둥이를 원했고 가느다란 것만 먹었다.

"가느다란 것을 먹는다고 태아가 반으로 쪼개지기라도 해? 정신 차려."

지원은 미연에게 거칠게 대해도 결국 미연의 뒤치다꺼리를 잘 수행하고 있었다. 내가 무대에서 공연을 마치고 탈의실에 들어왔을 때 미연은 식칼을 삼키려 했다.

"무슨 짓이야. 미연아, 그러지 마."

"놔, 나 쌍둥이 낳을 거야."

"내가 세 쌍둥이 만들어 줄게."

지원이 미연으로부터 식칼을 빼 들었다. 모두의 시선을 의식했는지 지원은 피식거렸다.

"차라리 바늘을 삼켜라. 지랄, 퉤!"

"안 돼!"

내가 말릴 새도 없이 미연은 서랍 안에 있는 바늘집을 삼켰다. 나는 구급차 안에서 몸을 계속 흔들어 대던 미연의 손을 꽉 쥐고 있었다. 응급 처치를 할 수도 없는 상황이었다. 그저 빨리 병원에 도착하기를 바랄 뿐이었다.

사방이 온통 하얬다. 창문이 없는데 커튼이 드리워져 있었다. 어디서 파랑새가 날아왔다. 그리고 환풍기 쪽으로 날아갔다. '드드드득' 소리와 함께 환풍기가 멈췄다. 환풍기에서 파랑새를 끄집어내려고 손을 내밀었다. 순간 누가 내 허리를 감쌌다. 고개를 뒤로 젖혔지만, 뒤에는 아무도 없었다. 그리고 다시 앞을 본 순간 환풍기는 사라지고 없었다. 하얀 벽은 줄무늬가 생기기 시작했다. '드르릉' 오토바이 시동 거는 소리가 유난히 크게 들렸다. 그리고 '쾅!' 귓전을 때리는 굉음이 들렸다. 하얀 줄무늬는 빨갛게 물들고 있었다. 나는 개수대로 달려갔다. 식칼 위로 달팽이가 기어갔다. 달팽이의 몸은 반으로 쪼개지고 있었다. 그리고 나를 바라보는 또 다른 시선. 식탁에 무언가가 앉아 있었다. 나는 천천히 다가갔다. 내가 어깨에 손을 대자, 토끼 인형의 눈에서 뜨겁고 끈적거리는 피가 흘러내리며 머리가 일백팔십도 꺾인 채 나를 노려보았다.

　미연이 수술에서 깨어나자마자 제일 먼저 지원을 찾았다. 미연은 정신과 치료를 받았다. 늘 지원과 동행했다. 병원도 식당도 목욕탕에서도 지원을 찾았고 내겐 눈길조차 주지 않았다. 내가 다가서려 하면 독기 어린 눈빛으로 입술만 달싹거리며 주문하듯 끝없이 중얼거렸다. 미연은 오래된 화분처럼 꽃은 이미 떨어지고 이파리마저 바삭거리듯 말라 갔다.

　미연이 떠난 날, 거리를 헤맸다. 습도가 높은 황량한 흙길로 먼지를 뒤집어쓴 채 걷다 달리고 또 걷다 달렸다. 신호가 끝나 가는 건널목을 향해 무작정 뛰다가 다리를 겹질렸다. 식은땀이 목덜미를 타고 가슴으로 흘러내렸다. 신호등이 다시 켜지기를 기다리며 주저앉았다. 신호등은 켜졌지만 건너가지 않았다. 갈 곳이 없었다. 한참을 앉았다가 일어나니 현기증이 났다. 이내 다리가 풀리며 구역질이 났다. 뒤돌아보니 유난히 빛나는 불빛이 아른거렸다. 영업이 끝난 네온사인 가게 앞에 서 있었다. 다리에 통증을 느끼며 옥죄어 오는 가슴을 움켜잡았다. 번지는 불빛 사이로 흑돔

이 날았다. 살이 다 떨어져 나가고 뼈대만 남긴 채 날았다.

물랭루주는 예전의 모습으로 돌아가고 있었다. 지원은 더는 이곳에 머무를 필요가 없다며 떠나겠다고 했다. 나는 망설였다. 이대로 지원을 떠나보낸다면 다시는 볼 수 없기에 고민했다.

"나는 안 돼?"

지원은 내가 손수 제작한 토끼 인형을 안고 함박웃음을 지었다. 인형 선물은 처음이라며 무척 좋아했다. 지원은 오토바이를 타고 떠났다.

미연이 죽고 지원이마저 떠나자 물랭루주는 예전의 모습을 되찾았다. 매상은 줄었지만, 사장은 흡족해했다. 어우동 쇼, 악어 쇼 등 옛 추억을 되살리는 쇼도 추가되었다.

"고슴도치."

"난 그 소리 싫은데."

기적적으로 살아남은 아이였다. 온몸이 뾰족해서가 아니라, 머리가 뾰족해서 고슴도치라 불렀다. 아이의 행동은 보통 아이들과 별반 다르지 않았다. 다만, 손가락이 붙었을 뿐이었다. 합지증(syndactyly)을 앓고 있었다. 약지와 소지가 붙어 있었다. 절개수술을 하려 했으나 뼈까지 붙어 있어 수술이 쉽지 않았다.

"엄마, 나랑 약속해."

"뭘?"

"떠나지 않겠다고."

나는 아이를 안고 햇볕에 반사되고 있는 수족관을 바라보았다.

주방에서 라면을 끓이며 오토바이를 타고 가던 여자가 사고로 즉사했다는 뉴스를 들었다. 'Jevetta Steele'의 'Calling you'의 전주가 흐르자 나는 라디오를 껐다.

눈이 부셨다. 앞이 보이지 않을 정도로 빛이 펑, 펑 터졌다. 몸에 붙어 있는 거울 조각들이 반사되어 사방으로 빛이 퍼졌다. 어깨와 팔을 덮은 순백의 공작털이 서서히 움직였다. 몸 안에 있던 혹이 사방으로 뾰족하게 튀어나왔다. 혹은 서서히 녹아내렸다. 무대의 조명이 꺼졌다.

- 끝 -

선택

아내는 퇴근하고 밤에 정기적으로 외출했다. 처음에는 마트에 갔다 온다고 했다. 당신 뭐 필요한 것 있어, 하며 묻기도 했다. 그러다 더 늦은 시간에 편의점에 다녀온다고 했다. 어느 날부터는 시간에 구애받지 않고 산책한다며 나갔다. 같이 갈까, 나도 산책 좋아하는데 했다가 핀잔을 들었다. 아내의 얼굴은 무섭고 냉정하게 보였다. 자신만의 시간을 갖고 싶다고 했다. 얽매이는 게 싫다고 누군가와 같이 있는 것도 싫다고 했다. 그냥 밤하늘 보고 반짝이는 불빛들도 보며 지나가는 사람들을 보는 것이 행복하다고 했다. 아내는 산책하고 갔다 오면 기분이 좋아 보였다. 오랜 시간 산책을 갔다 오면 아침이 달라졌다. 아침을 먹을 때도 있고 안 먹을 때도 있었다. 각자 알아서 먹고 나갔지만, 늦게 들어온 날은 아침에 내가 좋아하는 고기반찬이 꼭 있었다. 늦게 들어올수록 반찬의 가짓수가 늘었다. 어느 날부터 화장하기 시작했고 산책이 아니라 외출이었다. 화장은 진하게 하지 않았고 옷차림도 수수했다. 어느 날부터 화장은 진해지기 시작했고 향수도 뿌렸으나 액세서리는 있는 듯 없는 듯했다. 어느 날부터 액세서리가 크고 밝고 화려해졌다. "당신 어디 나가?" 하며 가벼운 농담을 던졌지만, 아내는 무심했다. 무엇을 하더라도 시종일관 차분해 보였다. 나른한 오후에 흔들의자에 앉아 책을 읽듯 아내의 얼굴은 평온해 보였다. 대학 졸업을 앞두고 위독한 장인 앞에서 우리는 결혼식을 올렸다. 우리는 늦깎이 전문대생이었다. 어떻게 살다 보니 뒤늦게 들어왔고 빠르게 졸업했다. 아내는 개인 세무사 사무실에 근무했다. 처음에는 권위적인 세무사 험담을 시작으로 석 달 먼저 입사한 선배의 험담까지 하며 저녁마다 짜증과 화를 냈다. 그러다 차츰 세무사도 칭찬하고 선배도 칭찬했다. 알고 보니 좋은 사람들이라며 자신이 오해했다고 했다. 사람을 오해하는 것만큼

　2KG짜리 바벨을 양쪽에 달면 5KG이 된다

기분 나쁜 일은 없을 것이라며, 자신은 앞으로 누구도 오해하지 않을 것이라 했다. 당신도 나를 오해하지 않았으면 했다. 한번은 손목에 누군가에게 꽉 잡힌 손자국이 있어 물어보려다, 아내의 말이 떠올라 더는 묻지 않았다. 사실 그때 물었어야 했다.

전문대를 졸업했지만, 취업은 쉽지 않았다. 군대를 갔다 오고 자격증에 소홀한 것이 문제가 되었다. 취업에 꼭 필요한 자격증이었는데, 항상 이 차에서 아쉽게 떨어졌다. 나는 LED 조명 창업을 알아보고 다녔다. 밤이 두려웠다. 불 꺼진 방이 싫었다. 정확히 말해서 무엇이든 밤에 찾는 것은 소용이 없다는 생각이 들었다. 모든 것이 정지된 것처럼 움직이지 않았다. 한번은 묻고 싶었는데 백수인 내가 비정규직인 아내에게 뭐라고 하기 미안했다. 구청에서 공공일자리를 끝내고 실업급여를 받고 있었다.

아내가 나간 뒤, 진한 화장품 향기가 남아 있는 문고리를 잡다 주저앉았다. 바닥에 안착하는 시간은 불과 몇 초였지만, 마라톤 풀코스를 완주한 것처럼 진이 다 빠졌다. 가슴이 터질 듯한 압박감에서 벗어나자 뜨거운 눈물이 흘러내렸다. 해방감은 아니었다.

아내가 완전히 떠난 날, 그동안 아내와 다녔던 곳곳을 찾아다녔다. 산과 바다, 도시의 거리, 음식점까지 함께 다녔던 곳을 찾은 이유는 추억보다 흔적을 지우기 위해서였다. 맨 정신으로는 살 수 없었기에 애초 혼자 다녔던 기억으로 만들기 위함이었다. 혹시나 했는데 역시나 부질없었다. 슬픔이 배가 되었다. 그냥 펑펑 울고 나니, 한결 마음을 추스를 수 있었다.

나는 LED 조명 창업에 대해서 알아보았다. 지난 아이템은 안정보다 수

익 창출에 문제가 있다. 아무래도 혼자는 무리가 있다는 판단이 섰다. 그렇다고 이제 자리 잡은 선배 밑에서 무엇을 얻기는 어려울 것이다. 영업 비법도 제대로 알지 못할 것이다. 물론 시간이 지나다 보면 서서히 알겠지만, 이 사업은 오래가지 못할 것이라는 계산이 나왔다. 사실 이미 차고 넘치는 사업 아이템이라 비법보다는 얼마나 열심히 영업하느냐가 관건이었다. 선배는 얼마 전 골프가 재밌는 운동이라며 골프를 예찬했다. 그렇다고 혼자 할 수 있는 일도 아니었다. LED 조명의 장단점, 공장도 가격, 종류, 설치, 처음 기술자를 고용했을 때의 인건비, 텔레마케터 월급, 사무실 총비용 등 모든 것이 낯설었다. 특히 한 달 순수익을 생각하니 한숨이 나왔다. 무엇보다 영업이 맘에 걸렸다. 선배 밑으로 들어갈까? 나는 고민에 빠졌다. 하루에 현장 영업 스무 곳, 텔레마케터 영업 쉰 건, 실제 설치 세 개 정도면 순이익금이 상상했던 금액과 맞아떨어지자, 창업에 자신이 붙었다.

선배한테 사정하여 간신히 공장 한 군데는 확보해 놓은 상태였다. 텔레마케터는 선배의 소개로 왔다. 높고 작은 사무실에 적잖게 당황한 표정을 나타내었다. 오피스텔은 십육 층에 있었다. 보증금 오백에 월 팔십만 원이었다. 우리는 서로 잘 부탁한다며 멋쩍게 인사했다. 자신에 찬 표정으로 나왔지만, 딱히 갈 곳이 없었다. 아무래도 아는 사람부터 전화하는 것이 순서라고 생각해서 안부를 전하며 넌지시 물어보았다. 다리 하나 건너서라도 LED 조명 설치할 곳이 한 군데라도 없을까, 하며 자신만만하게 시작했던 통화는 이 사람은 안 친해, 좀 껄끄러운 사이지 하며 넘어갔던 사람들까지 전화했지만, 별다른 성과를 내지 못했다. 오랜만에 전화하니 다들 반가워하는 눈치였다. 하지만 이내 정색하며 한동안 침묵으로 일관하다가 끊어지는 반응이 대부분이었다. 또한, 내가 "잘 지냈니?" 하면서 머뭇거리거나 침묵하면 대개, "나 보험? 어, 우리 고모가 보험왕이야." "정수기? 우리 아리수 먹어." "나 돈 없어. 알잖아." 그리고 자초지종을 다 듣고 나서는 한결같이 다음에 술 한잔하자며 끊었다. 나는 잠시 숨을 고른 뒤 무작정 상가 일 층부터 들어갔다. 하지만 긴장하여 손의 동작을 불필요할 정도로 과장하였다. 외운다고 했는데 더듬거리며 엉뚱한 말도 하고 심지어 제품도 공장도 가격으로 말했다. 등줄기에 식은땀이 흘렀다. 아내가 그렇게 떠나고 난 뒤, 괜찮다 싶었는데 갑자기 공황장애에 시달렸다. 대인기피증도 생겨 한동안 외출도 못 했다. 우황청심환이라도 하나 달라고 하고 싶었다. 약사는 그런 내가 안돼 보였는지 시원한 박카스를 건네며 설치해 달라고 말했다. 영업은 처음이었다.

창업은 안 된다며 한사코 말리던 아내는 이혼을 요구했다. 그러다 그 사람이 첫사랑이었다며 울었다. 그 사람이 아프다고 했다. 많이 아프다고 자신도 몸과 마음이 아프다고 했다. 단 얼마만이라도 그 사람과 같이 있기를 바랐다. 나는 당황했지만, 이내 정신을 차리고 조심스레 갔다 오면 안 되냐고 물었다. 퇴근하고 밤에 나갔다 오는 것이 기뻤다가 슬펐다고 했다. 아내는 슬프게 말했지만, 행복해 보였다. 아내는 결국 그렇게 떠났다.

아내는 라디오를 켰다. 주파수를 이리저리 맞추더니 신나는 음악방송을 택했다. 종합시장에서 커튼 천도 직접 사 왔다. 나는 블라인드의 장점을 어필했지만 그뿐이었다. 기왕이면 나는 파란색이 좋다고 했다. 아내는 녹색 천을 사 와서 집 안 구석구석을 꾸몄다. 아내는 활기차게 움직였다. 덩달아 나도 분주히 움직였다. 커튼으로 시작한 꾸미기는 결국 대청소로 이어졌다. 나는 이만하면 깨끗하다고 주장했지만, 마룻바닥 구석구석 세제를 묻히고 내게 손짓했다. 얼마나 세제를 쏟아부었는지 아무리 닦아도 대걸레에서 거품이 나왔다. 한참 뒤 허기가 졌다. 나는 쌀밥에 고기를 구워 먹자고 했다. 아니면 보리밥에 이것저것 나물을 넣고 비벼 먹자고 했다. 아내는 듣는 둥 마는 둥 라디오에서 나오는 노래를 따라 부르고 있었다. 그랬다. 오늘은 감자수제비였다. 아내의 세제는 화장실에서 베란다로 이어졌다. 라디오는 슬픈 가락으로 바뀌고 아내는 투정하기 시작했다. 프라이팬이 탔다며 난감해했다. 철 수세미로 닦으면 코팅이 까져서 제 기능을 못 할 것이고 털 수세미로 닦으면 탄 부분을 지울 수 없다며 고심했다. 베란다에서 걸레질하던 나는 물에다 세제를 넣고 끓이면 된다고 말했다. 나는 인터넷을 검색한 뒤 사과 껍질, 베이킹소다, 식초, 과일 통조림 등 활용법에 관해서 얘기했다. 아내는 듣는 둥 마는 둥 멍하니 서 있었다. 나는 그냥 버리고 새것을 사라고 했다. 끝에 가서는 늘 그렇게 얘기했고 결과는 반복되었다. 새 냄비도 얼마 가지 않아서 손잡이가 깨지고 불에 그을려 있었다. 프라이팬 바닥도 상처투성이였다. 부엌에 작은 창문을 통해 한참을 바라보던 아내는 어딘가에 전화했다. 기분이 금세 좋아 보였다. 아내는 음식 솜씨가 뛰어났다. 자신이 해 준 음식을 맛있게 먹어 주는 것을 좋아했다. 어쩌다 내가 해 준 음식은 잘 먹지 않았다. 아니, 한 숟갈도 입에 대지 않았다.

연습한다며 내 방 형광등을 떼어냈다. 천장 본선을 빼면서 전기차단기를 내리지 않았다는 것을 알고 순간 움찔했다. 본선은 검은색과 노란색이

2KG짜리 바벨을 양쪽에 달면 5KG이 된다

었다. LED 조명은 하얀색과 밤색이었다. 같은 색상인 줄 알았기에 적잖이 당황했다. 두 개 중에 하나 고르는 게 그렇게 힘든 줄, 이때 처음 깨달았다. 선은 상관없다는 판매자와 통화한 후 자신 있게 연결했다. 별것 아닌 것처럼 느껴졌다. 비슷한 색상끼리 연결하는 것이 그래도 낫겠지 하며 검은색 본선은 밤색 선과 노란색 본선은 하얀색 선과 연결했다. 다시 한번 꼼꼼히 살펴보았다. 설명서대로 설치 후 전기차단기를 올렸다. 불은 확실히 형광등보다 환했다. 하지만 잠시 후 '퍽!' 소리와 함께 차단기가 떨어졌다. 의자 위로 올라가서 확인했다. 고정판 부분이 탔고 방 스위치가 고장이 났다. 위치를 잡느라 형광등 브래킷의 홀을 빠져나온 구리 선이 끝머리 쪽으로 꺾여 있었다. 그런 줄은 전혀 모른 채 내렸던 전기차단기를 올리면서 합선으로 폭발하는 짜릿한 경험을 했다. 다행히 LED 조명은 나가지 않았다. 참 당황스러웠다. '기술자를 불러야 하나?' 하며 일단 방 스위치를 떼어 내고 봐도 뭐가 뭔지 잘 모르겠다. 할 수 없이 체념하고 전선을 뺐다가 끼워 조립했는데 정상으로 돌아왔다.

선택에 있어서 가장 중요한 것은 시간이었다. 다만 아내가 나에게 할당하는 시간이 얼마나 됐어야 했는지였다. 같이 있는 우리의 시간, 우리 속의 타인의 시간이 아니라, 온전히 아내와 나만의 시간이었어야 올바른 선택이었다는 것을 깨달았다. 음악을 틀고 작업했을 때 음악에 더 취했다면 분명 음악과 하나가 되지 않는 한, 내가 놓치는 부분이 있었을 것이다. 하나가 되어 누구와 같이 있었던 시간이야말로 중요했다는 것을 참 슬프게도 알았다. 그와 같이 있었지만, 그와 한 몸이 되지 않았다면 나는 또 다른 그 시간 속에 갇혔을 것이다. 변수, 중요하다. 세상을 살다 보면 변수로 인해 일이 틀어질 때가 있다. 어쩌면 변수가 많이 있는 것이 좋겠다는 생각이 문득 들었다.

형광등과 LED 조명의 계산법은 보통 형광등 삼십육 와트 곱하기 열 시간 곱하기 오십 개 설치했을 때 LED 조명을 반 즉 십팔 와트로 계산해서 전력량을 따진다. LED 조명 십오 와트도 잘나가지만, 간혹 예민한 사람들이 있어서 특유의 푸른 색감이 있다고 알려 준다. 또한, 안정기가 있어야만 제대로 수명이 연장하여 전기세 절감으로 이어지는데 중국산 패키지에는 LED 조명 칩을 보호해서 일정한 전압을 유지하는 제너 다이오드가 없다. LED 조명은 직류제품으로 직류로 불이 켜져야 깜빡임 없이 사용할 수 있다. 하지만 방에 설치하는 제품은 구십 퍼센트 교류제품으로 일초에 육십 회 깜빡이는 플리커 현상이 나타난다. 이에 따라 신경계 질환, 편두통, 피곤함, 눈의 피로, 스트레스의 원인이 될 수 있다. 또한, 스위치를 OFF하였으나 조명이 희미하게 들어와서 잠을 방해하는 잔광 현상도 생길 수 있다. 이때는 잔광 방지 콘덴서를 달아 주면 되지만 이것저것 번거로운 일이 생긴다. 그래서 단가는 조금 세지만 고가 국산 제품을 설치하게 된다. 이러한 불필요한 과정을 겪지 않으려고 사전에 충분한 설명을 해 준다. 일부 영업사원은 LED 조명 하나에 수명이 십 년, 십만 시간이고 AS는 일 년 무상이라고 말한다. 솔직하게 시간은 대략 이만 오천에서 사만 시간이라고 본다. 오십 개, 설치 시 한두 개 불량이 나오고 AS는 삼 년 무상으로 영업하고 있지만, 그때까지 이 일을 할 것 같지 않았다.

아무래도 혼자는 무리였다. 동네 친구 병희를 만났다. 행정사 공부하다가 우연히 공인중개사를 취득한 후, 삼촌이 있는 부동산 가게에서 일했다. 그러나 늘 불만이었다. 월급이 적다고 나를 만날 때마다 삼촌 흉을 보던 차였다. 병희는 뜻밖에 바로 좋다고 하고 연락하겠다고 했다. 우리는 차를 타고 여기저기 영업하러 다녔다. 나는 그제야 마음이 놓였다. 영업은 회사의 꽃이라고 했던 사촌 형의 자부심이 생각났다. 병희는 내가 생각했던 것보다 영업을 잘하지 못했지만, 둘이라서 좋았다. 같이 들어가서 얘기하고 같이 쫓겨나고 같이 욕하고 같이 한숨 쉬고 같이 밥 먹고 시간이 지나자, 병희 삼촌이 병희에게 왜 월급을 조금 주었는지 알게 되었다. 병희는 단 한 번도 제시간에 나온 적이 없었다. 오전 아홉 시에 만나자고 하면 삼십 분 늦게 나왔고 그래서 오전 아홉 시 삼십 분에 만나자고 하면 꼭 오전 열 시에 나왔다. 그러다 점점 오전 열 시 삼십 분에 나오고 오전 열한시에 나왔다. 그러다 오후 열두 시가 돼서 나타났다. "점심 뭐 먹을 거야?"라는 말이 그렇게 꼴 보기 싫을 수가 없었다. 한번은 화가 나서 말했더니, 우리 사장이잖아, 하고 말했다.

나는 다시 혼자 들어가서 얘기하고 혼자 쫓겨나고 혼자 욕하고 혼자 한숨 쉬고 혼자 밥을 먹었다.

뜻밖에 텔레마케터는 한 달이 다 되어 가는 데도 한 건도 실적을 올리지 못했다. 나는 참다못해 그럴 바에는 관두라고 했다. 마치 일부러 하지 않는 것 아닌가 하며 선배를 의심하기까지 했다. 결국, 한 달 되는 날 선배가 추천한 직원을 내보냈다. 놀라운 사실은 발신 번호가 한 달 동안 총 구십 개였다. 저장할 수 있는 발신 번호가 일백 개여서 그 이상을 했을 경우는 먼저 번호가 삭제되면서 백 개를 유지해야 했다. 이건 뭐 그냥 한 달 내내 놀다 간 것이다. 진즉에 확인했어야 했는데 더 놀라운 사실은 그녀가 선배의 아파트 장만 대부분을 이바지했다는 것이다. 설마, 여기서 선배를 도운 건 아닌가 하는 의심마저 들었다. 나는 음모론을 제기하며 선배에게 따져 물었지만, 첫날부터 관리하지 않은 내 탓으로 끝났다. 텔레마케터를 다시 뽑았다. 습관처럼 현장을 다녀와서 발신 번호를 확인하였다. 그리고 얼마 지나지 않아서 텔레마케터로부터 실적을 쌓게 되었다.

　소비자들이 호감을 느끼는 것은 전구의 디자인이나 수명, 밝기, 에너지 절감보다 장기 무이자였다. 오래전부터 알고 있던 소비자는 언젠가 기회가 되면 형광등에서 LED 조명으로 교체하려 했다. 그것이 영업사원으로부터 얘기를 듣고 지인이나 인터넷으로 확인한 후, 어느 정도 호감이 있었으나 당장 필요한 것이 아니었기에, 차일피일하다가 때마침 찾아온 영업사원에게 맡기게 되는 것이었다. 이것이 앞선 영업 선배들에게 받는 일종의 보너스 같은 개념으로 생각하자, 어쩌면 뒤늦게 출발한 내가 훨씬 유리할 수 있다는 판단이 섰다. 소비자들은 무이자라면 더는 묻지 않았다. 사실 무이자에는 원가, 이자, 인건비, AS 비용이 다 포함되었다. 영업하다 보니까 느는 것은 눈치였다. 처음 LED 조명 얘기를 꺼내면서 관심을 보이는 소비자한테는 인건비와 AS 비용을 부풀려 계산했다. 그래도 무이자라는 말에 별다른 반응을 보이지 않았다. 간혹 조금 비싸다는 고객한테는 눈치를 보면서 인건비와 AS 비용을 차감하는 선에서 마무리하였다. 원가도 부풀리면 남지만, 경쟁자들을 생각해서 원가에서는 되도록 더하지 않았다. 이자는 캐피탈회사로 나가는 것이라 어쩔 수 없었다. 간혹 가다 이 계산 방법을 다 아는 고객의 간 보기에 되레 당황했지만, 수명이 더 긴 LED 조명으로 공사하겠다고 하면 되었다. 더 좋은 디자인과 더 밝은 LED 조명은 단가가 차이가 나지만, 수명이 일정하다는 것은 고객들이 잘 모르기 때문이다. 무이자는 캐피탈회사를 끼고 삼십육 개월까지 이용할 수 있다. 하지만 이 사업의 가장 큰 단점은 인터넷으로 인한 투명해진 조명 가격이었다. 한마디로 대놓고 인건비가 좌지우지했다. 소비자들은 교체 비용 부담과 설치비용 부담을 가장 큰 문제로 삼았다. 이 문제는 전기료 삼십 퍼센트에서 오십 퍼센트 절감이나 형광등 교체 비용, 수명, 일정한 밝기의 장점으로 극복하지 못했다. 하지만 기존 형광등을 LED 조명으로 교체하면서 교체 비용을 절감되는 전기세로 낸다고 하면서, 그 절감되는 비용에다 약간의 설치비용 포함해서 삼십육 개월 무이자면 가계에 큰 부담이 없다, 그러면서 앞서 얘기한 장점을 다시 한번 말하고 AS 무상 삼 년을 한 번 더 강조하면 된다. 그러면 대부분 "커피 드릴까요?" 하며 설치를 맡긴다. 하지만 간혹 정말 절감되느냐, 국산은 맞느냐, 인터넷으로 알아보니까 수명이 생각보다 짧고 불량이 많다, 안 좋은 제품은 오히려 눈이 더 부시다, 앞으로 LED 조명이 국책사업으로 의무적으로 바꿔야 하느냐, 혹시 그때 가면 더 싸게 할 수 있는 것 아니냐, 보조금도 나와서 무상으로 교체하는 것 아니냐, 공용 주차장 센서 등도 가구 수의 과반수면 무상으로 달아 주던데 등등 나보다 더 관심이 많았다.

처음 약국에 설치 시, 기술자를 불러서 작업했다. 일당이 주 기술자가 이십오만 원에 보조가 십오만 원이었다. 시간 절약해서 하루에 몇 건까지 할 수 있을까 하며 사다리에 올랐다. 기술자들의 LED 조명 교체는 한 개에 대략 오 분에서 십 분이 걸렸다. 감탄하지 않을 수 없었다. 나는 주 기술자에게 보수를 더 주고 전선에 대해 배웠다.

설마 하며 찾은 동네 구립 도서관에서 LED 조명을 교체하게 되었다. 제법 큰 건수였다. 하지만 이미 여러 차례 견적을 보았던 곳이었다. 되레 구립과 국민을 결합하며 애국 아닌 애국으로 인건비만 받고 설치하기로 했다. 대신 식사는 구내식당에서 먹고 싶은 것을 먹으라고 했다. 그래도 망설이자, 당신도 동네 주민으로서 이용하지 않느냐, 좋은 게 좋은 거지, 하는 데 뭐가 좋은 건지 모르겠다. 아무튼, 평상시 도서관을 이용할 때는 몰랐는데 설치하는 장소 중 가장 많은 부분을 차지하는 곳이 가파른 계단이었다. 평지에서도 가슴이 터질 듯한 두근거림으로 이마와 등줄기, 손에 땀이 나서 감전사에 대한 무한한 상상으로 가슴 졸였는데 계단이라니, 높낮이가 다른 계단에 사다리를 설치하고 오르면서 LED 조명 하나 교체하는 데 무려 삼십 분이 걸렸다. 하나 설치했는데 다리가 후들거렸다. 계단 위에 계단이라니 자꾸 상상하니 복시 현상도 나타났다. 지나가던 경비 아저씨의 으흠, 하는 기침 소리에 나도 모르게 사다리에 올랐다. 그때였다. 스마트폰에 열중한 학생이 사다리 쪽으로 성큼성큼 올라왔다. 분명 계단 밑에 '공사 중'이라는 입간판이 세워져 있음에도 불구하고 고개를 숙인 채, 올라왔다. 나는 "학생!" 하고 소리를 쳤지만, 학생 귀에는 이어폰이 꽂혀 있었다. 그때 더 큰 소리로 학생을 부르는 소리가 났다. 학생 친구였다. 그제야 학생은 나를 발견했고 친구에게 손을 흔들었다. 문제는 학생이 돌면서 백 팩으로 사다리를 치고 내려갔다는 것이다. 그러다 나를 의식했는지 다시 돌면서 전 괜찮아요, 하며 아무렇지 않은 듯 뛰어 내려갔다. 흔들리는 사다리 위에서 컴퓨터 활용 능력 이급 딴 것이 후회되었다. 애초에 일급을 땄어야 했는데, 왜 좀 더 토익에 열중하지 못했는지, 그저 그런 생각만이 떠올랐다.

전 아내에게 전화가 왔다. 너무 행복하고 하루하루가 즐겁고 모든 것이 아름답다고 했다. 하지만 그 사람이 여전히 아프고 힘들다고 했다가 자신

　　　　　　　2KG짜리 바벨을 양쪽에 달면 5KG이 된다

이 있어서 행복해한다고 한다며 잠시 머뭇거렸다. 병원비가 생각했던 것
보다 많이 나갔고 아픈 사람을 돌보느라, 가지고 있는 돈을 다 써 가는데
어떻게 해야 할지 모르겠다고 했다. 전 장인이 돌아가실 때, 딸만큼은 지켜
달라며 내 손을 꽉 잡았었다. 정신이 없어 기억이 안 나지만 아내의 울먹거
림에 생각이 났다. 많이는 아니지만, 돈을 융통해 달라고 했다. 생각했던
것보다 많은 것이 달라졌다며 화를 내고 짜증을 냈다. 아내가 요구한 돈은
내가 가진 절반이었다. 꼭 부탁한다는 말과 함께 더는 어떻게 하겠다는 말
은 없었다. 아내는 떠나던 날 정확하게 절반을 가지고 갔었다. 나는 그 절
반으로 그동안 살았던 절반의 절반 크기의 방을 하나 얻었다. 그리고 그 절
반의 절반을 채우기 위해서 밤낮없이 일했다. 내 인생을 보상받기 위해서
채우고 채우고 하다 보면 하나가 되겠지 하며 살았다. 하지만 온전한 하나
를 다 채워도 그것은 절반이었다. 그런데 그 절반을 달라고 하니, 그냥 꾸
역꾸역 먹고 속이 더부룩한 것이 아닌, 싸구려를 먹을 만큼 먹고 체한 느낌
이었다. 아내는 그 사람의 계좌번호를 문자로 보냈다.

　이번 건은 아파트 지하 주차장으로 꽤 큰 공사였다. 지하 주차장은 열
즉 온도에 민감한 LED 조명이 외부 환경 변화가 없는 곳이기에 수명이 제
일 길다. 내가 설명하기에 앞서 관리인은 대뜸 지금 설치하라고 했다. 부
녀회에서 아파트 주민들과 이미 끝난 상황이라고 언제까지 설치할 수 있
냐며 다시 물어 왔다. 관리인은 주민들에게 구역으로 나눠 설치할 테니
차를 빼라고 해 두었다며 빨리 설치하라고 했다. 처음이냐는 관리인의 단
호한 한마디에 잠시 할 말을 잃었지만, 꼭 처음이라고 못하는 것은 아니
다, 하며 횡설수설했다. 답답한 지하 주차장의 열기는 숨이 턱, 막혔다. 지

하 주차장은 처음이었다. 높이를 예상하지 못했다. 사실 처음 약국에서 설치할 때만 해도 고소공포증이 있는 것도 아닌데 사다리를 한 칸씩 올라갈 때마다 가슴이 조마조마하고 다리가 후들거렸다. 구립 도서관도 했고 적응을 하나 싶었는데, 이건 생각했던 높이가 아니었다. LED 조명 사업을 구상했을 때 사전 답사한다고 했었는데, 막상 직접 설치하려고 하니, 이마에서부터 땀이 줄줄 흘러내렸다. 지하 주차장은 바닥에서 쳐다보았을 때 목이 아플 정도였다. 하지만 선배의 아파트 장만을 상상하며 한 걸음 한 걸음 힘을 주었다. 그 결과 시간이 예상 외로 초과해서 주민들이 출근 후, 시작한 교체작업은 해 떨어지기 전까지 이어졌다. 초보의 티를 나타내지 않으려고 열심히 작업했다. 주차장은 어두웠고 안의 공기는 답답했다. 하지만 문제는 그게 아니었다. 그동안 주차장에 쌓였던 먼지와 석면 가루를 필터 없이 몸으로 받아들였다. 장갑만 생각했지, 방진 마스크를 준비하지 못했다. 방진 마스크도 단계가 있는데, 그냥 일반 마스크를 썼다. 땀 때문에 장갑은 절연 장갑을 고려했었다. 전기차단기를 내렸지만, 혹시나 하면서 비싼 장비에 손이 갔다. 금액보다 손이 둔해서 활용하지 못했기에 신속하게 맨손으로 하려다 손에 땀이 차서 코팅 목장갑으로 대체했다. 다음 날은 왠지 몸이 둔했다. 헬스장에 처음 간 날 트레이너에게 기계 조작법에 대해서 배운다고 안 쓰던 부위를 누구보다 열심히 하고 다음 날 여기저기 온몸이 쑤시던 게 생각났다. 또한 전날 마셨던 온갖 균들은 마스크 안에서 잘 숙성되었다.

처음에는 백화점이나 대형할인점을 염두에 두었다. 공공기관이나 학교, 도서관, 공장, 공연장, 아파트 주차장 등등 그렇게만 된다면 캠핑카를 사서 전국 일주를 하고 싶었다. 그러다 '가장 맘에 드는 곳에 정착해서 농사도 짓고 자연과 한 몸이 되는 것은 어떨까?' 하는 꿈도 꾸었었다. 그러다가 대형 음식점, 찜질방, 헬스장, 편의점, 약국, 동네 슈퍼로 전락하면서 가정집으로 계획을 바꾸었다. 통장 집을 무료로 해 주면서 선전해 달라고 했다. 하지만 그뿐이었다. 나는 버티고 버티다 사무실을 내놨다. 사무실은 나가지 않았고 보증금은 소멸했다.

뜬금없이 치통이 왔다. 어느 정도면 참으려고 했지만 참을 수 있는 것이 아니었다. 치과를 찾았다. 신경치료를 세 개나 하면서 마무리되나 싶었다. 그 후로도 치통은 나아지지 않았다. 치과를 다시 찾았을 때 의사도 뭔가 감지했는지 슬슬 나를 피하기 시작했다. 의사는 눈치를 보면서 먼저 진료하고 있던 환자와 나를 왔다 갔다 하며 진료했다. 결국, 이비인후과를 가 보라고 했다. 나는 동네에서 제일 큰 이비인후과를 찾았다. CT 촬영 후 부비강염이라는 진단을 받았다. 미련스럽게 아파트 주차장의 석면 가루와 온갖 먼지를 흡입하면서 조심했으면 아무렇지 않았을 일을 만들었다. 그저 그런 흔한 감기라 생각했고 신경 쓸 일이 많아서 치통약을 지속해서 먹었던 것이 화를 키웠다. 게다가 치과를 가면서 되레 일을 크게 벌인 것이었다. 이런! 욕이, 목구멍까지 올랐다. 나는 치료를 하고 약을 받자마자 치과로 쳐들어갔다. 치과의사 얘기로는 이 부위가 치아의 신경과 맞닿아 있기 때문에 신경치료를 하면 나을 수 있다고 판단했다는 것이다. 나는 결국 치료비 오십 퍼센트를 받아 내는 것으로 끝냈다. 치과 계단을 터덜거리며 내려오는데 뜨거운 물줄기가 흘러내렸다. 눈물인 줄 알았는데 누렇고 시커먼 콧물이었다. 아내가 보고 싶어졌다. 아내와 시장을 보고 아내가 좋아했던 청국장을 사 와서 냄새가 나니, 안 나니 하면서 시시

콜콜 주고받다가 배부르게 먹었던 기억이 떠올랐다. 전화하려고 스마트폰을 만지작거리다 결국 하지 못했다.

활짝 열린 창문으로 달빛이 비치고 있었다. 나는 새우등처럼 허리를 구부린 채 머리를 평상시와는 반대로 달빛을 받으며 꼼짝하지 않았다. LED 조명은 껌뻑거리더니 '픽!' 소리와 함께 꺼졌다.

"여보세요?"

마지막으로 동네 슈퍼에서 LED 조명을 교체했는데 두 개가 나갔다는 것이다. 삼 년 AS 무상, 전화번호를 바꿨어야 했는데 나는 그만뒀다고 하고 싶었다. 망했다고 손해 봤다고 하지만 동네 슈퍼. 알겠다며 조금 있다가 설치하러 가겠다고 말했다. 예비로 두었던 조명을 몇 개 챙겨 슈퍼로 향했다. 이것이 마지막이겠지 하며 덤덤하게 사다리에 올랐다. 기어이 손을 뻗어 사다리 앞에 있는 과자를 집은 아이 때문에 처음으로 사다리에서 떨어졌다. 아이는 이미 계산을 끝내고 건너편으로 뛰어가고 있었다. 나는 괜찮아요, 하며 아무렇지 않게 조명을 교체했다. 앞으로 십 년은 갈 것이라고 호언장담하며 슈퍼 사장이 건네는 생수를 들고 돌아서는데 갑자기 울컥하는 마음이 들었다. 눈물 아닌 눈물이 주르르 흘러내렸다. 셔터가 내려진 가게 앞에 쪼그려 앉아, 생수를 머리에 부었다.

선배에게 전화가 왔다. 예전 같진 않지만, 그럭저럭 먹고살 만하다고 했다. 골프는 재미없어서 낚시로 바꿨다고 말했다. 손맛 얘기하고 배스가 생각보다 재미있다, 잡아야 하는 물고기 아니냐, 생태계 파괴, 하다가 가

　　　　　　　　2KG짜리 바벨을 양쪽에 달면 5KG이 된다

물치에 대해서 한동안 뭐, 우와! 가물치가 튀어나오는데 한 마리 용 같았다, 주변에서 다 소리 지르고 난리도 그런 난리가 아니었다, 그래도 역시 낚시는 붕어낚시지 하면서 언젠가 같이 가자고 꼬드겼다. 장비는 필요 없고 몸만 오라며 좌대를 탈 것이라고 말했다. 일박 이일 어때? 너 LED 조명 때려치웠다며? 세상이 그리 만만하냐? 뭐라도 해야지, 하더니 그러려면 체력이 좋아야 한다, 붕어 잡으면 너 다 줄게, 약 지어 먹어라. 선배는 조만간 연락을 주겠다고 웃으며 침묵, 웃으며 전화를 끊었다.

선배의 사무실로 들어섰을 때 그 텔레마케터는 상석의 자리에서 세 명의 신입 텔레마케터의 교육을 맡고 있었다. 교육이 끝나자마자, 곧바로 영업에 들어갔고 일반 유선 전화기가 아닌 스마트폰으로 영업하고 있었다. 나는 그저 멍하니 지켜보고 있었다.

"특정한 국번의 전화를 누가 받겠어."

내 어깨를 감싸던 선배는 웃으며 늦었어, 술이나 한잔하러 가자며 잡아끌었다. 서류를 정리하는 선배의 책상 위 액자에는 텔레마케터와 다정하게 찍은 사진이 가지런히 놓여 있었다.

"세상 별거 없더라고 비법? 그거 뭐 대단한 거라도 있는 것 같지? 안 그래. 그냥 종이 한 장 차인데 뭐, 등잔 밑이 어두운 거지. 아니면 뭐 눈썰미라도 있던가."

어깨가 아파 왔다. 골프도 낚시도 돈도 꽉 쥐고 있는 선배는 손아귀가 세졌다. 거울에다 어깨를 확인하고 싶었다. 왠지 낙인이 찍혀 있을 것 같았다. 적어도 십만 시간쯤, 불량도 없을 것 같았다. 목구멍 밖으로 뭔가 계속 기어 올라왔다. 혹시, 지금이라도 하지만 목소리는 천장에 딱 둘러붙어 마른침만 넘어가고 기회를 잡았다 싶을 때는 기름진 소고기와 차가운 소주로 인해 저 밑바닥까지 내려가서 올라올 생각을 못 했다. 시리즈 영화의 다음 편을 보려면 아쉽게도 일 년을 기다려야 하는 것처럼. 참 인생 별거 없는데. 이쪽 아니면 저쪽. 이거 아니면 저거인데. 여전히 두 개 중에 하나 고르는 것이 이렇게 어려울 줄이야.

- 끝 -

2KG짜리 바벨을 양쪽에 달면 5KG이 된다

가려진 세상

낯선 장소, 낯선 사람들, 꿈속에서 들은 울음은 낯설지 않았다.

* *

열 평 남짓한 어두운 창고, 퀴퀴한 냄새가 코를 찌르고 천장에는 녹슨 철근이 두어 개 구부러져 있었다. 한쪽 구석에는 낡은 쇠파이프를 타고 물줄기가 흘러내려 바닥을 흥건히 적시고 있었으며, 간간이 쥐새끼가 오르락내리락했다. 귀뚜라미 울음소리는 깨진 창을 통해 들어온 희미하게 반사된 불빛과 이중주를 이루었다. 불빛이 비치고 있지 않은 곳은 질척한 덩어리들이 끈적거리며 꿈틀대고 있었다. 전구 촉이 나가자 김이 모락모락 났다. 환풍기는 무엇에 걸린 듯 더는 돌지 못했다. 여기저기 정신없이 널려져 있는 그림.

*

정우는 한쪽에 자리 잡은 낡은 책상에 앉아 때가 낀 석고상을 천천히 그려 나갔다. 의자에 앉은 채 잠이 들기 일쑤였고 멍하니 창문을 응시하다 밖으로 나가서 서성대는 시간이 많았다. 쥐새끼가 허리를 타고 지나가도 무엇에 홀린 듯, 마치 넋이 나간 사람처럼 행동하였다. 일류대는 아니지만, 수도권 내에 있는 사년제 대학을 졸업했다. 어렸을 적 의사가 되어 많은 사람을 도와주고 싶었었다. 그러나 막상 원서를 쓸 때가 되니 의대의 벽은 너무 높았고 꿈을 이루겠다는 집요함이 없었다. 그래서 안정된 생활을 원하는 아버지의 기대대로 컴퓨터공학과를 택했다. 하지만 정우는 컴

2KG짜리 바벨을 양쪽에 달면 5KG이 된다

퓨터에 소질이 없었고 소심한 성격 탓에 친구 하나 제대로 못 사귀면서 혼자 지내는 시간이 많았다. 성적도 겨우 유급을 면할 정도였다. 어쩌다 사람들 틈에 낄 기회가 생겨도 꼭 정신 나간 사람처럼 행동해서 따돌림을 당하곤 했다. 그때마다 곁에서 힘이 되어 준 친구가 있었다. 같은 과에서 공부하는 급우 연희. 그녀는 차분한 성격에 당차고 야무져 급우들의 추천으로 남성이 월등한 컴퓨터공학과에서 과대표를 맡고 있었다. 연희는 정우가 급우들과 어울리지 못할 때마다 그의 곁에서 힘이 돼 주곤 했다. 그러나 그럴수록 정우는 급우들 앞에서 더욱더 소심해져 갔다. 연희는 그런 정우를 보다가 재섭 교수의 화실로 데려갔다. 정우는 끌려가다시피 연희를 따라 화실로 들어갔다. 그 뒤로 정우는 학생들이 그려 놓은 석고 데생들을 보며 그림을 그리게 되었다. 무언가 몰입해 있으면서 시간을 보내는 일을 찾고자 시작한 일이었는데 뜻밖에 그림 그리는 일에 재미를 느꼈다. 하루 대부분을 선과 색에 파묻혀 보내곤 했다. 그때처럼 선과 색이 아름답게 보인 적이 없었다. 그림을 한참 보고 있으면 그림 안에 있는 풍경이 살아 움직이는 것 같은 착각을 불러들일 정도였다. 꽃은 피고 지고 새는 날아다니며 폭포에서는 우렁찬 물소리가 들리고 큰 동물의 포효 소리가 가슴을 고동치게 했다.

어느 날 정우는 수업을 빼먹고 재섭의 화실로 들어갔다. 순간, 문을 연 채 손잡이를 붙들고 한참을 서 있었다. 아름다운 여성의 알몸, 정우는 누드모델과 눈이 마주치자 살아 있는 환한 빛을 보는 것 같았다. 그 후로 알 수 없는 흥분에 땀과 열이 나고 환청과 환각으로 몇 날 며칠 잠을 이루지 못했다.

정우는 낮과 밤이 바뀐 채 잠에 빠져들었고 어떤 때는 온종일 잠만 잤으며 깨어나선 문득 살인하고 싶다는 충동을 느꼈다. 그렇다고 달라지는 것은 아무것도 없었다. 자신만 초라해지고 비참해질 뿐, 더 가다간 본연의 실체마저 잃어버릴 것 같았다. 정우는 거울을 들여다보았다. 거울에 비친 모습은 그 누구도 아니었다. 다른 사람이 아닌 바로 자신이었다. 지옥 같은 대학 생활을 졸업장 하나 바라며 다니다가 드디어 졸업했으나 취직이 다시 문제가 되었다. 지금의 성적으론 어느 곳에도 취직할 수가 없었다. 또한, 그 성격으론 사회생활을 제대로 영위해 갈 수 없었다. 정우는 취직을 기다리는 아버지의 눈치를 견디지 못하고 집을 나와 이곳 창고 생활을 결심하게 되었다. 아버지는 정우가 외국 지사에 취직되어 미국에서 근무하게 되었다고 말씀드리자, 못내 서운해하면서도 아들의 장래를 위해 허락하였다. 그리고 지금까지 일 년에 한두 번 집에 연락하는 것으로 아버지와의 연을 가늘게 잇고 있는 형편이었다.

정우는 불그스름한 전등 밑에서 라디오를 켰다. 잡음이 심해 이리저리 주파수를 맞추다 허스키한 여자 DJ의 음성에 끌리게 되었다. 나지막한 듯, 하면서도 슬픈 어조가 누군가에게 기대고 싶어 하는 불안한 목소리였다. 이 시간만 되면 라디오를 습관처럼 켰다. 오늘도 변함없이 여자 DJ의 목소리를 들으려고 라디오를 매만졌다. 그런데 갑자기 소리가 작아지더니 이내 먹통이 되었다. 정우는 밖으로 나왔다. 칠흑 같은 어둠이 깔린 이곳은 도시의 번화가와는 다른 매력이 있는 곳이었다. 숨 막히는 고요와 액체처럼 질펀한 공기가 느껴지는 이곳, 도시의 외곽 지역에 있는 버려진 공장 창고에 정을 느꼈다. 이곳은 재섭을 통해 들어온 곳이다. 이곳에서 필요한 물품은 연희로부터 조달받고 있었다. 그렇다고 연희는 정우에

2KG짜리 바벨을 양쪽에 달면 5KG이 된다

게 감정이 있는 것 같지 않았고 정우 또한 연희에게 사랑의 감정을 주지 못했다. 가끔가다 재섭으로부터 화실에서 잔일을 따 오다 마주치면 서로 싱긋 웃음만 주고받는 그런 사이였다. 그러다 얼마 후, 연희의 결혼 소식을 듣게 되자 정우는 왠지 한쪽 구석이 텅 빈 느낌을 받았다. 연희의 결혼식 날 정우는 한쪽 벽에 걸려 있는 시계에 온통 정신을 빼앗겼고 시계는 무언가 지시라도 하는 것 같았다. 라디오를 이리저리 돌리다 이젤 앞에서 스케치북만 물끄러미 바라보며 애꿎은 담배만 연속 피워 댔다. 결국, 낡은 차를 몰고 결혼식장으로 갔다. 그러나 들어갈 용기가 나지 않았다. 그때였다. "어이, 이게 누구냐? 죽지 않고 살아 있었네." 대학교 때 정우와 사이가 가장 불편한 사람이었다. 정우는 사람들이 자신만 처다보는 것 같았고 자신 얘기만 하는 것 같아 고개를 숙인 채 예식장 안으로 들어갔다. 온통 환한 불빛에 얼굴이 붉어졌다. 혼자서 오랜 세월 지내다 보니 소심한 성격 탓에 폐소공포증이 괴롭혔다. 손과 발에 땀이 나고 가슴이 두근두근하며 벌게진 얼굴은 화끈거리고 식은땀이 흘렀다.

"정우야."

"연희야, 결혼 축하해."

정우는 밖으로 뛰어나왔다. 정우 눈에 비친 연희는 마치 천사가 지상에 내려온 모습 같았다.

정우는 한 달 동안 창고에서 그림만 그렸다. 먹통이 된 라디오는 먼지가 쌓여만 갔다. 먹을 것도 사고 라디오 건전지도 살 겸 외출 준비를 하고 있었다. 그때였다. 라디오에서 주파를 맞출 때 나는 소리가 들렸다. 원래 켜두지 않았던 것이라 잠시 저러다 말겠지 싶었는데 이내 라디오 소리가 깨끗해지더니 즐겨 듣던 그 방송 프로가 흘러나왔다. 정우는 의아해했으나 그 프로를 다 듣고 나갈 셈으로 주저앉았다. 여느 때보다도 여자 DJ의 목소리가 나긋나긋하게 들렸고 정우는 그 프로에 빠져들었다. 그런데 라디오에서 흘러나오는 내용은 바로, 정우의 삶이었다. 더구나 믿을 수 없게도 미나로부터 만나자는 제안을 받았다. 미나는 라디오 프로의 여자 DJ 이름이었다. 정우는 이상야릇한 감정이 들었으나 창고에서 나와 옆에 세워 둔 차에 황급히 올라탔다. 환승역 사거리 레줄리 레스토랑 앞에 있는 하늘색 시계탑으로 달렸다. 차에서 내린 후 어정쩡한 모습으로 미나를 맞이했다. 너무 어두워서 얼굴을 제대로 볼 수 없었다. 잠시 무엇에 홀린 듯 정우는 어둡고 긴 터널 같은 곳으로 들어갔다. 불빛이 천천히 스며들더니 갑자기 환해졌다. 온통 빛으로, 어두운 구석은 찾아볼 수가 없었다. 거리는 축제 분위기였으나 사람들은 차분하고 평화스러워 보였다. 모두 열심히 자기 일에 만족하며 온 힘을 다해 살아가는 것 같았다. 건물은 온통 하얗게 빛을 내고 있었다. 이곳은 이제껏 보지 못했던 새로운 도시였다. 신비로웠다. 정우는 이곳에 정착하기로 마음먹고 미나가 마련해 준 화실에서 열심히 그림을 그렸다. 사람들을 만나고 새로운 인생을 배워 나갔다. 마치 꿈을 꾸듯 허공에 대고 내일의 미래를 그리듯이 하루하루가 빠르게 지나갔다. 그리고 여러 사람을 만나게 되었다. 작가며, 정치가며, 군인이며 가리지 않고 많은 사람과 사귀었다. 이곳에서 정우의 그림은 여러 사람의 입을 통해 전해지고 저마다 정우의 그림을 보며, 작품의 아름다움에 갈채를 보냈다. 정우의 그림 중 가장 인기가 많았던 것은 풍경화였다. 풍경화 속에는 깎아지른 듯한 절벽과 산새들의 자유스러운 행동들, 우렁차게 흘러내릴 것 같은 폭포가 시원스럽게 담겨 있었다. 이 도시에서 만난

2KG짜리 바벨을 양쪽에 달면 5KG이 된다

사람들은 누구나 정우를 좋아했으며 정우는 하루하루를 즐겁게 보냈다. 연희도, 미나도 잊은 채 바쁘게 생활해 나갔다. 이곳의 사람들은 감정의 일변도가 심하지 않았다. 이곳 사람들의 모습은 구름 위를 걷는 듯한 편한 모습 그대로였다. 그러던 어느 날, 정우는 저녁 늦게 돌아와서 항상 그렇듯 커피 한 잔을 마시고 탁자에 널브러져 있는 담뱃갑에서 담배 한 개비를 꺼내 깊게 들여 마셨다. 담배 재가 새끼손가락을 스치고 떨어졌을 때였다. 벌떡 일어나 이젤 앞으로 갔다. 그리다 만 그림이 그려져 있는 스케치북 두 장을 뜯어 버리고 난 뒤, 나무로 된 원형 의자에 앉아 스케치를 시작했다. 천천히 그려 나가는 손놀림은 점차 속도가 붙더니 어느새 한 여인의 반신상을 그려 냈다. 마지막으로 상의에 단추를 반만 그려 넣으면 되었다. 잠시 숨을 돌리려고 다시 담배 한 대를 빼물었다. 약간의 시간이 흘렀을까, 갑자기 창문이 닫히는 소리에 고개를 돌렸다. 다시 그림을 본 순간 너무 놀라서 스케치북을 밀쳐냈다. 화실 바닥에 떨어진 스케치북 위엔 아무 그림도 그려져 있지 않았다. 그저 다른 종이와 같이 깨끗하였다. 잠시 밖으로 나온 정우는 정신 나간 사람처럼 멍하니 서 있다가 다시 화실로 들어갔다. 또다시 그림을 그렸고 마지막으로 상의에 단추를 그려 나갈 때 그림은 희미해지기 시작하더니 이내 사라졌다. 정우는 이유를 몰라 당황하다 미나가 있는 작업실로 연락했다.

미나는 전화 통화 후 곧장 하얀색 원피스 차림으로 찾아왔다. 정우에게 자초지종을 다 들은 후 그 그림을 그려 달라고 부탁했다. 단추를 완성하기 전 그림 속의 여인은 이 세상엔 존재할 수 없을 만큼 아름다웠다. 단추를 그리자마자 그림은 또 사라졌다. 정우의 안타까운 얼굴을 본 미나는 정우의 손을 잡고 화실에서 나와 길을 걸었다. 도시 전체가 어두웠다. 큰

길에서 점점 좁아지더니 길옆 작은 불빛이 있는 곳으로 향했다. 정우는 미나의 손을 잡은 채 하얀 대문이 있는 저택 앞에 도착했다. 벨을 누르고 잠시 기다리자 원숙한 여인이 마치 두 사람을 기다렸다는 듯이 맞이했다. 분홍빛 거실엔 적막감보다도 정신 병원과 같은 음산한 기분이 들게 했다. 거실엔 아무것도 없었다. 자세히 얘기하자면 커다란 괘종시계와 하얀 시트의 침대 그리고 대형 액자가 다였다. 정우는 액자 앞으로 다가서다 소스라치게 놀랐다. 자신이 그리기만 하면 사라졌던 그 여인을 본 것이다. 실체가 아닌 액자 속에 있는 그 여인은 정우를 향해 웃고 있는 것처럼 보였다. 액자 속의 그 여인은 이 년 전에 여행길에서 사고로 죽었다고 했다. 정우는 순간 소름이 돋으며 온몸에 전율을 느꼈다. 돌아오는 길에 다시는 그 여인을 그리지 않겠다고 다짐했다.

정우는 화실에서 담배를 한 대 피운 후 바로 자리에 누웠다. 가슴이 텅 빈 듯 베개를 꼭 끌어안은 채 잠을 청했다. 다음 날 아침 부스스 일어나 여느 때와 같이 커피 한 잔과 담배 한 대를 태운 후 그림을 그리려고 이젤 앞에 앉았다. 저녁때가 되자 미나가 화실에 놀러 왔다. 정우는 미나를 앉혀 놓고 그림을 그리기 시작했다. 그 죽었다는 여인만큼의 신비함은 찾아볼 수 없지만, 미나 또한 아름다웠다. 미나의 슬픈 듯하면서도 초롱초롱한 눈빛과 아름다운 곡선미, 특히 고개 숙인 채 바닥을 응시할 때는 인간 본연의 순수함을 느낄 수 있었다. 두 사람은 각자 일을 끝내면 가끔가다 이렇게 그림을 그리곤 했다.

정우는 물건을 사러 밖으로 나왔다. 오랜만에 햇빛을 온몸에 받은 채 거리를 걸었다. 자유스러움 그리고 따사로운 햇살은 피곤했던 정신을 맑게 해 주었다. 물건을 사고 돌아오는 길에 사람들의 웅성거림과 검은 연기에

2KG짜리 바벨을 양쪽에 달면 5KG이 된다

놀라 물건을 땅에 떨어뜨린 채 화실로 향했다. 화실 창문을 통한 햇빛이 볼록 어항을 통해 소파로 불이 붙은 것이었다. 다행히 불은 빠르게 소각되었고 정우는 다 타 버린 그림들을 바라보다 반쯤 타다 남은 미나의 그림을 꺼내 들었다. 화실은 하얀 석회와 물로 너저분했고 책들은 마치 오래된 것들 같았다. 예감이 좋지 않았다. 정우는 미나의 작업실로 향했지만, 미나는 없었다. 미나의 친구로부터 요 며칠 동안 미나를 보지 못했다는 소식을 들었다. 집으로도 연락되질 않았다. 정우는 맥 빠진 채 돌아섰다. 황폐해진 화실에서 연거푸 담배를 피우며 숨을 가쁘게 몰아쉬었다. 화실 가득 영혼을 찾아가는 듯한 연기 속으로 적막을 깨는 벨이 울렸다. 정우는 벨 소리를 듣고도 한참 후에나 문을 열었다. 정우 앞엔 화상을 입은 미나가 말없이 서 있었다. 잠시 침묵이 흘렀다. 미나의 부탁으로 그녀의 그전 모습을 열심히 그렸다. 하지만 그전 모습을 그릴 수 없었다. 정우는 화가 나서 앞에 있는 이젤을 부러뜨렸다. 그리고 미나를 바라보았다. 좀처럼 그녀의 아름다웠던 옛 모습이 떠오르질 않았다. 아무 말 없이 창백해 보이는 미나를 위해 정우는 나흘 밤을 꼬박 새우며 노력했지만 끝내 예전 모습을 그리지 못했다. 미나의 몸은 싸늘하게 식어 갔다. 슬픈 눈빛으로 정우의 눈을 응시한 채 눈을 감았다. 정우는 미나에게 아무것도 해준 것이 없다는 자책감으로 괴로워했다. 미나를 땅에 묻는 순간 눈을 뜨지 못할 정도의 강한 빛에 휩싸여 정신을 잃었고 눈을 떴을 땐 차디찬 길 한복판에서 온몸으로 한기를 맞아야 했다.

환승역 사거리 레줄리 레스토랑 앞 하늘색 시계탑엔 여전히 정우의 낡은 차가 세워져 있었다. 먼 여행에 지쳐 있는 구도자처럼 몸과 마음 모두 지쳐 있었다. 이것저것 생각할 기력도 없이 무조건 예전의 창고로 향했다. 늘 그랬듯 어둡고 불그스름한 전구 빛 밑에서 낡아빠진 책상과 삐거 덕거리는 의자에 앉아 정우는 또 한 달 내 처박혀서 그림을 그렸다. 정우 는 재섭을 찾아가 그동안 그린 그림을 보여 주고 돌아왔다.

얼마 후, 재섭의 소개로 제법 있어 보이는 여인으로부터 개인 전시회를 제의받게 되었다. 전시회는 뜻밖에 많은 사람이 몰려들었고 각계각층으 로부터 관심을 끌어모았다. 짧은 시간에 정우는 자신 소유의 깨끗한 화실 을 차렸고 안정된 생활을 위해 노력했다.

정우는 화실 한가운데에서 문득 여행길에서 사고로 죽었다던 액자 속 의 그 여인을 그리기 시작했다. 그때와는 달리 냉소적인 그 여인의 모습 에 단추는 그려 넣지 않았다.

'정우 씨, 제 말 들려요?'

정우는 네 번째 개인 전시회를 했고 성황리에 마칠 수 있었다. 그림들은 전시회가 끝나 가면서 단 한 점만 놔두고 다 팔려 나갔다. 마지막으로 액 자 속 그 여인의 그림을 말아 통 속에 넣고 어두운 거리를 따라 담배를 물 며 집으로 향했다. 그때였다. 정우는 순간적으로 물었던 담배를 떨어뜨렸 다. 작은 불빛 어둠 속에 서 있는 여인은 바로 하얀 저택에서 본 액자 속의 그 여인이었다. 단추가 없는 하얀 원피스 차림의 그녀는 긴 머리를 늘어 뜨린 채 정우를 바라보았다. 정우는 손을 내밀며 그녀에게 다가갔다. 순 간, 액자 속의 그 여인은 온데간데없이 사라졌고 갑자기 강렬한 빛이 정 우의 몸 전체를 휘감았다. 숨을 제대로 쉬기조차 어려웠다. 차갑고 어두

2KG짜리 바벨을 양쪽에 달면 5KG이 된다

운 도시 한복판에 한동안 그렇게 서 있었다. 꿈을 꾸는 듯했다. 눈을 감았다가 떴을 때였다. 온통 분홍빛이 감도는 공간 안에서 하얀 옷차림의 그녀는 정우를 보며 방긋 웃어 보였다. 정우가 다가서려 하자 불길이 그녀의 몸을 감쌌고 그녀의 울음소리에 정우는 눈을 떴다. 싸늘한 바람만이 감도는 거리에 온몸을 맡긴 채 추적추적 내리는 비를 맞았다.

정우는 문득 미나와의 추억에 잠기었다. 따스한 햇볕 아래서 걱정 없이 미나와 사랑에 빠졌던 그곳, 정우는 그곳을 찾아 헤매었다. 한참을 달린 후, 가던 길을 멈추고 회상에 빠졌다. 느티나무를 낀 언덕 밑으로 길을 찾아가는 물소리와 푸른 잔디 위에 미나와 그렇게 마냥 앉아 지냈었다. 흰 띠를 두르고 하얀 원피스를 입은 미나의 맑은 눈동자는 모든 것을 잊게 하였다. 액자 속의 그 여인을 그리기 전까진 미나처럼 아름다운 여자가 없었다. 미나는 자리에서 일어나 맨발로 잔디를 걷기 시작했고 그것은 한 폭의 그림과 같았다.

비가 오는 어느 날 전화벨이 울렸다. 다급한 목소리가 신음 비슷하게 들리다가 이내 끊겼다. 어렴풋이 시계를 보니 오전 네 시였다. 또다시 전화벨이 울렸고 정우는 재빠르게 수화기를 받아 들었다.

"여보세요?"

"정우 씨, 저 지금……."

'뚜뚜…….'

"여보세요!"

정우는 잠에서 덜 깬 채 침대에서 일어났다.

"그래, 미나였어!"

이상한 생각이 들었지만, 설마 하고 방문을 열고 나와 냉장고에서 물을 따라 마셨다.

"미나는 화상을 입은 채 내 앞에서 죽어 갔는데."

순간적으로 온몸이 오싹하는 것을 느꼈다. 그리고 무언가 뒤에 서 있는 듯한 느낌을 받았다. 천 같은 것이 정우의 허리를 감았다가 사라졌다. 머리카락이 쭈뼛해지며 온몸에 소름이 돋았다. 정우는 숨을 죽인 채 천천히 뒤를 돌아보았다. 베란다 문이 반쯤 열려 있었다. 어제저녁 담배를 피운 후 닫지 않은 모양이라고 생각하며 다시 방으로 들어왔다. 막연히 누군가에게 전화하려고 전화기를 드는 순간, 전화가 왔다.

"정우야?"

"어, 누구."

정우는 순간 놀라서 얼떨결에 대답했다.

"나 연희, 친구와 등산 중."

"뭐?"

"이따 또 전화할게."

"여보세요?"

정우는 수화기를 놓자마자 혼돈에 빠졌다. 그러나 처음 참석하는 미술 세미나를 준비하기 위해 분주히 움직였다. 미술을 전공하지 않아서 이런 세미나에 참석하는 것이 어색했으나 주위 사람들의 추천과 재능을 인정받아 미술 협회에 등단하게 되었다. '현대 미술의 타락상'에 대해 논의를 한 후, 머리가 아프다는 핑계로 회식에 불참하고 서둘러 화실로 돌아왔다.

정우는 현관문 앞에 있는 석간신문을 집어 들었다. 열쇠를 주머니에서 찾다가 한 손으로 어렵게 두 페이지를 넘겼다.

"인사산에서 여자 등산객 사고로 숨지다"라는 글귀가 눈에 들어왔다.

저녁 내내 전화는 오지 않았고 정우는 어둠이 깔린 정원을 바라보다, 화실로 들어왔다. 한참을 생각 후 액자 속에 그 여인을 그리기 시작했다. 긴 머리, 아담한 얼굴, 넓은 이마, 짙은 눈썹, 유난히 깊은 쌍꺼풀에 작은 눈두덩이, 오뚝한 코에 앙증맞은 입술, 뚜렷한 이목구비, 넓은 어깨 곧은 팔, 원피스의 상위만을 그린 채 단추를 그려야겠다는 생각 중에 전화벨이 울렸다.

"여보세요?"

"정우야, 나야, 아! 여기 매우 아름다워. 깎아지른 듯한 절벽이며 여기저기 산새 소리, 구름도 맑고 공기도 상쾌해. 잠깐, 이 소리 좀 들어 봐."

"연희야, 지금 어디 있는 거니? 연희야!"

"나중에 전화할게."

전화는 그렇게 끊겼다. 정우는 거실에 나와 베란다로 가서 창문을 열었다. 그리고 길게 숨을 내쉬었다. 입맛 당기는 그 무언가를 꺼내려다 이내 넣고 다시 화실로 들어왔다. 그림을 마저 그렸다. 약간 풍만한 가슴, 단추, 그릴까 말까 하다 망설임 없이 단추를 그렸다.

"왜, 정우 씨야?"

"아는 사람도 없고 접근하기도 쉽고."

"이건, 옳지 않아."

또 다른 일과가 시작되었고 정우는 이곳저곳 열심히 다녔다. 전에 알고 지내던 재섭의 전시회장도 찾았다.

"어이! 이게 얼마 만이냐?"

"안녕하셨어요, 연희는 잘 있습니까?"

"연희가 죽은 걸 몰랐구나."

"연희가 죽다뇨."

"산에 갔다가 실족사로……."

정우는 연희의 모습을 잠시 회상해 보았다. 항상 웃고 있는 맑은 모습과 활기찬 행동들 그리고 아픈 구석이라고는 좀처럼 찾아볼 수 없었던 그녀, 정우는 불현듯 연희가 보고 싶었다.

다음 날, 오전 열한 시, 정우는 뒷자리가 쓸쓸함을 느낀 채 차를 몰았다. 인사산 입구에 도착하자 차에서 내려 산에 오르기 시작했다. 깎아지른 듯한 절벽, 여기저기서 들려오는 아름다운 산새 소리 그리고 맑은 물소리 등 얼마쯤 지났을까, 최고봉인 인사봉에 앉아 지난날을 생각해 보았다. 재섭이 전해 준 연희의 유품을 넌지시 꺼내 보았다. 편지 봉투와 검은 목걸이 그리고 단추 없는 하얀 원피스 한 벌, 정우는 편지 봉투를 손에 들었다. 편지 내용을 보고 싶은 충동이 잠시 있었으나, 라이터를 꺼내 유품을 태웠다. 검은 목걸이는 주머니에 넣은 채 인사봉에서 내려왔다.

사 년의 시간이 지났다. 정우는 액자 속의 그 여인도, 연희도, 미나도 잊은 채 살아가고 있었다. 정우는 오늘도 어김없이 인사산을 돌고 집으로 돌아왔다. 거실에서 영화 한 편 감상하는데 택배가 왔다. 발신인이 없는 출처가 분명치 않은 그런 택배. 조심스레 뜯어보았다.

'앗, 연희의 검은 목걸이. 나도 똑같은 게 하나 있는데 가만있자, 연희 것까지 두 개. 그렇다면!'

정우는 서랍을 뒤졌다. 아무리 찾아도 연희의 검은 목걸이는 보이지 않았다. 정우는 택배 상자 안에 있는 쪽지를 발견했다.

검은 목걸이를 찾으려면 내일 오후 두 시까지 상제호로 나
오시오.

정우는 허탈감에 포도주를 통째로 든 채 한 병을 다 비웠다.

잠에서 깨어 시계를 보았다. 오후 한 시였다. 정우는 부랴부랴 차를 몰고 약속 장소로 향했다. 큰 물줄기가 흐르는 왼쪽, 선상 위에 있는 상제호로 향했다. 정우는 차에서 급히 내리며 약속 장소로 바로 뛰어 들어갔다. 순간, 한 곳밖에 보이질 않았다. 미나였다. 정우는 다가가면서도 의아해했다.

'미나는 죽었는데……'

하얀 원피스 차림의 여인은 테이블 위로 검은 목걸이를 꺼내었다.

"이 검은 목걸이는 엄마가 물려주신 유품입니다. 저희 자매에게 주신 것이지요, 미나 언니 동생 미도예요."

정우는 상대방의 말이 채 끝나기도 전에 불쑥 얘기를 꺼냈다.

"그렇다면 저와 미나가 액자 속의 그 여인을 찾아 들어갔던 곳이 미도 씨의 어머니 집, 액자 속의 그 여인은 누군가요?"

정우는 계속 의아해했다. 사실 그럴 수밖에 없었다.

"언니의 죽음은……"

미도는 끝내 말을 다 잇지 못했다. 정우는 잠시 담배 한 대 피우고 오겠다며 상제호에서 나와 쓸쓸히 걸었다. 주머니에서 담배를 하나 꺼내다가 왠지 모를 아픔에 숙연해졌다. 가슴이 답답하고 아팠다. 담배를 꺼내 물

다가 허공을 응시하던 정우는 미나와 찾아갔던 하얀 대문 집에서 있었던 일을 떠올렸다. 이 년 전에 여행길에서 죽었다던 액자 속의 그 여인이 미나의 동생 미도. 그러나 미나의 동생이 지금 내 앞에. 정우는 상제호로 다시 들어가 미도를 찾았으나 그 자리엔 검은 목걸이 하나만이 있었다. 정우는 거리를 배회하다 화실로 돌아왔다. 그리고 화실에 앉아 곰곰이 생각해 보았다.

'미나는 화상을 입은 채 내 앞에서 죽어 갔고, 액자 속의 그녀는 여행길에서. 그러나 액자 속의 여인인 미도는 내 앞에서. 설마 또 다른 동생이, 그렇다면 왜?'

순간 정우는 등골이 오싹했다. 정우는 침대에 누워 알 수 없는 그 무엇에 사로잡힌 채 꼼짝할 수 없었다. 모든 것이 꿈만 같았다. 악몽 속에서 허덕이는 자신을 내려다보는 느낌을 받았다. 또한, 자신을 알고 있는 사람들이 주마등처럼 흘러감을 느끼는 순간 몸부림을 쳤다. 그러나 그럴수록 압박감에서 헤어나질 못했다. 정우는 필사적으로 움직였지만 그럴수록 몸은 점점 더 그 무엇으로부터 조여 옴을 느낄 수 있었다. 빽빽하게 몸을 묶이는 듯한 느낌을 받았다가 반대의 느낌이 들었다.

'뎅, 뎅……'

정우는 괘종소리에 눈을 떴다. 온몸이 땀으로 젖어 있었다.

며칠 후, 미도로부터 전화가 왔다. 드라이브하러 가자는 것이었다. 그녀는 큰 단추가 있는 하얀 원피스 차림으로 정우를 맞이했다. 그녀가 원하는 대로 인사산으로 향했다. 그녀는 시종일관 침묵하고 있었다. 인사산

2KG짜리 바벨을 양쪽에 달면 5KG이 된다

에 도착한 두 사람은 차에서 내려 인사봉으로 향했다. 바람이 몹시 불었고 날씨가 꽤 쌀쌀했다.

"연희 아시죠?"

"연희요?"

"어렸을 적, 저는 의붓아버지한테 성폭행을 당한 후, 정신적으로 많은 어려움에 처해 있었죠. 저의 친아버지는 어머니와 언니, 저를 버리고 다른 여자와 결혼했고, 의붓아버지에게 연희와 민희라는 딸이 있었는데, 제 힘으로는 의붓아버지를 감당할 수가 없었어요. 계획 중에 의붓아버지를 죽음으로 몰던 중 그 사실을 안 연희를 이 인사산에서 죽이게 된 거죠. 동생 민희는 이 모든 사실을 알고 잠적했다가 혼자 병이 들어 숨졌다고 들었어요……."

"민희라뇨?"

"연희 동생이고 일란성 쌍둥이예요."

"무슨 소린지 모르겠어요. 제가 계속해서 잠이 들었다가 깼다를 반복하고 몽롱한 기분이 들었었는데, 설마 그동안 저는 당신의 최면술에 걸렸던 것이고 검은 목걸이가 최면용 목걸이, 그럼 하얀 원피스의 검은 단추를 의붓아버지가 풀었다는 건가요? 제가 꿈인지 현실인지 지금도 헷갈려서요. 그림을 그렸는데 하얀 원피스에 단추를 그리자마자, 그림이 사라졌거든요. 그리고 가끔가다 너무 생생하리만치 나에게 소리가 들렸어요. 혹시 의붓아버지가 재섭 씨인가요? 재섭 씨는 살아 있나요?"

"정우 씨가 죽었어요."

"제가요?"

정우가 주머니에서 담배를 찾는 동안 미도는 절벽 아래로 뛰어내렸다.

너무 급작스러운 일이라 손쓸 겨를도 없었다.

* *

열 평 남짓한 어두운 창고, 퀴퀴한 냄새가 코를 찌르고 천장에는 녹슨 철근이 두어 개 구부러져 있었다. 한쪽 구석에는 낡은 쇠파이프를 타고 물줄기가 흘러내려 바닥을 흥건히 적시고 있었으며, 간간이 쥐새끼가 오르락내리락했다. 귀뚜라미 울음소리는 깨진 창을 통해 들어온 희미하게 반사된 불빛과 이중주를 이루었다. 불빛이 비치고 있지 않은 곳은 질척한 덩어리들이 끈적거리며 꿈틀대고 있었다. 전구 촉이 나가자 김이 모락모락 났다. 환풍기는 무엇에 걸린 듯 더는 돌지 못했다. 천장 아래 곳곳에 새장이 있었다. 가끔 바람이 불면 여기저기 새장은 빙글빙글 돌았다. 각 새장 속에는 재섭의 얼굴, 정우의 얼굴이 들어 있었다. 재섭의 새장 속에는 혀가 뽑혀 있었다. 정우의 새장에는 검은 목걸이가 들어 있었다. 민희는 창고 곳곳에 인화 물질을 뿌리고 불을 붙였다.

- 끝 -

2KG짜리 바벨을 양쪽에 달면 5KG이 된다

번개탄

문을 열고 나왔을 때 또 다른 문이 있다면 지독한 상상에 빠지게 된다. 많으면 많을수록 상상의 깊이는 깊어지고 방대해진다. 어느 문으로 들어가야 천금 같은 기회가 올지, 아니면 더 나락으로 떨어질지 쉽게 열지 못한다. 고심 끝에 조심스레 어느 문을 열었다. 칠흑같이 어두웠고 용기를 내서 들어갔다. 한참을 걸어 들어가니 별의별 생각이 들었다. 왔던 길로 다시 돌아가야 하나, 라는 생각도 들었다. 하지만 걸어 들어온 것을 생각해서 어둠 속에서도 계속 걸었고 마침내 불이 서서히 들어왔다. 나는 앞에 있는 문을 향해 달렸다. 길옆 양쪽으로 문들이 있었고 어느 문은 열려 있었다. 열려 있는 문 중 불이 켜진 문으로 들어갈까도 생각했지만, 앞에 보이는 문으로 계속 달렸다. 망설이지 않고 문을 벌컥 열었다. 그리고 수많은 문을 보았다.

재개발 지역인 시장 안으로 오 분가량 걸어 들어오면 시도 때도 없이 불경 CD를 틀어 놓는 만경사가 있고 그 위로 DVD방이 있다. 그 맞은편으로 빛바랜 하얀 건물이 있다. 모두 삼 층으로 된 건물이고 일 층에는 신화양복점(모든 제품은 수공업입니다)과 문방구(시계 수리도 함)가 있다. 삼층은 건물 주인이 살고 이 층은 세 가구가 세 들고 있다. 건물을 대로변에서 정면으로 볼 때 이 층 왼쪽에는 노부부가 살고 있다. 새벽 다섯 시만 되면 할아버지는 왼손에 물통을 들고 오른손에는 할머니의 왼손을 꽉 쥐고 산으로 약수를 뜨러 간다. 건물 이 층 가운데는 일 층에서 신화 양복점을 경영하고 있는 대머리 아저씨와 풍채 좋으신 아줌마, 딸 셋이 살고 있다. 그리고 이 층 오른쪽에 내가 살고 있다.

2KG짜리 바벨을 양쪽에 달면 5KG이 된다

지독한 안개가 낀 새벽이었다. 나는 아무 생각 없이 신문을 펴든 채 시선은 해장국집의 풍경을 향하고 있었다. 세 명의 미화원들은 고개를 숙인 채 국물을 후루룩 마시고 있었다.

"새끼들, 비싼 세금 받아 처먹고 하는 짓들이란."

"우리가 뭐, 정치에 대해서 뭘 압니까."

"야 이 새끼야, 너는 뉴스도 안 보냐."

"뉴스는 뭐 믿을 만합니까."

"병신, 대학물 먹었다고 유세냐, 염병할."

"아이고, 거 우리끼리 싸우면 뭣해요, 쓰레기나 치우러 갑시다."

미화원들이 나간 해장국집은 문을 닫은 것처럼 조용했다. 이사 온 지 이틀 만이라서 낯선 환경에 적응하려고 모든 일에 관심을 기울였다. 날씨가 쌀쌀한 탓이었는지 우유를 마신 게 탈이 났다. 나는 이 층에서 내려왔다. 세를 사는 사람들이 공동으로 쓰는 건물 이 층 화장실은 집들하고는 차단이 되어 있었다. 화장실에 가려면 돌아서 내려와 다시 계단을 올라가야 했다. 이른 시간이나 늦은 시간에는 셔터가 내려져 있으므로 셔터를 올려야 하는데 녹이 슬어서 그리 쉽지 않았다. 또한, 화장실에 전등이 없는 관계로 새벽이나 저녁때면 손전등을 들고 가야 했다. 그럴 때 담배를 피우게 되면 어정쩡한 모습 때문에 중심을 잘 잡아야 했다. 처음엔 화장실 물도 주인집이 차단했었다. 그래서 볼일을 보려면 양동이에다 물을 하나 가득 담아서 가져가야 했다. 나는 그럴 수 없다며 이사 오자마자 주인집과 싸워 화장실 물 문제는 해결을 보았다. 건물 오른쪽으로는 원래 두부 공장이 있었는데 지금은 헐린 상태였다. 그 옆에는 공중화장실이 있었지만 아무나 사용해서 악취가 심했을뿐더러 벌레들이 우글거려서 이사 올 때

폐쇄해 버렸다. 그렇게 생긴 공터에 동네 사람들이 각종 쓰레기를 내다 버리고 있었다. 물론 이곳에 쓰레기를 버리다 적발되면 벌금이 있었지만, 이 동네 사람 누구 하나 벌금을 내는 사람은 없었다. 쓰레기를 치우는 미화원들도 형식상으로 지나다닐 뿐이었다. 쓰레기 더미를 스쳐 지나가다 보면 황량함과 씁쓸한 냄새가 가끔가다 속을 울렁거리게 했지만, 그보다 더 울렁거리게 하는 것은 건물을 타고 들어오는 벌레들이었다. 바퀴벌레는 흔했지만, 그 종류도 다양해서 작고 새카맣게 생긴 것, 크고 날개를 윙윙거리며 날아다니는 것 등이 있었다. 또 돈벌레와 새카만 개미들 생각만 해도 끔찍했다. 된장국과 라면에서 나오는 개미나 계란프라이에서 나오는 바퀴벌레는 그나마 양호했다.

모처럼 주말이라, 아니 항상 휴일이지만 큰맘을 먹고 떡볶이를 했다. 그런데 냄비 안에 떡 크기와 같은 흰 벌레가 떠 있었다. 웬만하면 건져 먹겠는데 이것만은 도저히 넘어가지 않았다. 갑자기 다가올 여름이 두려워 창문에 칠 모기장을 사러 철물점으로 갔다. 오늘은 대청소를 하기로 했다. 사실 연중 유휴이므로 거창하게 제목을 붙일 필요가 있겠냐마는 그래야만 일의 진행 속도도 빠르고 힘도 솟았다. 일단 창문을 다 닫고 구석구석 살충제를 심할 정도로 뿌려 댔다. 사람이 질식할 만한 희뿌연 연기를 헤엄치듯 뚫고 나왔다. 약병의 설명대로라면 두 시간이면 집 안의 모든 해충은 박멸한다고 나와 있었다. 계획대로 쇼핑하러 시장 안으로 내려갔다. 쓰레받기와 빗자루 그리고 쓰레기통, 살 것이 너무 많았다. 나는 세제를 집었다. 그러나 동시에 나 말고 다른 손이 있었다.

"안녕하세요. 이 동네 사십니까?"

"예. 시장 위 흰 건물 아세요? 거기 이 층에 살아요."

2KG짜리 바벨을 양쪽에 달면 5KG이 된다

"예에, 저도 그 건물 이 층에 삽니다. 인사가 늦었네요, 최동혁이라고 합니다."

"예. 강숙희예요, 그런데 그쪽은 회사, 안 나가세요?"

"하하. 전 프리랜서입니다."

"그래요. 무슨 일을 하시는데요?"

"글을 조금 쓰고 있습니다."

"그래요."

"근데 무슨 일을 하시는데 이제 들어오세요?"

"호텔 일을 해요 삼 교대라, 사실 처음에는 동네에서 이상한 소문도 돌았어요. 술집 나가는 것 아니냐 뭐, 일반적으로 동네 사람들은 남 헐뜯는 것을 좋아하잖아요."

"그럼. 이제부터 주무시겠네요."

그제야 나는 세제에서 손을 빼고 물었다.

"저, 혹시 애인 있으세요?"

갑작스럽고 황당한 질문이었다. 왜 그런 말이 나왔는지 나 자신도 어색한 표정을 지으며 화끈거리는 얼굴로 슈퍼마켓 천장을 쳐다보았다. 그러나 숙희는 이 자리를 어색하게 만들지 않을 만큼 빠르게 대답했다.

"오늘 시간 있으세요? 오후에 영화 한 편 보고 저녁 먹으면 호텔 나가는 시간과 맞출 수 있는데 어떠세요?"

대답이 필요 없었다. 생각할 필요도 못 느꼈다.

"좋아요. 제가 전화를 드릴까요? 아니면."

"이따 두 시 문방구 앞에서 만나요."

숙희는 내 손에 들려 있는 물건들을 보았다.

"아, 이거요? 온 지 얼마 안 돼서."

숙희는 먼저 올라가겠다며 인사를 했다. 그리고 뒤돌아서서 한마디 했다.

"동혁 씨, 세제 꼭 사서 가시고요, 바지 자크 올리세요."

"아차차."

아까 집에서 정신없이 약 뿌려 가며 몸부림쳤던 것이 화근이었다. 게다가 바지 자크가 오래전부터 헐렁거려서 배부르게 먹으면 조금 벌어지곤 했었다. 처음 대면인데 첫인상부터 얼간이처럼 보여 준 모습이 다소 신경 쓰였지만, 데이트라는 단어를 떠올리며 집으로 신나게 달려갔다. 현관문을 여는 순간, 마치 인질범과 경찰의 대치 끝에 인질범에게 연막탄을 투하하고 침입하는 연상을 떠오를 만큼 뿌연 연기와 목으로 타고 들어오는 살충제의 매캐한 냄새 그리고 여기저기 구원을 요청하며 몸부림치는 벌레들. 나는 영화 속의 킹콩처럼 가까스로 기어가는 벌레들을 발로 밟고 새로 산 쓰레받기에 열심히 쓸어 담았다. 하얀 쓰레받기엔 정말 과장하지 않고 삽 위에 있는 흙처럼 다부지게 쌓였다. 주검 아닌 주검들을 쓰레기통에 넣으려다 잠시 생각을 한 후, 투명한 비닐봉지에 담아서 창문을 열고 쓰레기 더미가 있는 중앙에 던졌다. 벌레들이 건물 안으로 들어오면 최후가 이렇다는 것을 본보기로 보여 주고 싶었다. 그리고 구석구석에 있는 벌레들을 긁어모아서 깨끗하게 창문 밖으로 털어 버리고 모기장을 치기 시작했다. 나는 머리를 매만지고 이 옷 저 옷을 골라 대다 예전에 사귀었던 사내 커플 은영이를 떠올렸다. 은영이와 결혼까지 생각했었다. 그러나 소설가가 되겠다고 말하면서부터 삐거덕거리기 시작했다. 은영은 앞으로 의류 시장을 석권하겠다며 야무진 웃음을 보이곤 했었다. 문득 은영의 그 웃음을 떠올렸다가 눈을 질끈 감았다.

나와 숙희는 종로에 있는 극장에서 영화를 보고 식사를 했다.

"동혁 씨, 사귀는 사람 없어요?"

우리는 극장이 보이는 오 층 창가 쪽에 앉아 있었다. 극장 앞에 몰려 있는 사람들이 우글대는 벌레같이 느껴졌다.

"예, 아니요, 아, 없어요. 예전에 있었죠. 은영이라고."

우리는 여느 때와 같이 저녁 공원을 산책하였다. 숙희는 같이 근무하는 사람과 시간 때를 바꿀 수 있었다.

"제가 이런 말 할 자격은 없지만, 아니 근데 그냥 묻고 싶어요. 언제까지 이런 생활을 하실 건가요?"

"보기 안 좋죠? 모르겠어요. 숙희 씨, 만약 제가 앞으로도 이런 생활을 계속한다면 숙희 씨도 떠나겠지요."

숙희는 정말 빠르게 내 곁을 떠났다. 호텔 영업부장이라는데 젊은 나이에 생각보다 능력이 있었고 인물 또한 훤하였다. 장녀로서 급하기도 했지만, 안정적인 직업을 선호하는 것은 누구에게나 당연한 일이었다. 나는 예식장도 갔다. 말로만 들었던 호텔 결혼식은 역시 그랬다.

'디너숍가?'

처음 만났을 때보다 안 예뻤지만, 숙희는 마냥 행복해 보였고 아름다웠다. 나는 잠시 신랑이 되어서 숙희 옆에 있는 상상을 해 보며 서 있다가 사회자의 마이크 음성 소리에 움찔하며 갈비탕을 두 그릇 먹었다. 일부러 그런 것이 아니었다. 그저 그 자리에서 갈비탕 두 그릇을 먹고 싶었을 뿐이었다. 사실 그 자리에서 술까지 몽땅 따라서 먹고 싶었지만, 치사스럽게 맥주 캔을 한 통 양복 호주머니에 넣는 걸로 만족했다. 있는 집안이라서 그런지 그 흔한 병들은 보이질 않았다. 숙희와 걸었던 공원에서 맥주 캔을 꺼내어 사정없이 흔들었다. 그리고 캔 뚜껑의 손잡이를 당기려다 한동안 멈추어 서 있었다. 한참 후에나 땄고 맥주는 잔잔한 파도 같았다. 문득, 은영이와 파도치는 모래사장 위에 앉아 있었던 일이 떠올랐다.

우리는 각자 개발한 상품을 발표하면서 치열한 날을 보냈었다. 은영이는 주로 연예인들이 입고 나오는 옷을 봐 두었다가 나름 새롭게 디자인해서 제작했고 신기할 정도로 그 스타일은 바로 유행이 되었다. 그 반면에 나는 다소 엉뚱한 디자인을 제작했다. 발표 시에는 누구보다 폭발적 반응을 얻었었다. 치마가 되었다가 바지가 된다든지 조끼에서 재킷이 된다든지 하는 변형 스타일이었다. 하지만 막상 시장 반응은 좋지 않았다. 그때마다 은영이로부터 시기상조라며 너무 앞서지 말라는 충고를 들어야 했다. 나중에 우리는 자신의 이름을 한 글자씩 따서 동은 어패럴을 차리기로 했었다.

김이 빠져 톡 쏘는 맛이 없었다. 밤이 되자 공원은 낯설기까지 느껴졌다. 그 시간 동안 맥주 캔을 들고 있었다. 하염없이 만지작거리다 벤치 위에 올려놓았다. 집으로 가려다 벤치 위에 있는 맥주 캔을 들어 바닥에 쏟아부었다. 행진하던 개미 떼들은 갑자기 맞은 술 벼락에 혼비백산하여 뿔뿔이 흩어지고 그 모습을 보며 씁쓸한 미소를 지었다.

가끔가다 숙희의 여동생들을 볼 때면 간혹 놀래기도 했다. 둘째인 도희는 언니가 곧 외국으로 이민 간다고 했다. 나는 도희를 슬쩍 넘겨다보았다. 쓸데없는 생각인 줄 알지만, 혹시나 하며 도희 옆으로 살짝 다가갔다.

"도희 씨는 어떤 소설을 좋아하세요?"

"하하."

웃는 모습이 매우 아름다웠다. 그리고 섹시했다.

"소설이요?"

수정과 같은 웃음 그리고 소설을 사랑하는 사슴 같은 초롱초롱한 눈망울, 소설의 한 획을 긋는 오뚝한 코.

"소설 음, 그저 그래요. 소설 쓰는 사람들 보면 잘난 것 쥐뿔도 없으면서 사랑이 어떻고 죽음이 어떻고 남의 사생활까지 침범하면서 사실 그들의 생각은 꿰뚫지도 못하면서 겉으로만 유창하게 내뱉는 사기꾼들. 동혁 씨도 그렇게 생각하죠?"

그렇게 말하는 도희보다 숙희가 더 미웠다. 도희는 숙희보다 더 빨랐다. 뒤뚱거리는 도희를 보며 뒤돌아 나왔다. 그나마 식구들은 들러리 안 세운 게 어디냐며 웃고 떠들어 댔다.

나는 소설을 써 내려가기 시작했다. 뭔가 잡히기 시작했고 그것은 기존의 소설만큼 매우 흥미로웠다. 생각보다 탈고까지의 시간이 짧게 들었다. 완성된 작품을 두 번, 세 번 읽고 또 읽었다. 역시 기존의 소설과 같았다.

"젠장."

나는 기존 작가의 소설을 패러디했고 쓴웃음이 터져 나왔다. 숙희를 보았다.

"안녕하세요?"

"……."

"오랜만에 오시네요, 도희 말로는 외국에 나가셨다고 하던데."

나는 대꾸도 하지 않고 들어가는 숙희보다 도희라는 단어에 실수했다고 자책했다. 그냥 숙희의 동생이라고 해야 했는데 이름을 부른 것이 마음에 걸렸다. 숙희가 들고 있던 두 개의 큰 가방이 머릿속에서 떠나질 않았다. '내가 지금 무슨 생각을 하는 거야.' 나도 어디론가 떠나고 싶은 생각이 들었다. 여행을 떠나기로 했다. 무작정 짐을 싸고 불을 끄고 현관문을 나섰다. 어두웠다. 현관문을 닫고 방에 불을 켰다. 내일 할 일이 생겼다. 짐을 풀고 정리하는 일이었다.

"에헤라디요, 잔자 자자자 잔자자, 잔자 자자자 잔자자."

땡추중이었다. 새벽 세 시인데 굿을 하는 모양이었다. 땡추중은 사람들에게 점도 봐주고 굿판을 벌이기도 했다.

"잔자 자자자 잔자자, 잔자 자자자 잔자자."

나는 창문을 열고 만경사에다 소리를 질렀다.

"야, 이 땡추야, 굿을 하려면 제대로 해야지. 잔자 자자자 잔자자가 뭐야! 잔자자는 무슨, 잠이나 자라!"

지금 기분은 암담 그 자체였다. 소설은 역시 아무나 쓰는 것이 아니었다.

나는 오전 일곱 시 삼십 분에 집을 나섰다. 꼬박 일곱 시 삼십 분에 출근하는 것을 보며 동네 주민은 그전의 나에 대한 선입견을 버려야 했다. 나의 출근 모습에 모두 선한 눈빛으로 인사했다. 정장 차림에 깔끔한 머리 모양으로 주민에게 호감을 갖게 한 모양이었다. 게다가 가끔 저녁때 골목 어귀에서 사탕을 아이들에게 나눠 주고 한 사내아이를 들어 올렸다 놓으면서 크게 웃고 나면 동네 주민도 다 같이 웃고 좋아했다.

천천히 걸었다. 종로까지 걷다 보면 오전 여덟 시 정도 된다. 오전 여덟 시에 할 수 있는 것은 의외로 없었다. 때로는 청계천 쪽으로 걸었다. 청계

천도 별반 다르지 않았다. 할 수 없이 버스정류장이나 진짜 청계천에서 산책했다. 그러다 오전 열 시 정도에 중고 서점으로 발길을 돌렸다. 지난 서적들을 찬찬히 살펴보기도 하고 사려고 했던 책을 싼값에 사게 되면 그날은 정말 기분이 좋았다. 그곳을 거쳐 동대문으로 나와서 걷다 보면 오전 열한 시 정도 된다. 불필요하게 많이 걸을 필요는 없다. 보통 종로에서 대형 서점이 오전 아홉 시 삼십 분에 개장하니까, 점심때까지 시간을 보내기에 가장 편했다. 아니면 어쩌다 남산 도서관으로 직접 가기도 했다. 일반열람실은 오전 여덟 시니까, 시간상으로도 제일 잘 맞았다. 서점에서 이벤트를 할 때면 사람들 틈에 서서, 서 있는 사람들과 지나가는 사람들의 인상착의와 의상을 훑어보았다. 저 옷이 지금 저 사람과 일치하는지 머릿속에 체크해 두기도 했다. 한 번은 길게 늘어선 줄에 섰다가 일회용 생리대를 나눠 주는 한 여성과 눈이 마주쳐서 얼굴이 화끈 달아오른 적도 있었다. 서점으로 출근 도장 찍는 것에 싫증이 날 때면 서울역 광장까지 걸어가서 텔레비전을 보기도 했다. 그러나 피곤해서 웬만하면 서점에서 끝내곤 했다. 오후 한 시 정도가 되면 밖으로 나와서 햇볕을 쬔 후, 대형 음식점으로 걸어갔다. 음식점 앞쪽에서 서성거리며 속주머니에서 이쑤시개를 꺼내 이빨을 쑤시는 척하고 항상 들고 다니는 종이 빈 컵을 꺼내 커피를 마시는 것처럼 요란하게 소리를 낸 후, 다시 서점으로 발길을 향했다. 돈이 없어서 하는 행동이 아니라, 허구의 삶을 사는 것이 소설에 어울릴 것으로 생각했다. 신간 서적을 마무리 짓고 집으로 돌아오면 사위는 어둑어둑해졌다. 일주일 중 월, 수, 금은 이렇게 보냈다. 가끔 백화점을 들를 때도 있지만, 너무 부대끼고 남는 것이 없었다. 대형 마트 시식 코너에 더는 얼굴을 들이밀 수가 없었다. 화, 목, 토는 남산 도서관을 찾았다.

오전에 잡지를 섭렵하고 오후에는 무료로 영화도 감상할 수가 있었다. 또한, 도서관 지하 식당으로 가면 저렴하게 식사를 할 수가 있었다. 도서관을 일찍 나오는 날은 식물원에도 들르기도 했다. 처음에는 소설의 영감을 얻기 위해서 영화도 보고 연극과 뮤지컬을 관람하면서 나름대로 평론도 하고 인터넷에 난 기사도 스크랩하면서 열정에 사로잡힌 채 하루에 두 시간 또는 세 시간만 자면서 DVD를 일곱 개에서 여덟 개까지 빌려 와 시청하기도 했다. 그리고 K 대학에서 조교로 있는 친구의 도움으로 문예창작학과에서 초청하는 소설가의 날짜에 맞춰 그 학교 학생인 양 들어가서 강연을 듣기도 했다. 또한, 그동안 모아 두었던 돈을 조금씩 여행에 투자하면서 나름대로 멋을 부렸다고나 할까. 그러던 어느 날부터 돈의 지출도 문제였지만 그런 것들에 염증이 났다. 그동안의 노력이 아주 많이 도움이 못 되는 것은 아니었지만, 문제는 그런 것들이 아니었다.

연락받고 도착한 인사동 한 술집은 예나 지금이나 별반 다르지 않았다. 형태는 많이 달라졌지만, 분위기는 그렇지 않았다. 모인 사람들은 저마다 체험을 영웅담처럼 늘어놓고 있었다. 다리 하나 건너서부터 시작해서 나중에는 자기 자랑이었다. 실제 다리 위나 지하철역에서 거지 행색을 하며 텃세에, 경찰에 쫓기는 얘기를 시작으로 정신병자 행세, 버스나 지하철에서 물건을 팔았던 얘기들, 각종 행사에 강제 출연 등 믿거나 말거나를 내뱉고 잠시 추억에 빠진 듯하다가 할 말이 없으면 화장실에 한 번 다녀와서 다른 사람의 얘기에 맞장구를 치다가 한 사람씩 사라지곤 했다.

"소설은 상상만으로는 한계가 있어. 그저 듣고 본다고 써지나, 소설은 현실감이 있어야 해."

어느덧 술에 차츰 익숙해질 무렵 벙거지를 쓴 선배가 노숙자에 관한 소설을 쓴다며 서울역에서 노숙자들과 육 개월간의 생활담을 털어놓았다. 그러고 보니, 아까부터 무슨 고약한 냄새가 나고 있었다. 그곳에도 엄연한 질서가 있다며 선배는 술과 안주를 챙겨 말없이 떠났다. 무전여행을 하는 한 선배는 시외버스터미널에서 무작정 버스에 오른 뒤, 서서 갈 테니 한 번만 태워 달라고 하면 버스 기사들이 웬만하면 타라고 한다고 했다. 빈자리가 있으면 앉아서 가기도 했다고. 가다가 맘에 드는 곳에 무작정 내리고 아무 식당에 가서, 허드렛일을 할 테니 밥을 달라고, 그런 식으로 여행을 계속했다고. 그러다 마지막으로 도착한 바닷가 선술집에서 미스 정의 한 많은 노랫가락에 담배를 피우며 밤을 지새우고 다음 날 배를 탔다며, 자신을 기다리겠다고 울던 미스 정이 기억난다고 했다.

"미친 년, 나쁜 년."

선배는 배 타고 나간 뒤, 한 달쯤 지나 선장으로부터 미스 정에게 속아 배 탄 놈들이 한두 명이 아니라고 들었다. 미스 정은 소개비로 집도 샀다며 혀를 끌끌 차며 후타실로 들어가고 선배는 멍하니 검은 바다만 바라보며 하염없이 눈물을 흘렸다고, 밤이 무섭다고, 여자는 더 무섭다며, 선배는 상 위에 그대로 고꾸라졌다. 계속해서 선배들의 얘기를 듣던 막내는 프랑스 편도 승차권만 끊고 무작정 파리로 갔다고 했다. 몽마르트르 언덕에서 행위예술을 했다는데 이틀 동안 쫄쫄 굶었다고. 별별 미친 짓을 했지만 웃는 사람도 쳐다보는 사람도 없었다고 했다. 시중에 가진 거라곤 오로지 배짱뿐이었다고. 그때 유심히 자신을 쳐다보던 아저씨가 제안해서 무조건 따라갔다고 했다. 파격적인 조건으로 캐스팅되었다는데 갤러리 앞에서 누드로 마네킹처럼 무작정 서 있는 것이었다. 후배는 그곳에서 한국으로 돌아갈 비행기 표도 벌고 쉬는 날에는 연극과 뮤지컬을 보러 다

넜다고 했다. 나는 화장실을 갔다 오며 문득 유리문 바깥에서 누군가 발가벗은 채로 경찰차에 오르는 것을 보았다. 집으로 오는 길은 유난히 멀어 보였다.

"포기."

나는 웃음이 나왔다. 그동안 뭘 했는지 어떻게 살아왔는지 또 뭘 포기한 건지, 창가에 앉아 밤하늘을 보았다. 그리고 창문을 닫았다. 방 안을 둘러보았다. 모든 것들이 왠지 낯설게 다가왔다.

'빵빵!'

클랙슨 소리에 차곡차곡 쌓인 종이상자를 트럭에 실었다. 그리고 주변을 둘러보았다. 짐이 이게 다냐는 기사 아저씨의 말에 트럭에 실은 상자 위에서 손을 뺐다.

"잠깐만요, 아저씨."

나는 잠깐 건물을 쳐다보다 트럭에 몸을 실었다. 온갖 군상들이 모여 있던 곳이었다. 짧았던 시간이었지만, 건너편 이 층 중국집에선 바퀴벌레가 탕수육에 따라 나왔다고 싸우고 불나고 아래층에서는 청바지 공장 직원끼리 술 먹다 병 깨고 찌르고 어디서 구했는지 곡괭이도 들고 다니고, 새벽이면 봉고차 두 대가 마주하고 물건을 흥정하기도 했다. 얼핏 보니 자동차 번호판이었다. 하루가 멀다고 큰 소리 나던 곳이었다. '잘 있어라. 나는 간다.' 멀어지는 시장을 등지며 보조석에서 착잡한 심정으로 잠을 청했다.

나는 의류 회사에 취직했다. 전에 일했던 회사의 하청 회사다. 작업실에 있다 보면 가끔가다 신제품을 들고 오는 은영이를 볼 수 있었다.

"은영아, 축하해. 실장 됐다면서."

"고마워. 네 자리를 빼앗은 것 같아서 늘 마음이 편칠 못해."

"무슨 소리야, 내가 있었어도 실장 자리는 네 몫이야."

"고마워. 결혼은 했니?"

"아, 아직. 누가 나한테 오겠어. 본사로 들어가는 거지? 나중에 술이나 한잔하자."

집에서나 밖에서나 자리를 잡아 가는 은영이가 부럽기도 하고 한편으론 존경스럽기도 했다.

"동혁 씨, 2번 전화."

"예. 감사합니다. 최동혁입니다."

"동혁 씨 저, 숙희예요. 잊은 건 아니죠?"

"그, 그럼요, 어디, 예요. 제가 이따 다시 하면 안 될까요?"

"……."

"……."

"지금, 안 돼요?"

"잠깐만요."

나는 수화기를 잡고 실장에게 말했다. 여의도 선착장은 회사에서 불과 십 분 남짓한 거리에 있었다.

"잘, 지냈어요?"

"저, 이혼했어요."

"미안해요, 힘들었겠네요."

"괜찮아요. 이젠 매우 익숙해졌어요."

"전화번호는 어떻게 알았어요?"

"그보다도 소설은 포기한 거예요?"

"한때 막연하게 뜬구름 잡는 식으로 부딪쳐 봤는데 생각보다 힘들었어요. 남이 써 놓은 걸 서점 가서 사서 보면 난 죽었다 깨어나도 힘들 것 같아서 포기했어요."

"그래도 동혁 씨, 자신 있어 보였는데."

"음, 나중에 자서전이라도 쓸 일 있으면 모르겠지만 지금은."

나는 혼자 걷고 있다는 것을 느끼고 뒤를 돌아보았다. 숙희는 처음 그 자리에 서서 멀리 한강을 바라보고 있었다. 나는 뒤돌아서서 숙희 옆으로 걸어갔다.

"저, 웃기죠. 동혁 씨하고 무슨 사이라고 회사에서 일 잘하는 사람 불러 내서 신세타령이나 하고."

나는 부담감을 느꼈다. 소설에서 흔히 보면 이럴 때 남자는 자신이 현재 사랑하는 사람을 버리고 자신의 앞에 있는 여자와 결혼해서 평생 어떻게 될지도 모르는 운명을 책임져야 한다는 생각이 문득 들었다. 그렇다고 저, 실은 지금 결혼할 여자 있어요, 라고 말하기도 우스운 그런 어정쩡한 생각이 들었다.

"저, 갈게요."

"그래요. 저도 빨리 들어가 봐야 되거든요. 다음에 시간 있을 때 연락해요. 술이나 한잔하죠."

누구에게나 입버릇처럼 나중에 술이나 한잔하자는 말을 툭 내뱉고 회사로 들어왔다. 그러나 딴생각이 들어 좀처럼 일에 빠져들지 못했다.

"혹시, 이거 소설처럼 죽을병이라도 걸려서 동혁 씨 사랑해요. 사실 당신만을 사랑했어요. 이러는 건 아니겠지?"

2KG짜리 바벨을 양쪽에 달면 5KG이 된다

"동혁 씨, 뭘 그렇게 중얼거려요."

"아닙니다. 잠깐 커피 한잔 마시고 들어오겠습니다."

건물 옥상에서 하늘을 보다 밑을 내려다보았다. 도로 위로 지나가는 사람들과 차들이 아름답게 느껴졌다.

숙희는 재혼했다. 나는 회사 근처에 있는 대폿집에 들어갔다. 술잔에 술을 가득 부어 마시다, 아예 병째로 마시게 되었다. 술에 반쯤 취하다 보니 예전의 살았던 그 집을 찾아가고 싶었다. 술집에서 나와 택시를 타고 그전 시장으로 올라갔다. 올라가면서 왠지 허전한 느낌이 들었다. 빛바랜 하얀 삼 층 건물 그리고 오른쪽 쓰레기장과 건물 앞의 순댓국집도 맞은편에 있던 DVD방 그 밑으로 땡추중이 살았던 만경사도 깨끗하게 자취를 감추었다. 내려오면서 은영이도 다시 시작한 숙희도 그리고 도희도 죄다 망하고 이혼해서 나에게 왔으면 좋겠다고 생각했다. 나한테만 오면 최선을 다해 주리라 하며 손을 불끈 쥐어 보였다. 그러자 갑자기 다리에 힘이 탁 풀렸다. 나는 택시 안에서 눈물을 흘렸다. 택시 기사가 어떻게 생각하든지 거의 아이처럼 꺼이꺼이 울고 말았다.

"동혁 씨, 오늘 무슨 좋은 일이라도 생긴 거야? 기분이 좋아 보이는데."

"하하하, 그냥 좋습니다."

나는 소설대로라면 나를 거쳐 간 사람들은 죄다 불행해지고 나는 승승장구할 뿐 아니라, 예전의 하고 싶었던 일도 다 잘될 거라 믿으며 지냈다. 물론 상대방들의 불행은 생각하기 싫었다.

'따르릉.'

"예. 최동혁입니다."

"여보세요? 저, 숙희인데요. 셋째 진희가 결혼해요."

나는 '그게 나하고 무슨 상관이지?' 하고 말하고 싶었지만 웃으며 말했다.

"그래요? 언제요? 어디서요? 음, 축하한다고 전해 줘요. 물론 가 봐야죠. 알았어요."

'……끊어. 젠장, 그게 나하고 무슨 상관이야. 같은 건물에 살았던 죄밖에 더 있어.'

"예, 나중에 봬요. 그럼."

나는 예식장 근처에 있는 술집으로 들어가 술을 거의 쏟아붓듯 했다. 숙희가 내 직장 전화번호를 알아 낸 것이 신기하다 싶었다. 내심 혹했던 마음도 있었는데 진희라고 했나, 직장 동료와 결혼했다. 동료는 웃으면서 자신도 나중에 알았다고 했다. 진희가 나중에 깜짝 놀라게 해 주자며 결혼 당일까지 밝히지 않았다고 했다. 나는 이번엔 아예 버스에 올라가 통곡하고 싶었다. 불현듯 나 자신이 번개탄이라고 생각되었다. 생긴 건 연탄처럼 생겼는데 확 타올랐다가 이내 꺼지는 번개탄. 나는 되새기었다. 번개탄, 번개탄, 번개탄.

은영도, 숙희도, 도희도, 진희도 남편과 자식과 행복하게 살고 있었다. 물론 그들이 불행해지는 것을 바라는 것은 아니지만 오기가 생겼다. 나는 틈만 나면 글을 썼다. 소설을 완성하고 이 출판사, 저 출판사를 계속해서 찾아 다녔다. 하나같이 반응들은 벌레 씹은 표정들이었다. 화가 나서 대형 서점으로 향했다. 베스트셀러 일 위가 놓인 자리에 원고를 올려놓고 싶었다.

다음 날, 나는 책상 위에 있는 편지 봉투를 발견하고 슬그머니 서류 봉투에 넣었다. 퇴근하자마자 부리나케 집으로 달려왔다. 문을 열고 왜 이

2KG짜리 바벨을 양쪽에 달면 5KG이 된다

렇게 호들갑스럽게 이러나 라는 생각이 들 만큼 어쩔 줄 몰랐다. 서류 봉투에서 카드를 꺼냈다. 봉투 안에는 분홍색 편지지가 들어 있었고 편지의 내용은 나를 사랑한다는 것이었다.

"됐어! 이제부터 시작이야."

나는 자신감이 생겼다. 편지는 계속해서 배달되었고 나는 회사에서 일로나 인간적으로나 능력을 인정받았다. 궁금증보다도 편지를 받는 것만으로도 만족해했다. 그리고 드디어 실장으로 승진도 했다. 나는 승진 겸 회식 자리에서 직장 동료, 선배, 후배들과 같이 취하도록 술을 마셨다. 이차, 삼 차로 노래방에 가서 사람들의 축하를 받았다. 새벽 세 시가 가까웠다. 같이 있던 사람들은 각자 택시를 잡느라 분주하게 서성댔다. 나도 몸을 추스를 수 없을 정도로 취해서 바닥에 주저앉았다.

"자네 일어나, 집에 가야지."

부장은 내 어깨를 잡고 일으켜 세웠다.

"부장님 저 안 취했습니다. 부장님, 우리 해장술 어떻습니까?"

"이 사람아, 오늘 출근해야지."

"부장님, 아이, 부장님, 제가 부장님 좋아하는 건 부장님도 아시죠? 그러니까 해장술하고 사우나 갔다가 기분 좋게 회사로 골인하면 되는 거죠. 맞죠?"

나는 집에까지 어떻게 왔는지 전혀 기억이 나지 않았다. 분명 길거리에서 부장하고 대화했던 것까진 기억에 남았지만, 그 이후로는 무슨 일이 일어났었는지 전혀 기억나지 않았다. 나는 흐트러진 옷차림을 바르게 입었다. 세수하고 아침 식사를 하는 둥 마는 둥 하며 회사로 향했다. 디자인실에 도착하자마자 책상 위에 놓여 있는 분홍빛 봉투와 새빨간 장미꽃다

발에 눈길이 갔다. 꽃다발을 들어서 꽃향기를 맡은 후 봉투를 열었다. 이번에는 노란색 편지지에 여성스러운 글씨체가 깨알같이 내 눈동자에 비쳤다. 차츰 읽다가 내 입가는 충만한 사랑의 기쁨으로 넘쳤다. 그녀가 만나자는 것이었다. 어제 회식이 자신의 인생 기로를 바꾸었다는 마지막 말과 함께.

나는 어제 있었던 회식 자리를 떠올렸다. 일 차에서 갈비를 상추에 싸서 자신의 입에 넣어 주었던 작업실의 민성경, 이 차에서 러브샷을 했던 디자인실의 박나현도 생각했다가 고개를 흔들었다. '내가 노래방에서 보여준 현란한 춤 솜씨에 많은 여사원이 좋아했지. 누굴까? 아무려면 어때, 다 맘에 드는데. 흐흐흐.' 나는 우쭐했다. 이제야 모든 것이 내 뜻대로 되고 있었다. 늦었지만 소설도 다시 써 볼까, 하는 마음도 생겼다.

'여의도 선착장 레스토랑, 저녁 일곱 시.' 나는 기쁜 마음에 일하는 둥 마는 둥 하며 시계를 수시로 쳐다보았다. 일이 손에 잡히지 않았다. 디자인을 연구하면서도 자꾸 누구일까, 하며 여사원들을 흘금흘금 쳐다보았다. 모두 '저예요!' 하는 눈빛이었다. 여사원들의 이름을 한 명씩 종이에 써 보며 내가 원했던 이상형과 여사원들과 지나간 대화들을 더듬어 가며 혼자 낄낄대고 웃었다. 나도 직장 동료에게 결혼식 당일까지 신부가 누구라는 것을 말해 주지 않으리라 생각하자 흥분이 되었다. 약속 시각이 얼추 되자 앞에 있던 자료를 정리하고 직원들에게 먼저 퇴근하겠다며 일어섰다. 그러면서 여사원들의 일거수일투족을 보았다. 그러나 별반 느낌을 받지 못했다. 나는 두근거리는 가슴을 진정시키려고 인근 약국에 들러 청심환을 복용하고 약속 장소에 도착했다. 호흡을 길게 마시고 뱉고를 여러 번 반복하며 문을 열고 들어갔다. 그러나 부장에게 들키고 말았다.

　　　　　　2KG짜리 바벨을 양쪽에 달면 5KG이 된다

"어! 부장님, 약속 있으세요?"

나는 선수를 치며 씩 웃어 보였다. 부장은 자리에서 일어나 내 손을 꽉 움켜잡았다.

"나, 이해해 주어서 고마워. 난 동혁 씨가 다른 사람들과 똑같다고 생각했는데 여태껏 결혼을 안 하는 것을 보고 혹시나 했어. 동혁 씨, 사랑해."

뜬금없는 부장의 말에 아예 술 속에 빠져 죽고 싶었다.

"동혁 씨라면, 나 이혼할 수 있어. 나도 처음엔 여자가 좋았는데 아니란 걸 깨달았어."

그냥 웃음이 나왔다. 나는 번개탄도 못 되는 불발탄이었다.

- 끝 -

행정실 사람들

이십여 년 전 어느 날

듬성듬성 머리카락이 빠진 황 교감이 빛바랜 감청색 바지에 단추를 두어 개 풀어헤친 허연 반팔 셔츠를 입고 행정실로 들어왔다.

"여긴 왜 이렇게 더워?"

어디서 뭘 하다 들어왔는지 얼굴은 홍색이 되어 오른손에 든 부채를 연실 흔들어 댔다. 행정실 가운데 자리에서 타자하는 수영은 일 년 차지만, 오 년 동안 같은 오락만 해 온 민규의 손놀림과 흡사할 정도로 매우 빨랐으며 오타도 없었다. 퇴근 시간이 다가오자 사람들은 분주하게 움직였다. 한여름의 더위는 행정실 후미진 위벽에 자리 잡은 환풍기를 통해 회오리치며 퍼져 나갔다.

'탁, 탁, 타, 다, 탁.'

"추 선생은 질리지도 않나 봐, 어떻게 같은 오락을 오 년이나 할 수가 있지?"

독수리 타법을 팔 년째 고수하고 있는 영우는 서서 보면 황 교감을 연상시킨다.

"다들 뭐 하고 있나, 올라오라고 해."

행정실엔 또 하나의 방이 있다. 행정실 사람들은 누구나 그 방에 들어가는 것을 꺼렸다. 재형은 결재를 받으러 계 실장 옆에 서 있었다. 한참을 서 있노라니 현기증이 나고 손발이 저렸다. 정신이 혼미해져 들고 있던 결재판으로 계 실장의 책상 위에서 꿈틀대는 바퀴벌레의 대가리를 내려쳤다. 그때였다.

"아니, 자네 뭐 하나?"

2KG짜리 바벨을 양쪽에 달면 5KG이 된다

재형은 계 실장이 즐겨 먹는 검은깨가 박힌 인절미를 내려쳐 커피잔 크기의 접시에 넘치도록 발라 놓았다. 무척 난감했다. 이 위기를 벗어나야 했다. 급한 전화라도 오기를 바랐다. 창밖으로 스프링클러가 뿜어내는 물줄기는 고동처럼 들쭉날쭉 요동을 쳤다. 오늘도 해 지기 전에 교정을 나가기는 틀린 것 같다.

행정실의 하루는 오전 여덟 시부터다. 한 학부모가 선글라스를 손에 들고 수납 창구의 창문을 두드렸다.

'아침에 선글라스는 뭐야.'

"서무실이 어디죠?"

"여긴데요."

서무실의 명칭이 행정실로 바뀐 것이 수년째 되고 있으나 대부분 그렇게 말한다.

"아이의 생활기록부를 떼려고 하는데요."

"졸업생인가요? 언제 졸업했죠? 증명 발급 의뢰서에 필요한 사항을 적어 주세요. 볼펜 여기 있습니다."

"아직 재학 중인데요."

"재학생은 담임 선생님한테 말씀해 주세요."

"서무실에서 떼는 거 아니에요?"

"저희는 졸업생만 관리합니다. 고등학생인가요, 중학생인가요?"

"고등학생인데요."

"고등학교 교무실은 이 복도 끝 이 층입니다."

처음에는 말투가 이렇게까지 사무적이지 않았다. 오는 손님마다 무척 반가웠고 학생들도 귀여워 지나가다가도 머리를 쓰다듬어 주곤 했다. 재형은 다른 직원들이 대개 오전 일곱 시 십오 분에서 삼십 분 사이에 온 데 비해 약, 사십 분가량 먼저 와서 그날의 업무를 시작할 수 있도록 스위치 켜기부터 책상 서랍, 캐비닛 열기, 복사기 켜기, 행정실장 책상 위에 신문 갖다 놓기, 화분의 물주기, 열 개의 일지에 기록하고 도장을 찍고 운동장에 나가서 휴지를 줍고 들어와서 그날의 일과를 준비해 놓았다.

"여보세요, 여보세요!"

"……."

"왜 반말이에요! 당신이 절 언제 보셨다고 반말이에요! 뭐 직원 교육 똑바로 배우라고요! 뭐 그래, 나 무식해! 네가 뭔데 나한테 이래라저래라 지랄이야! 그래그래 뭐! 나 구선자야. 구, 선, 자. 뭐, 아가씨! 내가 티켓다방 아가씨냐, 얻다 대고 아가씨야!"

선자는 아직도 분이 덜 풀렸는지 수화기를 박살 내듯 전화기에 내려놓고 책상을 발로 연거푸 차 댔다.

"에이!"

선자는 행정실 토박이다. 고등학교를 졸업하자마자 내내 이곳에서 근무하고 있다. 처음에 시골에서 올라왔을 때는 새카만 얼굴에 나름대로 꾸민다고 진한 화장에다가 동네에서 제일 큰 미용실에서 파마하고 왔다고 한다. 지금은 용 됐다고 하는데 성질 더러운 용이다. 입에서 마구 불 뿜어 대는. 일 하나는 똑소리 나게 하는데 남녀 차별과 권위에 늘 불만이었고 사소한 일이라도 여자가 불리하다 싶으면 주사인 영우를 통해 해결해 나갔다. 그날도 화기애애한 분위기는 물 건너갔다며 라디오를 자신 옆에 바짝 가져가 자기만 들릴락 말락하게 볼륨을 맞춘 혜수는 재형의 눈치를 보며 주파수를 맞추고 있었다. 그 사이로 어제의 악몽인 군은 인절미 찌꺼

기가 그대로 붙어 있는 결재판을 보며 인상을 찌푸렸다.

"여기 차 좀."

혜수는 몸을 곧게 세운 채 커피를 타기 시작했다. 실장실로 들어가는 혜수는 호랑이 굴에 들어가는 한 마리 토끼 같았다. 매일같이 반복되는 일과는 나른할 만도 한데 행정실 사람들은 하루하루가 낯선 것 같았다.

"점심 뭐 먹을래?"

영우의 나지막이 들리는 목소리는 잠시 좋았던 혜수의 개과천선해야 한다는 눈빛이 재형의 볼펜 끝으로 다가왔다. 재형은 주문을 받으려고 메모지를 꺼내 들었다.

"시켜 먹어도 돼요?"

눈을 말똥말똥 뜨며 큰 눈을 이리저리 굴리는 혜수는 행정실에 갓 들어온 새내기다.

"그래, 실장님이 출장 나가셨으니까 오늘은 시켜 먹도록 하자. 아, 이제 구내식당 밥은 지겨워."

영우는 책상 오른쪽 두 번째 서랍을 열었다. 핸드폰을 자신의 왼손 손바닥 위에 올려놓고 그간 조금씩 투자한 주식 정보를 보며 웃었다 찡그렸다 하다 서랍을 닫았다.

"난 된장찌개."

민규는 여전히 컴퓨터로 오락을 해 대고 있었다.

"난 오징어 볶음밥."

선자는 아직도 분이 덜 풀렸는지 오만상을 찌푸렸다.

"난 내장탕."

영우의 내장탕. 그랬다. 오늘 메뉴는 내장탕이다.

"다행이다."

재형도 내장탕을 좋아했다.

"이것저것 시키면 늦게 와."

틀린 말은 아니다. 오랜만에 행정실 책상에 음식을 올려놓고 웃음꽃을 피우며 식사를 맛있게 먹고 있었다. 계 실장은 행정실에서 밥을 시켜 먹는 것을 못마땅해했다. 사람들이 오고 가는 일이 많은지라 냄새나면 안된다고 했다. 계 실장은 끼니를 놓칠 때면 어김없이 재형에게 구내매점에서 땅콩 크림 식빵과 흰 우유를 가져오라 시켰다. 물론 외상 전표에 달아두었다. 한 번에 결산 처리한다고 하지만 제대로 처리하는 것을 못 봤다. 구내매점 곽 씨도 당연한 도리라 생각했다.

혜수는 직원들의 눈치를 보며 영우의 자리로 컵을 가지러 일어났다. 자기 딴엔 영우에게 물을 떠다 주려던 심사였다. 그러나 혜수는 몰라도 한참 몰랐다. 영우는 들고 있던 수저를 놓았다. 이에 같이 식사하던 직원들도 수저를 놓았다. 혜수는 영문도 모른 채 얼굴이 벌게지며 안절부절 못했다.

"미스 원, 아니 원 선생. 난 말이야. 내가 식사할 때 누가 먼저 일어나는 꼴 절대 못 봐. 그리고 나 식사 도중에 얘기할 때 누가 딴 얘기, 한다든지 껴든다든지 하는 것 절대 용납 못 해. 알았어?"

그렇다고 영우가 인상을 쓰며 하는 얘기는 결코 아니다. 언제든지 환하게 웃어 줄 수 있는 그런 미소를 띠며 말이다. 영우는 늘 식사 시간에 계란프라이에 대한 예찬을 끊임없이 하였고 그 계란프라이에 민규도 동조를 하였다. 영우는 어렸을 적, 친구들과 점심시간에 도시락 뚜껑을 열면 자신만 계란프라이가 없어서 부끄럽기도 하고 부럽기도 하였다고 했다. 늘 계란프라이 하나 먹어 봤으면 하는 것이 소원이라 했다. 그날도 실장이 잠시 출장을 나갔고 기회다 싶어 선자는 여자 화장실에서 계란프라이를 했다. 화장실에서 요리한다는 것이 처음에는 거부감이 없지 않았지만 사실 없어서 못 먹는다. 그것도 영우의 배려로 여자 화장실에 싱크대를 설치하고 뜨거운 물도 나온다고 한동안 엄청나게 자랑을 늘어놓았다. 사람 수대로 계란프라이를 했고 저마다 영우의 눈치를 보고 있었다. 사실 눈치랄 것도 없겠지만 영우 스스로 그렇게 생각하는 것 같았다. 한참 후에야 영우는 계란프라이 하나를 자신의 밥그릇에 갖다 놓고 밥을 먹기 시작했고 민규는 군침을 삼키며 이제나저제나 순서 아닌 순서를 기다리고 있었다. 잠시 후, 영우는 계란프라이를 또 자신의 밥그릇에 가져갔고 그 와중에 영우의 젓가락 사이로 계란프라이가 신문지가 깔린 책상 바닥 위로 떨어졌다. 이에 민규는 식사를 잠시 멈추었다. 그리고 어렵게 영우의 양해를 구한 후, 떨어진 계란프라이를 자신의 밥그릇에 갖다 놓았다. 그때 민규의 표정은 어렸을 적, 산타할아버지가 정말 하늘에서 내려와 선물을 주고 갔을 때의 기쁨보다 훨씬 희망에 차고 들떠 있었다. 재형은 속으로 웃음이 터져 나오는 것을 참느라 애를 썼다. 영우는 그렇다고 치지만 민규는 이제 삼십 중반인데 성격인지 아부 근성인지 모르겠다. 민규는 어렵게 가져간 계란프라이를 식사가 거의 끝나 가는데도 먹지 않았다.

"추 선생님, 그거 안 드세요?"

"아껴 먹으려고."

"식기 전에 드시지 그래요?"

"밥 다 먹고 난 뒤, 입 안에 넣으면 혀 위에 얹혀 있는 부드러운 촉감과 깨물면 터지는 고소함을 오랫동안 느낄 수 있어서 마지막에 먹으려고."

"집에서 사모님이 계란프라이 안 해 주세요?"

재형이 처음 근무했을 때였다. 신입 환영회가 있는 날이었다. 재형은 기대에 차 있었다. 무슨 말을 어떻게 해야 할지 고민에 빠져 있었다. 황당한 일이지만 신입 교직원이 모든 회식비를 내야 한다는 것이었다. 그것이 행정실의 관행이라는 영우와 선자의 말 놀림에 재형은 돈이 없다고 했다. 일순간에 행정실의 분위기는 삭막 그 자체로 바뀌었다. 선자는 카드로 계산하든지 아니면 다음 월급에서 제한다고 얘기했다. 그때까지도 그저 농담인 줄만 알았다.

"대한 카드 있나?"

"없는데요."

"이참에 하나 만들어."

영우는 친동생이 은행에서 근무한다며 재형에게 대한 카드를 만들어 줄 수 있다고 했다.

"월급 타면 그때 가서 만들게요."

"개기나?"

선자의 말에 잠시 침묵이 흘렀다. 한술 더 떠서 선자는 호텔에 가서 식사해야 한다고 했다.

"우리 때는 호텔 가서 했잖아요, 안 그래요? 진 선생님."

재형은 머릿속으로 계산을 해댔다. 통합 사환 한 명 포함, 행정실 직원만 일곱 명, 이건 아니다 싶었다. 선자는 영우와 자신의 배려로 죄짓고 선처를 바라는 고개 숙인 자에게, 아량을 베풀 듯이 호텔 식사는 봐 준다고 했다. 이에 영우는 자신이 쒀 준다고까지 했다. 재형은 기가 막혔지만 따를 수밖에 없었다. 영우는 민 선생이 내는 것이니 먹고 싶은 데로 가라고

　　　　　　　2KG짜리 바벨을 양쪽에 달면 5KG이 된다

했고 참고로 자신은 회가 좋다고 했다. 퇴근 후, 모두 횟집을 찾았다. 회식 자리에서 준비한 인사말을 언제 해야 하나 눈치를 살폈고 회식 자리는 시간을 정해 놓고 먹는 것처럼 묵묵히 먹기에 바빴다. 영우의 농담 아닌 농담으로 끝나나 했다. 그런 와중에 횟집 종업원이 빈 접시를 치우려 하자 영우는 난색을 보였다. 종업원은 죄송하다며 물러섰다. 영우는 자신이 식사하는데 빈 접시가 됐든 조미료통이든 수저통이든 다른 사람이 만지는 것을 꺼렸다. 어쨌든 재형은 회식 중 자리에서 일어섰다. 그리고 영우에게 양해를 구한 뒤 준비해 온 인사말을 하려 했다.

"먼저, 오늘."

"민 선생?"

"예."

"일어난 김에 물수건 하나만 가져와."

"물수건이요? 처음에 받았잖아요?"

"상, 여기 좀 닦으려고 그래. 상이 좁네. 여기 장사 좀 되나 봐."

재형은 영우한테 물수건을 가져다주었다. 그리고 다시 자리에 섰다.

"저는."

"민 선생."

"예."

"요거 맛있네. 좀 더 달라고 해."

"여기요?"

"직접 가서 말해. 그래야 빨리 주지."

"예."

재형은 분주히 움직였다. 학생 때 아르바이트했던 것처럼 주변을 살피며 다른 테이블 손님들도 필요한 것이 없나 하며 몸을 뒤척였다.

"그럼, 한마디 하겠습니다. 저는."

"민 선생."

"예?"

"잔이 깨졌어."

재형은 주인아저씨한테 화가 났다.

"사장님, 깨진 잔을 주면 어떡해요?"

재형은 주방에서 영우를 향해 큰 소리로 말했다.

"진 선생님, 뭐 또 필요한 것 있으세요?"

"없어."

자리로 왔을 땐 상은 이미 깨끗이 비어 있었다.

"나가지."

일행은 계산하고 나오기를 기다리며 밖에서 서성거렸고 재형이 나오자 어느새 화기애애한 분위기로 바뀌며 이 차로 노래방엘 가자고 했다. 이런 분위기로 노래방을 가면 어떻게 분위기를 띄워야 하나 걱정이 앞섰다. 나름대로 탬버린을 쳐 가며 신나게 노래를 불렀다. 기우였다. 코러스는 기대도 안 했다. 왠지 썰렁함을 감출 수 없었고 뒤를 돌아보니 모두가 면접 보는 양 긴장하며 재형이를 주시하고 있었다. 선자의 일 절만 해야 하는데 왜 후렴까지 부르게 하냐는 영우에게의 질타가 끝나기 무섭게 수영 옆에 있던 영애는 A4용지를 꺼내었다. 영애는 중, 고등학교 통합 사환이었다. 관행대로 남직원과 여직원으로 편을 나눴다. 영애는 채점만 했고 한번 불러서 점수가 잘 나오면 영애의 점수는 여직원에 더했다. 노래는 일절이 끝나면 무섭게 마이크를 교대했고 일 절의 점수를 용지에 적었다.

2KG짜리 바벨을 양쪽에 달면 5KG이 된다

구십오 점이 높은 점수가 아니라 오십구 점이 높은 점수였다. 끝자리를 더했고 이상하게도 여직원들은 높은 점수를 받았다. 한때는 남직원들이 역전의 기회를 노릴 뻔했으나, 영우의 포기와 선자의 메들리로 남직원들은 내일 점심을 사야 했다. 월급 타면 사랑하는 사람과 먹고 싶었던 음식을 회식 다음 날 점심시간에 맛볼 수 있었고 실력 아닌 실력으로 남직원들이 이겼을 때는 평상시의 구내식당을 이용했다. 구내식당은 이천오백 원이면 밥을 먹을 수 있었고 라면은 일천오백 원이었다. 라면은 점심시간에 밥이 떨어지거나 오전 열시 전까지 사 먹을 수 있었다. 당시 영우의 능글능글하는 태도에 장난인 줄 알고 웃어넘기려 했고 그런 것들이 정말 사실이라는 것에 적응하기 시작한 것은 석 달이 지나고 또 일주일이 지나서였다. 그날도 계 실장이 출장 나갔고 영우는 신문을 보다 행정실 안에 있는 텔레비전을 켰다. 친선 축구 경기에 채널을 고정했고 점심 내기를 하자고 했다. 몇 대 몇 점수 내기까지 하려다 우승팀을 맞추기로 했다. 결과는 남직원들의 승리였다. 재형은 골을 넣은 선수보다 더 환희와 기쁨에 젖어 있었고 너무 통쾌해 환호까지 질러 댔다. 이에 선자의 핀잔과 동시에 적막감이 돌았다. 수영과 혜수는 실제 전화가 왔었는지 수화기에 대고 뭔가 급히 받아 적고 있었고 민규는 늘 해 온 오락에 열중해 있었다. 선자의 한마디에 여직원들은 먼저 식사를 하러 갔고 두 시가 넘어서야 왔다. 선자의 의도였는지 모르겠지만 라면에 감사해야 했다.

날씨가 무더워지더니 아니나 다를까 금세 어두워지기 시작했다. 빗방울이 하나둘씩 교정에 내리기 시작했다. 천둥 번개가 동반되고 대중목욕탕의 수증기 냄새와 교정의 천연 흙과 섞인 비릿한 냄새가 행정실을 채우기 시작했다. 재형은 교정을 끼고 있는 가운데 유리창부터 닫기 시작해서 주변의 나머지 문들을 차례로 닫았다. 자리로 앉으려 하자마자 목공실의 변 기사로부터 수납 창문을 두드리는 소리에 고개를 돌렸다. 장갑을 끼고 나오라는 것이었다. 비가 오면 지하실의 목공실과 각 교실의 히터 관련 파이프와 운동장 주변의 배수로에 원활한 물살을 제어하기 위해서 부르는 줄 알고 영우, 민규와 함께 나갔다. 변 기사의 뒤를 따라서 온 곳은 정문으로부터 운동장으로 들어가는 출입구였다. 그곳엔 계 실장이 천연덕스럽게 풀을 뽑고 있었다. 이렇게 궂은 날씨에도 불구하고 말이다. 먼저 계 실장의 복장이 눈에 띄었다. 한여름에 어디에서 구했는지 군인들이 속에다 입는 속칭, 깔때기라는 것을 상의에 걸치고 유도복 하의에 운동회 때나 쓰는 흰 챙 모자와 흰 운동화를 신은 채 목에는 '제 몇 회 학교 축제의 날'이 붉게 쓰인 수건을 두르고 풀을 뽑고 있었다. 재형은 계 실장이 왜 그런 행동을 하는지 알고 있지만 이해하기 힘들었다. 오늘은 이사장이 학교에 결재하러 들어오는 날이었다. 그렇다 한들, 지금 이렇게까지 해야 한단 말인가 하며 재형은 비를 손등으로 막고 서 있었다. 아무튼, 계 실장이 저러고 있는데 가만히 있을 수만은 없었다. 영우는 급한 서류가 있다며 황급히 들어갔고 민규는 이사장실에 준비할 게 있다며 들어갔다. 하는 수 없이 계 실장 옆에서 풀을 뜯었다. 잠시 후, 이사장의 차가 시야에 들어왔고 재형은 일어나서 이사장께 인사를 하려 했다. 이사장의 차는 이미 행정실 쪽으로 진입했다. 실로 놀라운 일이 일어났다. 계 실장의 하마 같은 체형은 그 순간만큼은 날다람쥐처럼 재빠르게 움직여 어느새 이사장의 차 문을 열고 있었다. 감탄하지 않을 수 없었다. 어쨌든 재형은 이사장이 모든 결재를 끝내고 정문으로 사라져 줬으면 하는 바람으로 모든 걸 체념한 듯 뽑고 또 뽑았다. 뜻밖의 손놀림에 놀라지 않을 수 없었으며 운동

2KG짜리 바벨을 양쪽에 달면 5KG이 된다

장 진입로에서 어렵게 시작한 풀 뽑기는 어느새 운동장 가장자리까지 빠르게 진척되고 있었다. 마치 경주하듯 일정한 리듬을 타며 오른손에 의지하던 것을 양손을 다 사용해서 한 손에 일 백 번씩 뽑고 허리를 한 번 펴는 것을 반복하고 있었다. 조금 전까지만 해도 책상 위에 놓인 '실직자 자녀와 생활 보호 대상자'의 공문과 교과서 대금을 정리하고 결제를 맞아야 하는 생각에 손에 풀이 잡히지 않았건만 그런 것들이 오히려 시시하게 느껴졌다. 이젠 재미를 떠나 삶의 경계에 들어설 무렵, 멀리서 민규의 이사장이 갔다는 손짓을 보고 나자, 다리에 힘이 쫙 풀려 운동장을 지나오는 발걸음이 비 맞은 생쥐처럼 초라해졌다. 계 실장은 이사장이 들어오는 날이면 운동장의 껌 종이 한 장 지나치지 않았고 교정 주변의 나무 가꾸기와 이사장실의 십 년 된 듯 하루 된 듯한 분위기 맞추기와 액자 속의 달력 먼지 털기, 소파의 주름 펴기 등 좀처럼 보기 힘든 상황을 너무나 자연스럽게 보여 주었다. 이사장실엔 다정스러운 연인처럼 두 사람 이외엔 출입할 수 없었고 재형은 둘이 정말 사귀는 줄 알았다.

행정실의 일과는 겉으로 보기보단 손을 많이 탔다. 고등학교와 중학교 수업료 및 교과서 대금, 각종 증명과 전 교직원의 봉급 및 회계며 비품 관리며 연계된 교육청과 은행들도 그랬다. 봉급 받는 날은 점심을 걸러야 했다. 선생들이 식사 후, 우르르 몰려와 봉급을 타 가기 때문이었다. 그날 아침이면 재형은 영우와 은행을 한 바퀴 돌았다. 봉급을 출금하기 위해서였다. 신권으로도 바꿔야 했다. 또한, 은행 여직원에게 던지는 영우의 농담 아닌 농담을 들으면서 혹시나 길가에 세워 둔 자동차에 딱지는 안 떼겠지 하며 조바심을 감추지 못했다. 은행 주차장에 세우면 좋으련만 주차장은 항상 만원이었다. 그래서 늘 재형 차를 타고 왔다. 선생들도 어린이

들처럼 바지 주머니에 손을 넣고 다리를 흔드는가 하면 평소에 별로 친하지 않았던 선생들끼리 농담도 오가며 빨리 줄이 줄기를 바랐다.

"이 선생님, 제수씨 좋은 일 있다면서요?"

"아니에요, 좋은 일은."

이 선생의 아내도 다른 학교 선생이었다.

"이 선생, 경숙 씨 표창장 받았다며?"

"아, 예에."

선생들은 서로 웃고 떠들다가 봉투를 받으면 누가 보기라도 할까 봐 자기만 보일락 말락 살짝 봉투 안을 열어서 겉에 붙어 있는 스티커 금액과 맞추어 본 뒤, 뒤도 안 돌아보고 쏜살같이 나갔다.

"휴, 이제 좀 한가하네. 추 선생, 자, 수고했어. 노느라고. 그리고 오락 좀 그만해. 후배들 보기 미안하지 않아? 구 선생은 이따 따로 주고. 민 선생, 어이구, 봉급 받기 부끄럽지 않아. 안 선생 그리고 원 선생. 아이고, 잠깐 좀 보자. 월급 꽤 되네? 한턱들 내야지. 여기니까 그래도 이 정도 받는 거야. 그리고 막말로 누가 직원들한테 호칭을 붙여 주나. 선생은 무슨, 여기가 교무실인가."

재형은 은행에서 한 보따리 가지고 온 신권을 떠올리며 봉투를 열었다. 사실 기대도 안 했다. 호봉 수가 높은 선생들은 빳빳한 만 원짜리로 채워 넣었다. 가끔 수표가 필요하다고 하면 십만 원짜리로 바꿔 줬다. 같은 돈이라도 기분이 왜 다른지, '이렇게 생긴 돈도 있었나!' 할 정도였다. 조선 화폐도 아니고 어쩔 땐 옛날 돈이 들어왔나 하고 순간적으로 좋아한 적도 있었다. 그나마 돈 세는 일은 여직원들이 했다. 일손이 부족할 때면 고등학교와 중학교에서 갓 여상을 졸업한 사무 보조원들이 동원되었다. 이

사장과 실장, 교장, 교감, 호봉 수 높은 선생들부터 챙겨 넣다 보니 밑으로 가면 갈수록 지폐는 초라해졌다. 게다가 여직원들도 자신들 것을 챙기느라 재형은 늘 찢어지고 여기저기 테이프가 붙여져 있는 지폐를 받았다. 동전도 숫자가 아니라 색깔로 구분을 해야 할 정도였다. 그나마 새 돈이 한두 장 있을라치면 불만을 토로하는 새내기 선생들과 바꾸었다.

오늘은 날씨가 화창했다. 남직원들은 모두 나와서 소방 호스를 일렬로 맞추고 각 교실을 돌며 창문을 닦았다. 방송으로 한 번에 하면 좋으련만 열심히 일하는 행정 직원들을 보여 주려 하는 계 실장의 따스한 배려였다. 물줄기가 뿜어내는 한낮의 풍경은 "와!" 하는 학생들의 창문 두드리는 소리와 무지개에 예전 학창 시절로 돌아가는 듯싶었다. 그것도 잠시, 호스는 상당히 무거웠고 중심 잡기가 쉽지 않았다. 계 실장은 만족해하며 출장을 갔고 이참에 영우는 행정실 화장실에 있는 꼭지에 세차 호스를 꽂았다. 자신의 차에 세차하려다 의식을 했는지 호봉 수 높은 선생의 세차를 했다. 영우는 어김없이 재형을 불렀다. 필요한 선생들 다 해 주고 자신의 차를 마지막으로 끝내고 빨리 들어오라며, 담배를 마저 피우고 행정실로 들어갔다. 선생들은 하나같이 "하지 마세요" 하며 내 차는 안 해 주나 했다. 주말이면 각종 행사로 평일보다 바빴다. 계 실장이 주변에 있는 모든 초등학교, 중학교, 고등학교 등의 행사를 주관했다. 강당을 빌려주는 것이었다. 토요일 업무를 마치고 강당을 안내하는 말뚝을 길목마다 세워 놓았으며 안내표를 출력해서 여기저기 붙였다. 교문 앞에 서 있다 운동장으로 뛰며 주차 관리를 했다. 주차 관리를 하다 보면 교통순경이 된 마냥 한 손엔 붉은 신호기와 입에는 호루라기가 물려 있었다.

'삐리릭!'

"어머니, 그쪽에 세우시면 안 돼요."

막무가내였다. 막을 수 없을 땐 애교 작전이 최고였다. 입구에 세워 놓고 재빠르게 가는 사람이 있는가 하면 내가 누군데 하며 으름장을 놓기도 했다. 교문으로 내려가면 어느새 위치를 바꾸고 들어가는 사람이 있었다. 그럴 때면 강당에 가서 차 번호를 호명해야 했다. 이중으로 고생이지만 안 그럴 때가 없었다. 강당 안의 현수막과 조명 및 마이크를 점검한 뒤 행사가 끝나면 주변 청소를 마무리하면 되었다. 축제 때는 주말 중 하루는 반납해야 했다. 그저 청소 좀 빨리 했으면 하는 게 늘 소망이었다. 입시 날은 새벽 다섯 시까지 출근해야 했다. 출근 시간을 맞추기 어려우므로 정 가고 싶은 직원들 빼고 그렇지 않은 직원들은 찜질방으로 향했다.

"민 선생, 찜질방 갈 돈 있나. 여기 변 기사하고 교실 점검도 하고 보일러도 좀 보고 왜 남들 다 하는 대로 하려고 해. 정 졸리면 숙직실에서 자고."

입시 날은 긴장감이 감돌았다. 학교 후배들의 응원전과 어머니들의 간절한 기도 및 교문에다 엿 붙이기, 추워서 엿이 잘 안 붙으면 보온병을 꺼내 뜨거운 물을 수시로 부어 준다. 진풍경이다. 재형도 예전의 시험 날을 더듬어 보았다. 그래도 끝나고 학생들이 웃으면서 나갈 때는 같이 흐뭇하였다. 원서 접수 때는 단 오 분을 가만히 있질 못한다. 혼자 접수하다 보니 때로는 이중 접수를 해서 학생 집으로 계속 전화하고 이중 접수에 관한 부정 사례의 결과로 협박하기도 하다 결국엔 하소연으로 다음 날 학생의 어머니로부터 같은 날의 시행되는 원서를 되돌려 받았던 적도 있었다. 그런 모습이 안돼 보였는지 마주 보고 있는 혜수가 제 일을 잠시 미루고 도와주기도 했다. 그것이 얼마나 고맙던지 재형은 유행하는 트로트 박자에 맞추어 도장을 찍어 가며 콧노래를 불렀다.

2KG짜리 바벨을 양쪽에 달면 5KG이 된다

아무리 힘들고 아파도 월차는 꿈도 꾸질 못했다. 누가 죽어 나가도 월차는 절대 안 된다고 했다.

토요일 날 정상적인 근무가 두 시에 끝나지만, 친구 결혼식에 가야 했기에 고민하다, 인터넷상에서 재미있는 유머를 저녁 내내 외워 와서 영우와 선자에게 들려주었다. 그때마다 영우는 웃는 듯했으나 선자의 다 알고 있는 얘기다, 하는 말에 맥이 빠졌다. 재형은 평소보다 더 일찍 왔고 실장실 바닥과 계 실장이 아끼는 난에 물을 주고 화분을 닦으며 요란을 떨었다. 그리고 밖에 나갈 기회를 찾던 중 행정실에 없는 물품을 들먹이면서 당장 필요하니 사서 오겠다며 억지 아닌 억지를 부렸다. 이것은 대량 구매하는 것도 아니고, 또 이것으로 주문하기도 그렇고 등등.

재형의 발걸음은 가벼웠다. 영우가 좋아하는 대한 은행 앞 떡볶이와 순대를 문구점에 갔다 오면서 사 왔다. 또한, 선자가 즐겨 먹는 미니 소시지도 사서 들어왔다. 때마침 계 실장은 한 시에 결혼식이 있다며 열두 시에 퇴근했다.

"진 선생님, 이거 오다가 사 왔습니다."

"어디서?"

"물론 대한 은행 앞에서 말입니다, 하하하."

"뭘 이런 걸 사 와."

"토요일이고 해서."

"알았어. 자, 다들 와서 먹자."

그때 변 기사와 최 기사가 이게 웬 떡이냐며 비집고 들어왔다.

"민 선생, 뒷방에 소주 좀 가지고 와."

변 기사는 만두를 하나 집어 먹더라도 소주가 필요했다. 숙직할 때면 소주를 한 병 마시고 순찰했다. 그러면 안 된다고 늘 게 실장한테 혼도 나지만, 예전에 오전 열두 시가 넘어서 이상한 소리가 나기에 손전등을 들고 소리 나는 쪽으로 살며시 갔다고 했다. 문 두드리는 소리가 점차 심해지더니 삐거덕하고 교실 문이 열렸다고 했다. 그 반 담임 선생이 깜빡 교실 문을 안 잠그고 퇴근했고 열린 창문으로 커튼이 펄럭이면서 이상한 소리가 났다는 것이었다. 변 기사는 그 반 열쇠를 찾는데 당황해서 일일이 쓰여 있는 열쇠 판의 반 표시를 제대로 확인도 못 한 채, 돌아 나오다 복도 끝에 있는 전신 거울에 비친 자신의 모습을 보고 기절했다는 것이었다. 그때부터 늘상 소주를 끼고 산다고 했다.

"왜 이렇게 맛없어."

영우는 오른손을 자신의 입에 갖다 댄 뒤 뱉는 시늉을 했다. 이에 민규도 고개를 흔들었고 선자는 소시지나 먹어야지 하며 뒤돌아 자기 자리로 갔다.

"이거 대한 은행 앞에서 산 거 맞는데요."

재형은 눈치를 보며 영우에게 다가갔다.

"진 선생님, 저 오늘 친구가 결혼해요. 두 시인데 한 시에만 나가면 되거든요."

"결혼식?"

"예."

"장부는 다 맞췄고?"

"예, 저 한 시 삼십 분에 나가도 친구랑 사진은 찍을 수 있을 것 같은데요."

"알았어."

그때였다.

2KG짜리 바벨을 양쪽에 달면 5KG이 된다

"뭐야! 이게."

선자는 소시지를 한 입 베어 물다 바닥에 뱉었고 나머지를 쓰레기통에 버렸다.

"왜요? 소시지가 상했어요?"

"전 오리지널만 먹어요. 이 소시지는 안에 치즈가 들었잖아요."

재형은 당황했다. 난 없어서 못 먹는데 아무리 그래도 휴지통에 넣는 건 좀 심했다.

"아~ 참, 민 선생, 그 뒤에 캐비닛 열면 작년 공문서에 빠진 서류들이 있거든. 그것 좀 정리해."

재형은 이미 정리가 끝낸 공문서를 가져다가 영우에게 갖다주었다.

"글씨체가 맘에 안 들어서 그래."

두 시가 되었고 선자는 여직원들을 데리고 퇴근했다. 세 시 삼십 분이 지나서야 재형은 볼펜을 놓을 수 있었다. 영우는 무엇을 보다 들컸는지 그 큰 체격에 깜짝 놀라며 정리하고 가라고 했다. 허망했지만 앞으로 영우와 선자에게 어떻게 대처해야 할지를 배운 것에 만족해했다. 재형은 자신의 이름을 쓴 머그컵에다 물을 따르고 물을 한 모금 마셨다가 뱉었다. 물에서 비린내가 심했다. 알고 보니, 영우가 붕어를 달인 팩을 재형 컵에다 넣고 데워 먹었다. 신기하게 아무리 닦아도 냄새가 빠지지 않았다. 머그컵을 교체했고 영우는 재형이 교체한 컵에 다시 붕어 팩을 데웠다. 할 수 없이 종이컵을 쓰기로 했다.

이젠 웬만한 일에 능숙해져서 당황해하거나 황당해하는 일도 없었다. 나름대로 그나마 바람이라면 때 돼서 점심을 먹는 것뿐이었다. 행정실의 점심시간은 일정치 않아서 여직원들이 구내식당에 가서 빨리 좀 식사하고 왔으면 하는 생각뿐이었다. 여직원들이 식사하고 오면 그 뒤로 남직원들이 갔다 오는 식이었다. 남직원이래 봐야 민규와 재형 둘뿐이었다. 영우는 뭐든 예외였다. 아침을 먹고 오지 않은 날은 내심 여직원들의 눈치를 살폈지만, 그때마다 이상하게도 여직원들은 늑장을 부렸으며 두 시를 넘겨 구내식당에서 라면을 먹은 날도 한두 번이 아니었다. 나중에 알았지만, 선자는 자신의 동생이 야구 선수라 했고 다른 여직원들과 사인 아닌 사인을 주고받으며 남직원들의 애간장을 타게 했다. 선자 말론 남직원들의 봉급이 더 많기 때문이랬다. 재형은 남자는 군대에 갔다 왔기 때문이라며 자신 있게 말했지만, 행정실의 분위기는 몸서리가 쳐질 만큼 오싹했다. 민규도 하고 있던 오락을 다 그만두고 비품 정리를 한다며 밖으로 나갔다. 선자는 영우의 조카 생일까지 챙겨 가며 기득권의 행세를 아니, 횡포를 하고 있었다. 행정실 직원들은 고등학교 점심시간과 중학교 점심시간을 피해서 가야 했다. 자리가 한정되어 있기 때문이다. 진짜 선생이 못 앉는 일이 생기는 불상사가 있으면 안 되기 때문이다. 어떤 날은 고등학교 선생들과 마주치는 일이 생겼다. 재형은 빨리 먹고 행정실로 올라가 봐야 하므로 식판을 받아서 벽 한쪽 구석에서 서서 먹었다. 이상하게 보는 선생들도 있지만 다들 그러려니 했다.

'따르릉……'

"……"

"알았어."

민규가 교육청에 갔는데 일이 많다며 식사하고 들어온다는 것이었다. 영우는 내심 불쾌감을 감추지 못했다.

"새끼 틈만 나면 땡땡이나 치려고. 오늘은 다 같이 식사하고 오지. 추 선생이 교육청에서 늦게 올 것 같으니까. 자, 다들 가자고. 민 선생은 전화 잘 받고."

바빴다. 혼자서 전화 받고 팩스에 선생들의 잔심부름과 증명서 발급으로 게다가 웬 작은 학생이 들어와서 큰 애들이 자신의 신발을 빼앗아 화장실 건물 위에다 올려놨다는 것이었다. 빨리 수업 들어가야 한다고 울먹였다. 재형은 행정실 앞 창고에서 사다리를 꺼내 신발을 학생에게 건넸다.

"앞으론 뺏기지 마. 인마 키 작다고 마음마저 작으면 안 되는 거야."

"민 선생, 뭐 해. 빨리 먹고 와. 밥 떨어질 것 같아. 한, 세 그릇 남았나."

재형은 뛰었다. 넥타이가 휘날리도록 숨이 가슴을 압박해 왔다.

"아줌마, 밥 남았죠?"

"세 그릇."

그때였다. 중학교 선생 세 명이 들어왔다.

"아줌마, 밥 많이 주세요. 오늘 갈치구이 맛있다고 그러던데. 난 그 왜 있잖아. 석쇠에다 굵은 소금 뿌린 갈치를 노릇노릇하게 구워 방금 한 쌀밥에 한 저분 딱 떼서 먹으면 그 감칠맛."

"아줌마 괜찮으면 밥 세 그릇만 해 주면 안 돼요?"

"하하하, 시간 없어. 빨리 먹고 올라가자고."

"민 선생님도 식사하러 오셨어요?"

"아, 예에, 배가 부르긴 한데 점심 거르긴 뭣해서요. 아줌마, 라면 되죠?"

"밥을 먹어야죠. 하긴 우리처럼 말을 많이 하는 것도 아니니까."

아침 겸 점심으로 먹는 라면은 꿀맛이기 전에 묘한 세상의 진미를 맛보게 해 주었다. 그나마 다행이었다. 방학 전이기에 마음의 여유를 부릴 수 있기 때문이었다. 행정실에 처음 출근하면서 방학만을 기다렸었다. 방학이 되면 선생들처럼 쉴 수 있는 것이 아니라, 그나마 모든 것들로부터 해방되리라고 믿어 왔기 때문이었다. 학생들도 북적거리지 않을 것이며 선생들도 오르락내리락하지 않을 것이기에 너무 한가해서 간간이 찾아오는 증명 신청자들에게 사소한 것까지 물어볼 참이었다. 밖에 비가 오느냐, 오는데 차는 안 막혔냐, 물론 희망 사항이라는 것을 알고 있지만 말이다. 방학 전날은 수업료 안내서 등 고지서와 행사 준비로 저녁 늦게까지 분주했다. 그나마 다음 날부터 한 시간 늦은 오전 아홉 시까지 출근하고 한 시간 일찍 끝난다. 정확한 개념은 없지만 말이다. 하는 일은 평상시와 똑같았다. 선생들도 여전히 오르락내리락하며 학생들도 방학 특강으로 북적거리고 이사장이 들어오는 날엔 비가 와도 풀을 뽑아야 했다. 여전히 아침엔 교정 청소를 해야 하고 중간마다 나와서 운동장 청소도 해야 했다. 더욱 분주하게 움직였다. 민규와 중학교 건물 지하에서 주전자와 빗자루, 쓰레받기, 대걸레, 양동이 등을 챙겨 왔다. 비품 창고에서 바닥 세제를 꺼내 행정실 입구에 내려놨다. 특별활동 점수를 받으러 온 학생들과 알찬 방학을 보내기 위해서였다. 교실의 책상 고리 확인과 부서진 걸상 확인 작업이 끝나자, 고등학교를 대청소했다. 쓸고 닦고 붙이고 나름대로 흥겹게 계 실장이 나타나기 전까지 말이었다. 계 실장은 학생들이 못마땅했는지 직접 팔을 걷어붙이고 시범을 보였다. 저만치서 밀고 오는 세제 물을 대걸레 하나로 가볍게 막아 빠른 속도로 교무실 입구에 물이 들어가지 않게 화장실 하수구에 집어넣기부터 정수기 바닥을 손걸레로 사각을 그리며 단번에 스테인리스 빛내기 등등 숨은 노하우를 아낌없이 보여 주었다. 평상시에 쌓았던 체계적인 훈련이 비로소 결과를 나타내는 순간이었다.

2KG짜리 바벨을 양쪽에 달면 5KG이 된다

매일 계속되는 청소 일에 나름대로 풀을 뽑던 실력으로 점차 대걸레면 대걸레, 빗자루면 빗자루 등 달인이 되어 가는 자신에게 서늘함을 느꼈다. 고등학교 건물이 끝나 갈 무렵, 다시 중학교부터 시작해야 한다는 것에 숨이 탁 막혀 왔다. 무슨 일이든 시작이라는 단어는 희망을 품게 하는데 말이다. 왠지 두렵게 느껴졌다. 아무튼, 열심히 일했기에 배가 몹시 고팠다. 민규의 뒤를 따라오면서 밥을 먹는다는 일념으로 춤사위까지 하고 싶었다. 방학이 되면 구내식당이 문을 닫음으로써 머릿속에 온갖 먹고 싶은 음식들을 떠올리고 있었다. 김치찌개, 된장찌개, 김밥 등등. 그때까지도 민규의 무거운 발걸음을 왜 뒤에서 감지하지 못했었는지 말이다. 식사를 시켜 먹지 않는다는 영우의 말에 "그렇죠! 한 달 내내 시켜 먹으면 돈이 얼만데요" 하고 맞장구를 쳤다. '맞장구, 죽을 놈의 맞장구, 사물놀이 중 장구만 봐도.' 하지만 기능직 직원들이 서로 눈치를 보며 시켜 먹는 것이 낫다고 하자, 영우는 책상 바닥을 강하게 내려쳤다.

결론은 각자 일주일 정도의 먹을 반찬을 싸서 오는 것이었다. 물론 낮은 짬밥 순서대로였다. 방학 동안 영우와 호봉 수 높은 직원들은 차례가 오지 않았다. 시켜 먹는 것보다 돈이 더 드는 공식이었지만, 영우가 그렇다는데 누가 토를 달겠냐 하며, 빨리 밥을 먹기를 간절히 바랐다. 가끔가다 찌개도 허용된다고 자랑스럽게 영우는 쉬지 않고 얘기했고 모든 음식은 여자 화장실에서 만들었다. 그때까지도 재형은 시장이 반찬이라 음식을 어디서 하든 뭘 먹든 빨리 먹고 싶었다. 계 실장의 신성한 행정실 정신에 따라 중학교 교실 출입구에 돗자리를 폈다. 이어 재형은 상을 펴고 수저와 저분 등을 빠르게 사람 수대로 세팅하고 전기밥솥과 찌개, 반찬 그

룻을 날랐다. 행정실, 인쇄실, 목공실, 기계실, 정문 등 학교 관리인을 포함하면 열여섯 명이었다. 모두 빙 둘러앉았고 재형은 허기진 채 숟가락을 움켜 들었다.

"민 선생은 행정실에 가 있어."

'민 선생은 행정실에 가 있어, 민 선생은 행정실에, 민 선생은.'

영우의 청천벽력 같은 이 말에 하늘이 무너져 내리는 것 같았다. 행정실과 이곳의 거리는 불과 십여 미터가 채 안 되지만 재형에게는 마라톤 구간과도 같았다.

"행정실도 가까운데 후딱 먹으면 십 분도 안 되는데" 등등을 조심스레 꺼내 보았으나 소용이 없었다. 수영은 수저를 꽉 쥐고 고개를 숙인 채 끓고 있는 찌개에 한시도 눈을 떼지 않았으며 혜수도 고개를 숙인 채 입이 터지라 먹고 있었다. 선자는 영우의 어깨를 다독거리는 등 제법 연인 분위기를 내고 있었다. 기사들과 아줌마들은 벌써 먹느라고 정신이 없었고 민규는 혹여, 자신에게로 불똥이 튈까 봐 재형에게 얼른 가라고 부추겼다. 온통 야릇한 기분이 들었다. 재형은 일하고 와서 집 지키는 개 신세라며 무겁게 한 걸음, 한 걸음, 행정실로 향했다. 웃고 떠들며 수저가 찌개 그릇에 부딪히는 소리, 젓가락 소리, 심지어는 뜨거운 흰 쌀밥에 김을 감싸는 소리까지 들리는 듯했다.

"아니, 찾아오는 손님한테 잠시 양해를 구하면 되지. 혼자서 여섯 대의 전화며, 팩스며, 문서를 다 받아야 하나. 나도 배고픈데."

힘없이 행정실 문고리를 열었다. 민규와 같이 돌아왔으면 하는 바람도 있었다. 둘이 같이 일하다가 교대하면 명분도 있고 왠지 같은 직원으로서도 남직원으로서도 든든함과 행정실을 비우면 안 된다는 철칙도 포함하고 말이다. 재형은 애써 아무렇지 않게 전화도 받고 증명서를 신청하러 온 손님한테도 기쁘게 평상시보다 과장하면서 민규가 교대해 주겠지 하며 내심 기다렸다. 삼십 분가량이 지나자 배고픔을 잊게 되었다. 식사를 마친 직원들은 과일도 깎아 먹고 커피도 한잔하며 다들 자신의 업무에 복귀했다. 재형은 신입이라 간장게장과 구운 김, 겉절이 등을 해 갔다. 상은 깨끗했다. 전기밥솥에 눌어붙어 있는 밥과 국물만 남은 찌개에 밥을 비벼 먹었다. 물론 뒷마무리도 깔끔하게 정리하고 말이다.

'군대 신병 때도 이러진 않았는데.'

행정실이 교무실과 별개로 운영되어야 하는 생각은 아니지만 종속되어서도 안 된다고 생각했다. 계 실장은 교무실에서 선생이 무슨 일로든 행정실을 찾으면 어쩔 줄 몰라 했다. 선생의 검정 볼펜 한 개까지 계 실장의 지시에 교무실까지 일하다 말고 심부름한 것에 재형은 당혹감을 감추지 못했었다.

물론 예전의 일이다. 이제 이런 것들은 재형에게 문제가 되지 않았다. 계 실장의 지나친 애교심에 여름엔 선풍기도 틀지 못한 채 내공으로 감수해야 했고 겨울에는 여름에 쌓았던 열기로 풀어야 했다. 너무 추워 볼펜을 잡기 어려웠을 때 뜻밖에 영우가 건네준 사천구백 원짜리 전기방석은 잊지 못할 추억으로 남아 있다. 직장 생활이란 것이 다 그렇지 않은가, 그나마 착한 학생들이 점심시간에 휴지를 휴지통에 넣어 줬을 때와 신발 끈이 풀려 묶는 것을 인사하는 줄 알고 좋아했던 일도 잠시나마 스쳐 지나갔다. 그렇다고 행정실이 인간미가 없는 것은 아니다. 봄이면 건물과 건물 사이로 무지개를 감상하는 일도 여름이면 이런 풀도 있었나 하며 사색에 잠기기도 하고 가을에는 낙엽과 한 몸이 되다가 낙엽만 쓸쓸히 보내기도 하며, 겨울엔 직원들을 위해 아침 체력 운동도 했다. 가을부터 긴 빗자루에 훈련한 결과 아무리 눈이 많이 쌓여도 한 번에 길 내기, 손목의 각도와 회전에 따라 삼각 모양, 직사각형 모양 등 다양한 길 내기 등도 배울 수 있었다. 하다 보면 정말 재밌다. 교과서가 들어오는 날이면 웬만한 시멘트 나르기와는 될 것도 아니었다. 각 모서리에서 찔러 대는 무게감을 피할 길도 없고 배와 등으로만 감수해야 했는데, 허리가 아프다는 핑계로 멀찌감치 서서 담배만 피워 대는 영우와 교육청에서 들어올 줄 모르는 민규 때문에 언제 이 나이에 파스 붙일 기회가 오겠냐며 열심히 날랐다.

행정실의 하루하루는 주마등처럼 흘러갔다. 자동차 안테나가 하루가 다르게 작아지더니 아예 없어지고 급한 볼일이 있었지만 먼저 자동차 열쇠 구멍에서 철사 빼기부터 운동장에 불 끄기, 이동 농구대 세우기, 건물 난간에 올라가 있는 운동화 끄집어 내리기 등 이제는 학생들이 행정실에 들어오면 눈빛만 봐도 손에 무엇을 들고 밖으로 나가야 할지 단번에 알아차릴 수 있게 되었다. 변 기사가 불러도, 최 기사, 이 기사가 불러도 양손에 반 코팅 목장갑을 끼고 한 손엔 집게와 비닐봉지 등을 들고 자연스럽게 나가게 되었다. 교무실에서 김 선생이 불러도, 박 선생이 불러도 캐비닛에서 영 점 칠 볼펜이며 A4용지며 그 수량까지 알아서 맞췄다. 발걸음도 가볍게 교무실로 올라가서 여러 선생과 담소도 나누며 내려오는 길엔 학생들과 사적인 얘기도 하고, 이사장이 들어오는 날이면 여러 일 뒤로 미룬 채 비가 오나 눈이 오나 정문 닦기부터 주변에 풀 뽑기 등 자발적으로 나와서 문지르고 뽑아 댔다.

날씨가 너무 좋아, 창문을 활짝 열었다. 창문 밖의 스프링클러 위로 무지개가 떠올랐다.

- 끝 -

모조(模造)

"아직 살아 있어. 이렇게……. 그런데 더는 숨이 안 쉬어져."

병원

"민섭아, 몸은 어때?"
"괜찮습니다. 다, 형님, 덕이죠."
"내가 누구냐, 후후, 나만 믿어."

늦은 여름

오늘은 여태껏 맡았던 배역 중 가장 비중 있는 역을 촬영하는 날이다. 흥행이 보장되는 박 감독의 액션 영화에 깡패로 단역 출연한다. 이런 날이면 들뜨기 쉬워 뜻하지 않은 장면에서 곧잘 실수한다. 누군가는 한 장면을 찍기 위해 수 번에서 수십 번가량 촬영한다. 감독이나 카메라 감독이 오케이를 연발해도 본인 맘에 안 들면 계속 촬영한다. 스태프들이 지칠 대로 지쳐 고개를 흔들 때면 알았다는 듯이 감독 옆으로 와서 어색하게 웃으며 손등으로 연신 땀을 닦는다. 잠시 후, 보조 스태프가 수건을 건네면 이마로 가져갔다가 보조 스태프에게 고맙다고 윙크 한 번 날려 주고 다시 닦는 척하며 모니터를 본다. '아!' 하는 감탄사를 연발하며 역시 아쉽다는 표정을 지어 보인다. 스태프도 고개를 갸우뚱거리며 이 장면이 좀 이상한가 하다가 누군가가 아니야, 이 정도면 됐어, 하면 감독은 누군가의 등을 두드리며 크게 웃는다. 그러면 스태프도 박수치며 덩달아 웃는다. 하지만, 나 같은 놈이 이 장면이 맘에 안 든다며 다시 찍자고 하면, 쟤 뭐

2KG짜리 바벨을 양쪽에 달면 5KG이 된다

야 하며 여기저기서 수군댄다. 수 초 후 영락없이 감독은 조감독을 부르고 감독은 대본을 말아서 조감독의 야구 모자 쓴 머리를 내려친다. 조감독은 연신 죄송하다며 어쩔 줄 몰라 하고 감독은 잠시 주변에 있는 아무 스태프와 무슨 얘기를 하면, 다시 촬영이 재개된다. 촬영이 진척되면 조감독은 야구 모자를 한 번 벗었다 다시 쓰고 앞주머니에서 담배를 찾다가 뒷주머니에서 꺼내 피운다. 그러다 감독과 눈이 마주치면 잽싸게 땅바닥에 던진 후 발로 비벼 끈다.

이 분도 채 안 되는 장면이지만, 촬영을 무리 없이 해내기 위해 대본의 전후 삼 페이지가량 찬찬히 살펴보았다. 그래야 전반적인 분위기를 알 수가 있었다. 그러나 감독의 "스탠바이, 액션" 하는 사인만 들어가면 매번 굳은 표정으로 일관했다. 하지만 그 공간 안에서의 그 시간 그 기분은 말로 표현할 수가 없다. 내가 이 세상을 버티는 단 한 가지 이유이기 때문이다. 수많은 장면을 보고 수많은 장면을 몸소 체험하면서 왜 그렇게 카메라 앞에만 서면 떨리는지 맞고 피하는 대련 장면에서는 영락없이 주인공의 주먹에 실제로 맞아 아까운 피를 뿌리기도 했다. 물론 감독을 포함한 스태프들은 몸을 다 바쳐서 열연하는 나를 향해 박수를 보냈다. 나는 입술이 터지고 코끝이 찡했지만, 스태프의 박수에 그저 고개를 숙이며 좋아했다. 영화 촬영이 끝나고 집으로 돌아오는 길은 항상 오른손엔 소주 한 병, 왼손엔 파스와 연고가 들려 있었다.

나는 오늘도 대사 연습과 발차기 연습에 몰입해 있었다. 점심도 거르고 한창 연습 중이었다. 오늘은 맡은 배역이 큰 까닭에 밥이 온전하게 넘어갈 리 없었다. 벌써 몇 시간을 이러고 있는지 모르겠다. 줄담배로 공허함을 메우며 다른 배우들을 보면서 그들의 말투와 행동거지들을 따라 했다.

그러다 보니 나 자신이 우습기도 하고 비참하기도 했다. 자존심만은 지키자며 내 나름의 말투와 행동을 연구하기로 했다. 그리고 몇 시간이 더 흘렀다. 삑삑거리는 확성기 사이로 조감독의 목소리가 흘러나왔다. 주연 배우의 스케줄 관계로 오늘 촬영이 취소됐다는 것이다.

"여덟 시간을 기다렸는데."

나는 다리에 힘이 풀리고 섭섭한 마음에 눈물이 주르륵 입술을 스쳐 지나갔다. 같은 단역 배우들끼리 가까운 대폿집에서 소주와 어묵 국물로 허기를 달래며 서로를 위로했다. 취한 눈가로 버스 정류장에서 지나가는 사람들을 쳐다보면서 그들의 인물 표정 하나하나를 놓치지 않았다. 어쩌다 촬영장에서 감독의 엔지 사인이 날 때면 가슴이 조마조마해서 연달아 실수하기도 했다. 물론 그때는 영락없이 다른 단역 배우로 교체가 되었다. 있는 돈 없는 돈 털어 가며 조감독의 담뱃값, 소주 값을 대고 갖은 아양을 떨어서 힘겹게 얻었다. 시체 역이나 경찰에 쫓기는 역, 장사꾼 역 등 별 신통치 않은 역들인데 말이다. 그러나 그런 역들도 쉽게 얻지는 못한다. 그나마 지나가는 역이라도 얻게 되면 투자한 돈과 시간이 전혀 아깝지 않았다. 그러나 대부분 "기다려 봐."라는 말만 던지고 횡하니 가 버린다. 그런데 오늘은 정말 비중 있는 역을 하게 되었다. 게다가 처음으로 대사까지 받았다.

"에이, 씨발" 하면서 주인공의 주먹과 발에 연타 당하며 쓰러지는 것이었다. 나는 생동감을 살리려 집에서 길에서 촬영장에서 몇 번이고 쓰러지며 연습했다. 그런데 이 모든 것이 수포가 되자 다리가 풀리고 하늘이 노랬다. 배신감에 휩싸인 채 길을 걸었다. 빵빵거리는 차를 헤집고 이 사람 저 사람과 부딪히며 불그스름한 수은등 아래서 하늘을 쳐다보았다. 문득

2KG짜리 바벨을 양쪽에 달면 5KG이 된다

고향에 가고 싶었다. 고향에 홀로 계신 어머니의 얼굴이 사무치도록 보고 싶었다. 어머니의 목소리를 듣고 싶었다. 어머니께 전화해야지 하며 일어서려 했으나 아무것도 보이지 않았다. 어떻게 집에까지 왔는지 기억나지 않았다. 몸이 계속 떨리고 있었다. 비몽사몽 전화를 받았다. 한 시간 후 촬영을 재개한다는 것이었다. 나는 전화를 끊고 세수를 하는 둥 마는 둥 하며 비상금을 챙겨 들고 밖으로 뛰어나갔다. 생전 처음으로 택시를 불러 세웠다. 지금 돈이 문제가 아니었다. 택시 안에서 대사 연습을 했다.

"에이, 씨발!"

택시 기사가 뒤를 돌아보았다. 나는 웃으면서 흥분을 감추지 못했다.

"저, 영화배운데 대사 연습하는 겁니다."

나는 창문을 열고 지나가는 차들을 향해 크게 소리쳤다.

"에이, 씨발! 에이, 씨발! 에이, 씨발!"

나는 오십 분 만에 촬영장에 도착했다.

"안녕하세요? 강찬입니다."

깡패 차림으로 옷을 갈아입고 간단히 분장도 끝냈다. 저쪽에서 조감독이 손을 들어 보였다. 나는 우쭐해져서 손을 들어 답했다.

"스탠바이, 액션!"

"그 거래, 내가 몇 년 전부터 준비해 오던 거였어."

"무슨 소리야. 그 일을 먼저 시작한 건 나라고."

"엔지. 어이, 거기 뭐냐. 야! 카메라 돌아가는 거 안 보여?"

"죄송합니다. 소품이 떨어져 있는 것 같아서."

"어, 저 병신, 저거 누가 데려왔어? 야, 조감독. 쟤, 보내고 다른 사람으로 교체해."

"감독님, 저 정말 잘할 수 있습니다. 믿고 맡겨 주세요."

"자, 다시. 스탠바이, 액션!"

'그래, 잘 먹고 잘살아라. 개새끼들.'

나는 정신 나간 사람처럼 멍하니 앉아서 열린 창문 밖으로 시선을 두고 있었다.

"강찬 씨, 택배 왔어요."

주인아주머니의 다그침으로 한참 후에나 밖으로 나갔다.

"예. 나갑니다. 고맙습니다."

'뭐냐? 발신인도 없잖아. 이런 것도 배달되나.'

택배 상자를 뜯어보았다. 상자 안에는 놀랍게도 내가 지난 삼 년 동안 영화 촬영소에서 단역 배우로 활동해 온 사진들이 있었다. 처음 맡았던 역으로부터 마지막까지 맡았던 역이 스틸 사진처럼 이어져 있었다. 나는 전화번호가 적힌 메모지를 만지작거렸다. 한참을 망설이다가 전화를 걸었다.

"여보세요? 강찬이라고 합니다."

내 목소리는 떨리고 있었다.

"안녕하세요? 저희는 제 영 프로덕션입니다. 좀 만나 뵐 수 있을까요? 미리 말해 두지만, 강찬 씨께는 좋은 기회가 될 겁니다. 그럼 그렇게 알고 오사동 사거리에서 전화 주시면 모시러 나가겠습니다."

"여보세요, 여보세요, 지 말만 하고 끊냐."

'제 영 프로덕션? 그렇다면 영화 기획사인데 설마 단역으로 잠깐 나온 나를 보고 스카우트한다는 건가? 이 사진들은 영화 속의 사진들, 촬영장

에서 찍은 것들인데 어째서? 일단 조감독 아니면 누가 추천이라도.'

나는 조감독과 영화 촬영소에서 만났던 형들에게 전화해 보았다.

"아, 여보세요. 조감독님, 저 혹시."

"강찬 씨, 그렇다고 그렇게 가 버리면 감독님한테 추천한 저는 뭐가 됩니까?"

"그건."

"됐어요, 그딴 식으로 할 거면 당장 때려치워요."

평상시 같으면 기분이 몹시 나빴을 텐데, 난 여전히 흥분이 가라앉지 않은 상태였다.

"정근이 형, 형 혹시 다른 사람한테 저 소개해 줬어요?"

"무슨 소리야. 야, 나 밤새 촬영해서 정신이 없다. 나중에 통화하자."

나는 잠시 머뭇거리며 전화기를 매만졌다.

"여보세요, 동찬이 형."

"야, 인마, 그렇게 가면 어떡해. 통상적인 일인데, 어젠 왜 그랬어?"

"아, 그게, 알았어요. 나중에 다시 전화드릴게요."

나는 지나온 촬영장을 애써 기억하며 주변인들을 생각해 냈으나, 아무런 결과를 얻지 못했다.

방송국 앞

"꺅, 오빠, 박민섭 오빠, 오빠 사랑해요."

"우와! 박민섭이다."

"오빠, 오빠 사랑해요."

"아아, 감사합니다."

"오빠, 목소리 너무 멋져요."

현재 최고의 인기를 자랑하는 박민섭은 탤런트, 영화배우, 가수로서 맹활약 중이었다.

팬들을 뒤로한 채 황급히 차에 올랐다. 팬들은 여전히 사진을 찍어 대며 환호했다.

"오빠!"

"오빠!, 사랑해요!"

"오빠, 오빠~

팬들 앞에서 민섭의 차가 사라지자, 팬들은 무척 아쉬워했다. 민섭은 팬들이 보이지 않자, 담배를 피워 물었다.

"야, 민섭아 눈 좀 붙여라. ABS 제 이 라디오 출연하고 BBS에서 인터뷰만 하면 오늘은 끝이다."

"에이, 씨발. 집에 가는 것 아니에요?"

"뭐? 씨발."

박민섭의 매니저 윤두진은 이마까지 핏줄이 올라왔지만, 꾹 참았다.

"야, 나 좋다고 그러냐. 이게 다, 네 인기 관리하는 거지."

"인기는 지금도 충분합니다. 당신 본전 생각나서 그래."

윤두진은 핸들을 홱 꺾으며 옆 가로수에 차를 세웠다.

"야! 뭐 당신? 너 이 새끼야! 지금까지 큰 게 누구 덕인데 말을 그따위로밖에 못해!"

"당신이 키워 준 게 아니야! 내가 컸지, 당신이 한 게 뭐가 있어? 내가 춤추고 노래하고 연기했지, 당신이 했어?"

윤두진은 흥분으로 손을 떨며 오른쪽 주머니에서 담배를 꺼내 피워 물었다.

"윤두진 씨, 말 바로 합시다. 내가 시작한 게 아니라 당신이 하자고 해서 따라 준 것뿐이야. 키워 주려면 제대로 키워 줬어야지. 처음부터 잡일 시킨 게 누군데, 지금까지 내 덕으로 처자식 먹여 살렸으면 고맙다고 해야지. 싫으면 관두든지."

윤두진은 끓어오르는 분노를 억누른 채 자신도 모르게 헤헤거리며 연신 미안하다, 농담이었다, 잠을 못 자서 그렇다고 변명했다.

"알았으면 됐어. 나 피곤해서 그 두 방송 도저히 못 해."

"야, 민섭아. 그래도 이건 둘 다 생방송인데 좀 봐주라. 다음부턴 너하고 상의해서 스케줄 짤게. 내 체면도 있고 아니 뭐, 내 체면은 둘째치고 너 인기 관리해야지."

박민섭은 귀찮다는 듯이 한마디로 일축했다.

"집에 가."

윤두진은 차를 돌려 박민섭의 집으로 향했다. 박민섭은 양복 안주머니에서 봉투를 하나 꺼내 앞으로 홱! 집어 던졌다.

"오늘 출연료 받은 거야. 얼만지 세어 보지도 않았어. 그거 가지고 가서 애들 과자라도 사 줘."

윤두진은 운전하면서 옆 봉투를 쳐다보았다. 봉투는 두툼했다.

"나, 오늘은 피곤해서 푹 잘 테니까, 내일 오전 열 시쯤 와서 깨우고 차 조심해서 다뤄. 비싼 거니까."

"민섭아, 저기 내일 아침 여덟 시에 야외 녹화 있는데."

"무슨 야외 녹화를 아침부터 하고 지랄이야. 난 몰라! 알아서 하고 내일 오전 열 시 이전엔 깨우지 마."

'제기랄, 박민섭 개자식.'

나는 오사동 사거리에서 호흡을 가다듬고 연락했다.

"여보세요, 제 영 프로덕션이죠? 강찬이라고 합니다. 여기 지금 오사동 사거리인데요."

"거기 그냥 계세요, 저희가 모시러 가겠습니다."

나는 담배를 한 개비 물어 피웠다.

'뭔가 예감이 좋아. 그래, 나도 뜬다. 두고 보자.'

오 분 후, 검은 세단의 대형차가 멈춰 서고 비싼 양복의 건장한 사내들 셋이 내려와 극진히 대접했다.

"타십시오."

나는 스타라도 된 듯 어깨를 들썩거리며 의기양양하게 차에 올라탔다.

"저, 궁금한 게 있는데요. 제 영 프로덕션이 뭐 하는 뎁니까?"

"예, 저희 제 영 프로덕션은 재능 있는 배우 지망생을 스카우트해서 한국은 물론 세계로 진출시키는 겁니다."

"제가 그럴 수 있다고 보십니까?"

"물론입니다. 당신은 우리뿐만 아니라 많은 사람에게 꿈과 희망을 줄 것입니다."

"저를 어떻게 아셨죠?"

"그야 영화를 통해서죠. 이사님이 기다리고 계십니다. 가 보시면 알 겁니다."

나는 흥분을 감추지 못하고 자신 있게 사내들에게 얘기했다.

2KG짜리 바벨을 양쪽에 달면 5KG이 된다

"두고 보십시오. 저 한다면 하는 놈입니다. 밀어만 주십시오. 절대 실망시키지 않겠습니다. 지금 최고 배우 박민섭은 제가 쓰러뜨립니다."

나는 사내들의 안내를 받으며 건물 안으로 들어갔다. 일 층과 이 층 건물 안의 내부에는 온통 배우들의 사진과 영화 포스터가 걸려 있었다. 물론 나에겐 그리 낯설지 않았다.

자동문이 열리자, 말쑥한 차림의 차가워 보이면서도 기품 있는 건장한 남자가 서 있었다.

"어서 오십시오, 강찬 씨, 저는 제 영 프로덕션의 장 이사입니다."

"예에, 그러세요. 말씀 낮추세요. 하하."

나는 어디를 가나, 친분을 맺으려고 상대방의 눈치를 보며 '말씀 낮추세요'가 일상적으로 되었다. 그러다 보니 상대가 나보다 한두 살 어린 사실을 나중에 술 한잔 걸치면서 알게 되었지만, 한 번 형님은 영원한 형님이라며 웃고 넘어갔다. 그러나 이런저런 얘기를 하다 보면 이상하게 잘 들어맞는 사람이 있었다. 그러다 학교 선생님 이름까지 나오고 선후배 얘기하다 보니 학교 후배였다. 나는 괜찮다며 이미 사회에 나왔는데, 신경 쓰지 말라고 하고 옆을 보면 어느새 각을 잡고 있었다. 그렇게 생긴 후배가 셋이나 되었다.

"아닙니다. 강찬 씨는 저희 제 영 프로덕션의 기둥이십니다."

"아, 너무 과찬이시네요. 몸 둘 바를 모르겠습니다."

"자, 그럼 먼저 여기에 서명하십시오. 천천히 읽어 보시고 하세요."

장 이사는 다른 서류 뭉치를 등 뒤로 숨기며 눈치를 살폈다. 나는 꿈만 같았다. 읽어 볼 필요도 없었다.

"저, 여기다 사인하면 됩니까?"

장 이사의 안내를 받으며 나는 연습실로 들어갔다.

"잠시만 앉아 계세요. 연기 선생님이 오실 겁니다."

나는 무대 위에 올라갔다. 마이크와 피아노 그리고 조명들, 꿈만 같았다.

'혹시 이 모든 것이 꿈은 아니겠지.'

나는 소리를 지르며 무대 위를 쿵쿵 뛰어다녔다. 잠시 후, 문이 열리고 텔레비전에서 언뜻 본 듯한 사람이 들어왔다.

"안녕하세요, 강찬 씨, 최혁진이라고 합니다. 연기 경력은 어떻게 되나요?"

"영화 출현은 많은데 제 작품이라고 할 수가 없어서."

"제가 조사한 바로는 굵직굵직한 영화에 출연했던 거로 아는데요."

내가 눈치를 봐야 하는데 그가 오히려 내 눈치를 살폈다.

"일단 이 대본을 연습한 후 테스트해 볼게요. 테스트라고 긴장할 필요는 없습니다."

최혁진이 나가고 나는 대본을 이리저리 살폈다. 이게 다 앞으로 내가 할 대사라고 생각하니, 식은땀부터 났다.

잠시 후, 건장한 사내의 안내로 밖으로 나와 한 시간 반쯤 차를 탔다. 도시를 벗어나자 창문을 내려 시원한 공기를 마셨다. 내려 보니 근사한 별장이 있었다.

"앞으로 강찬 씨께서 지내실 곳입니다. 열쇠는 여기 있습니다."

나는 짐을 놓고 나가는 사내를 바라보다 거실의 소파와 침실과 확 트인 전경에 가슴 벅차 하며 욕실로 뛰어 들어가 옷을 벗고 목욕하기 시작했다.

'그래. 운명아, 내가 간다.'

"에이, 씨발. 스케줄을 또 이렇게 잡으면 어떻게 합니까? 항상~ 씨발."

"민섭아. 야, 이번만 하자. 이 프로 중요한 거야. 다 너 생각해서 한 건데."

윤두진은 연신 헤헤거리며 박민섭을 달랬다.

"항상 말은 그렇게 하지."

"조만간 세계무대로 나가려면 이렇게 할 수밖에 없어."

"후, 됐습니다. 됐어요, 됐어!"

박민섭은 문을 쾅 닫고 나가 버렸다. 윤두진은 담배 한 개비를 물어 피우며 창밖을 응시했다.

'때르르르르릉!'

자명종 소리에 침대에서 일어났다. 몸이 나른했다. 오랜 시간을 잔 듯했다. 나는 벌떡 일어나 꿈이 아니길 바랐다.

"강찬 씨, 오늘은 표정 연기를 공부해 봅시다. 요즘 잘나가는 드라마인데 반복해서 보시고 세 시간 후에 토의해 봅시다."

"아, 근데 저만의 배우 색깔이 있어야 하는 것 아닌가요."

"아, 일단은 그 배우의 모든 것부터 숙달하세요. 기본기 탄탄한 배우니까 많은 도움이 될 겁니다. 그럼 이따 뵙죠."

대형 멀티비전을 보며 나는 드라마 주인공의 대사와 표정 연기, 몸동작을 익혀 나갔다. 지도 강사와의 토의가 끝나고 피아노 반주로 노래 연습도 하며 스피커에서 흘러나오는 음악에 맞춰 춤의 기본 동작을 차례대로 배워 나갔다. 나는 잘 짜인 스케줄대로 움직였다. 아침 여섯 시에 기상해서 가벼운 체조와 사이클 그리고 일곱 시엔 테니스로 몸을 풀고 아침 식사 후엔 연기에 필요한 독서 그리고 대사 연습, 수영으로 몸을 다지고 점심 식사 후엔 춤 동작과 노래 연습, 휴식 시간엔 영어 회화를 했으며 헬스 클럽에 가서 몸을 체계적으로 만들고 저녁 늦게 별장으로 와서 각종 영상을 감상으로 일과를 마치곤 했다. 특급 조리사의 영양 식단과 몸에 좋은 건강식품을 아침저녁으로 복용하고 주말엔 연극 공연과 콘서트 공연 등을 즐기며 바쁘게 보냈다.

CBS 분장실

박민섭은 피우던 담배를 떨어뜨리고 한 손은 자신의 배로 또 한 손은 머리를 감싸며 온몸이 땀에 흠뻑 젖은 채 쓰러졌다.

"윤두진 씨! 박민섭 씨가 쓰러졌어요!"

"민섭아, 정신 차려! 구급차 불러!"

병원 복도 끝 비상계단

"두진아, 이젠 민섭이 일에서 손 떼라. 민섭이 가망 없어."

"야, 인마, 내가 어떻게 일군 건데 여기까지 와서 포기하라는 거야. 난 못 해."

"인마. 난 네 친구이기 전에 사람의 생명을 살리는 의사야. 네 욕심 채우려고 남의 인생 망치겠다는 거야? 난 더는 못 하겠어. 이 일에서 손 떼겠어."

"야, 이 새끼야, 이제 와서 그만둔다고. 너도 어차피 한배를 탔어. 네 인생 그리고 네 처자식 곱게 살고 싶으면 내 말대로 해. 이번 한 번만 눈 딱 감고 민섭이 수술 네가 직접 해. 그리고 너, 내가 의사 만들어 준 것 잊지 마라."

　　　　　2KG짜리 바벨을 양쪽에 달면 5KG이 된다

병원 응급실

"넌 이제 끝장났어. 하지만 내 말대로만 한다면 다시 뜰 수 있지."

윤두진은 침상에 누워 있는 박민섭을 보며 회한의 미소를 흘렸다. 박민섭은 한참을 생각하더니 윤두진을 바라보며 조심스레 말을 꺼냈다.

"앞으로 배분은 어떻게 할 겁니까?"

"지금까지는 네가 칠이었고 내가 삼이었는데 앞으로는 내가 팔이고 네가 이다. 이것도 그동안, 네 공로를 인정해서 주는 거야. 죽기 싫으면 시키는 대로 해. 앞으론 내 말에 절대복종하고 알았어."

박민섭은 힘없이 고개만 끄덕이며 슬픈 눈빛으로 윤두진을 응시했다.

"그럼, 형님만 믿고 전 시키는 대로 하겠습니다."

"그래. 걱정 붙들어 매고 네 관리나 잘해. 괜히 시상식 다가오는데 스캔들에 휩싸이지 말고."

– KBM 올해의 연기 대상, 박민섭!

– 흑룡 영화제 남우주연상, 박민섭!

– 올해의 음반 대상, 박민섭!

"인마! 석권이야 석권! 방송계와 영화계를 싹쓸이한 놈은 아마 네가 처음일걸."

"고맙습니다."

박민섭도 모처럼 환한 웃음을 지으며 윤두진에게 진심으로 감사를 표명했다.

이제 표정 연기까지 능수능란했다. 내면 연기도 완숙했다.

"강찬 씨, 이제 시작해 봅시다. 너무 배역에 욕심내지 말고 잘해 봅시다. 드라마 왕국인 FBC에서 미니 시리즈의 조연을 따냈습니다. 신인이라 생각하며 그동안 배운 대로 한번 해 봅시다."

"감사합니다."

나는 차에 올라타고 방송국으로 향했다. 경비원들의 호루라기 소리를 들으며 방송국의 현관문 안으로 들어가서 곧장 육백사 호실로 향했다. 내가 맡은 배역은 다름 아닌 경비원이었다. 그래도 좋았다. 그동안 해 온 경비원과는 차원이 달랐다. 아니 무엇보다 대우가 달랐다.

'한 장면을 찍기 위해 온종일도 기다렸었는데 이 정도면 과분하지. 앞으로 주연은 내 것이다.'

나는 이를 꽉 깨물며 촬영장으로 향했다.

"박민섭 씨, FBC 연예 기자입니다. 탤런트 C 양과의 관계 사실입니까? 박민섭 씨, 한 말씀만 해 주세요."

"민섭이, 너 이 새끼 내 그렇게 충고했는데 기어이 사고를 내는구나."

"젠장, 까놓고 얘기해서 나, 그녀 좋아합니다. 더는 돈도 필요 없고 인기도 필요 없습니다. 그리고 갈 데까지 간 인생 아닙니까?"

"야, 인마, 어떻게 여기까지 왔는지 몰라? 너나 나나 바닥에서부터 그리고 네가 다 그만두면 걔가 참 네 옆에 붙어 있겠다. 걔 혹시 미끼 아냐?"

윤두진의 말대로 박민섭은 영화의 흥행 참패와 방송국의 사절 그리고 음반 판매마저 급격히 떨어졌고 그녀 또한 박민섭의 곁을 떠나고 없었다. 윤두진만이 그의 재능을 인정하고 동분서주로 뛰어다닌 끝에 어렵사리 재기에 성공했다. 그러나 박민섭의 인기는 그전만 못했다.

윤두진은 촬영 장소마다 돌아다니며 박민섭을 신인처럼 소개하고 다녔다. 그러다 조감독에서 감독으로 데뷔하는 최 감독을 만났다.

"야, 이게 얼마 만이야. 형이야, 형."

"저, 바쁩니다. 민섭이 문제라면 나중에 다시 하죠."

"왜 이래, 박민섭 대한민국 최고 스타야. 알면서 그래."

"정상적으로 지내왔어도 세월엔 장사 없는데, 왜 이래요? 구질구질하게."

"최 감독, 아니 최 감독님, 한 번만 기회 좀 주세요."

윤두진은 담배를 꺼내 피우려다, 최 감독 앞에 무릎을 꿇는다.

"나, 한 번만 살려 줘라."

"강찬 씨, 영화 한 편 찍읍시다."

'얼마 만인가. 영화라니, 드디어 나에게도 이런 기회가.'

커튼을 젖혔다. 달빛은 유난히 아름다웠고 와인 잔에 살며시 입을 적셨다. 지나온 시간이 필름처럼 머릿속에 상영되고 있었다. 어렸을 적, 우연히 본 영화에 미쳐 삼류 극장에 출근하다시피 하고 영화잡지며 팸플릿, 포스터 등을 수집하고 주인공의 대사와 행동거지들을 거울 보며 연습하고 울고 웃고 그러면서 거리를 헤매고 행인들과 얘기하다 시비도 붙고 그저 무작정 그저 막무가내로 일관하며 여기까지 온 것이었다. 달이 사라지자 창문을 열어 바람에 몸을 맡겼다. 나는 잠을 이루지 못했다. 도저히 잠을 이룰 수 없었다. 아침 일곱 시, 싸늘한 바람을 안고 거울 앞에 멍하니 서서 뜬 눈으로 보냈다.

'딩동.'

나는 사내의 극진한 대접을 받으며 차에 올랐다. 햇살이 이상할 정도로 눈부셨다. 얼마나 흘렀을까, 내가 눈을 떴을 때는 영화 촬영소였다. 그곳에서 박민섭을 만나게 되었다. 주연은 박민섭이고 내가 맡은 역은 박민섭의 상대역이었다. 나는 지금까지의 자신을 돌아보며 더욱더 열심히 해서 올해에 신인상을 받겠노라고 다짐했다. 호흡을 길게 내쉬기를 반복하며 촬영장을 돌아다녔다. 주변 곳곳에서 단역 배우들이 허공에 발길질하고 욕을 해 댔다. 그러다 한 배우의 대사에 움찔했다.

"에이, 씨발."

나는 한참을 그의 연기에 매료되었다.

"자, 강찬 씨가 칼로 민섭 씨의 배를 찌르면 됩니다. 칼은 충격을 가하면 칼날이 손잡이로 들어가게 되어 있습니다."

"자, 강찬 씨, 가슴을 찌르면 안 돼요. 자, 레디 액션!"

"내가 여기까지 어떻게 왔는지 알아?"

"뭘 망설여, 찔러 봐. 찌르라고!"

"날 원망하지 마라."

칼은 묵직했고 차갑게 느껴졌다.

'푹.'

진짜는 아닌데. 가짜라고 하기엔 모든 게 너무 사실 같았다. 진짜 같은 피, 냄새, 현실감 있는 박민섭의 연기, 나는 당황했다. 쓰러지는 박민섭을 보며 감탄했다. 내가 뛰어넘기에는 아직 무리인 명배우였다. 어떻게 저런 연기를 할 수 있단 말인가, 난 지금껏 한 번도 해 보지 못한 명연기였다.

"꺅!"

순간, 촬영장은 아수라장이 되었고 난 누군가의 어깨에 부딪히며 앞으

2KG짜리 바벨을 양쪽에 달면 5KG이 된다

로 주저앉았다.

"뭐야! 구급차 불러!"

'톱 탤런트 박민섭, 영화 촬영 도중 상대 배우 사고로 중태'

각종 신문사에서는 연예 톱기사로 떠들썩했고 사망설이 나돌면서 박민섭의 음반과 그의 모든 것들은 불티나게 팔려나갔다. 사건의 결말은 신인 영화배우의 음모로 끝을 맺었다.

"피고 강찬은 계획된 살해 동기와 전혀 뉘우침이 없는 관계로 십 년 형을 선고합니다."

'탕탕탕.'

"죄수 육백사 면회."

"잘 있었나, 사식은 잘 먹었고."

"당신은 제 영 프로덕션의 장 이사가 아닙니까? 선생님, 전 너무 억울합니다. 절 좀 도와주세요."

"장 이사라, 그건 그렇고 자넨 박민섭과 혈액형이며 골수며 체질이 똑같더군. 자네를 찾기까진 많은 시간이 들었지만, 보람은 있었어. 민섭과 똑같은 심장을 찾느라 동분서주했었지. 그러다 자네의 이력서를 보고 관심을 갖게 되었네. 우리가 찾던 사람이 바로 당신이었어. 우리는 만약을 대비해서 모험을 하기로 했지. 어차피 연예인 인기란 한순간 아닌가. 우리도 처음 자네의 재능을 보고 죽일 생각은 없었네. 싸가지 없는 박민섭 보내 버리고 자네를 키우려 했어. 그래서 이것저것 실습해 보니 생각보다 더 괜찮은 거야. 근데 집안이 별로야. 꼭 잘살고 훌륭한 배경보다, 그 왜 시청자들 울리는 스토리 같은 거 있잖아. 아프고 힘들고 가난하고 그런 거 말고 아무튼 자네는 너무 평범하더라고. 그래서 골치 아프게 생각할 필요 없이 여기까지 하지."

"잠깐, 당신은 박민섭의 매니저?"

"그래. 자네 덕분에 제 영, 하하하. 제 일 프로덕션을 차렸지."

"그렇다면 내가 가만히 있을 것 같아?"

"자네가 서약한 거 생각나나, 그건 스카우트 계약서가 아니라 장기이식 서약서였네. 사실 난 자네에게 기회를 주었어. 혹시나 몰라서 자네 이미지를 살려 주려 했다고. 근데 뭔가 좀 아쉬워. 오늘 중으로 수술에 들어갈 거야."

"오늘이라니?"

"한시가 급해서 말이지."

"내가 이렇게 멀쩡히 살아 있는데 무슨 수로."

"점심시간에 넌 목을 매달게 될 거야. 세상 사람들의 비난과 배신, 고뇌 속에 어쩔 수 없는 선택이었다고 기사화되겠지. 물론 그걸로 자넨 끝이야."

"너무 쉽게 생각하네. 이런 일을 아무렇지 않게 떠들어 대며 당사자인 나에게 전하면서 실행에 옮길 수 있다고 생각해?"

"천지분간 못 하는 건 지금도 똑같군. 네가 그 안에서 뭘 할 수 있는데."

나는 잠시 생각에 잠겼지만, 딱히 떠오르는 방법이 없었다. 내겐 너무 짧은 시간이었다.

"잠깐! 굳이 병상에 있는 박민섭을 회생시킬 게 뭐가 있습니까? 저를 여기서 꺼내만 주신다면 죽을 때까지 당신을 위해 이 한 몸 바치겠습니다. 전 아무것도 바라지 않습니다. 지금 제 처지를 생각해서 그러는 것이 아닙니다. 지분도 명예도 인기도 바라지 않아요. 전 단지 그 일을 하고 싶을 뿐입니다."

"박민섭은 가치가 있어. 이 바닥이 재능만 있다고 되는 줄 알아? 모든 것이 잘 갖춰져 있어야 해. 자넨 민섭의 대역이 될 수 없어. 하지만 이렇게 책임이 큰 일을 잘해 낼 수 있는 사람은 강찬 자네가 최고야! 자네밖에 없네. 내 죽는 날까지 지금, 이 순간이 최고의 명장면이었다고 가슴속 깊이 간직하겠네. 민섭을 포함한 우리한테 자네는 진정한 대역이었다고. 부디 잘 가게나."

'철컹.'

"육백사 배식."

"세상이 계속 흔들린다. 숨이 턱 막혀 온다. 엔지."

- 끝 -

탈피

불빛이라고는 진작 배터리를 갈았어야 할 손전등이 다였다. 이리저리 비춰보았지만, 사물을 정확히 구별하기 힘들었다. 얇게 깨진 창문으로 왔다 갔다 하는 가느다란 소리만 들릴 뿐이었다. 밖은 어두웠고 울창한 숲속에는 달빛도 스며들지 못했다. 신음은 희미하게 퍼져나갔다. 온도와 습도는 도시와 확연한 차이를 보였다. 숨을 쉴 때마다 민소매의 팔뚝 위로 닭살이 돋았다. M은 다소 지친 걸음걸이로 삐걱대는 문을 열었다. 마대 속에서 꿈틀대는 물체를 질질 끌고 들어왔다. 발로 툭, 차 보았다. 미세한 움직임과 달리 거친 입김을 뿜었다. 묵직한 도끼를 들어 올렸다. 탁, 탁 정확하게 뼈마디가 끊어졌다. 규격은 정해져 있지 않아서 기분에 따라 마디가 달라졌다. 하지만 평상시 마디보다 올라가면 피가 더 튀었고 내려가면 더 몸부림쳤다. 도끼의 각도에 따라 살집의 너덜거림은 달라졌다. 상자에 가득 채우지 않으면 밥을 먹지 않았다. 차곡차곡 빈틈없이 담았다. 더는 상자에 들어가지 않으면 그제야 안심이 되었다. 일부러 꾹꾹 눌러 담지는 않았다. 피가 자연스럽게 흐르는 것을 좋아했다. 스티로폼 상자는 묵직했다. 테이프로 칭칭 감았다. 여기저기 붉은 피가 흘러내렸다. 혼자서도 가능했고 합법적인 살해였다. 손목 위로 피가 솟구쳐서 힘줄 따라 흘러내릴 때 묘한 쾌감을 느꼈다. 숨 쉴 때마다 비릿한 맛이 넘어왔다. 상자를 밖에 두면 즉각 수거해 갔다. 세제를 풀어 이곳저곳을 닦아 냈다. 몸에 향수를 뿌리고 창고에서 나왔다.

M은 장소 외에는 선택할 권한이 없었다. 그 어떤 것도 해당하지 않았다. 요원에게 눈인사를 보내고 실험실로 향했다. 아무리 가상공간이라고 해도 위험천만의 순간은 항상 있었다. 두려움이나 실수를 보이지 않

으려고 애써 미소를 지었지만, 시간이 지날수록 여유는커녕 긴장감만 쌓여 갔다. 처음에는 설명도 없이 실험장소에 도착했다. 뭘 해야 하는지 몰라 멍하니 서 있다가 부스럭하는 소리에 냅다 뛰었다. 엄폐할 곳도 없고 위장도 무기도 없이 뛰다가 걷다가를 반복했다. M을 향해 오는 적은 없었다. 허허벌판에 장애물이 나오면 숨거나 뛰어넘었다. 나무가 나와서 숨었고 한참을 기다렸다. 끝냄을 알리는 사이렌 소리가 났다. 문을 열고 나와서 인적 사항을 적고 실험비를 받았다. 상황 종료까지 측정한 시간이 짧지 않았다. 그것이 애매했다. 분명 정해진 시간이 있었다. 다만 짧아야 좋은 것인지 얼마에 맞춰야 하는지 전혀 알 수 없었다. 담당자와 대면 때 눈 표정으로 짐작할 뿐이었다. 마스크가 심하게 움직일 때가 있었는데 그건 분명 욕이었다. 상대방이 아니라고 손짓했는데, 눈은 그렇지 않았다. 그것도 실제 성격인지 민원에 대처하는 행동인지 구별하기 어려웠다. 처음에는 한 장면 한 장면 지켜보았을 것이라는 생각에 행동이나 말이 서툴렀다. 두 번째 방문했을 때 바깥에서 전자 담배를 피우며, 오라고 손짓했다. 웃음 띤 얼굴로 상세한 해설과 여러 가지 제안도 받았다. M의 소극적인 태도가 불편했는지 전자 담배를 뻑뻑 피워 댔다. 세 번째 방문했을 때 요원은 모니터를 보며 하품을 하다가 밖으로 나갔다. 한참 후에야 전화를 받으면서 들어왔다. 필요하면 녹화한 것을 돌려볼 테니 그만 왔으면 하는 눈치였다. M은 모욕당하면서도 내색할 수 없었다. 요원은 그저 한철 먼지 낀 선풍기와 다를 바 없는 M이 귀찮았다. 필요하면 새로 뽑으면 되고 괜찮으면 한 번 더 계약하면 그뿐이었다.

수백 개의 조각으로 뒤집혀 있었다. 몇 번을 뒤집어도 상관이 없었다.

한 번에 두 개의 조각을 뒤집어서 같은 문양이 나오면 그 조각들은 뒤집히지 않았다. 같은 조각을 다 맞추면 비로소 해답을 얻을 수 있었다. 문제는 기억이 아니라 운이었다. 한 조각을 뒤집으면 수백 개의 조각이 뒤집힌 채 기존의 문양을 바꾸었다. 그곳에서 오랫동안 머물던 사람도 수시로 변하는 뒤집힌 조각으로 인해 좌절을 겪어야만 했다. 스스로 포기하는 자만 있을 뿐 제약은 없었다. 마음의 변화로 달성하지 못한다는 사실을 경험하고서야 알았다. 세상은 온통 눈치 게임이었다. 공평하게 주어진 시간이었고 한눈만 팔지 않았으면 중간은 갈 수 있었다. 자신이 처한 상황이나 국가적 시스템에 불만을 표출해서 대항하기도 했지만, 극소수일 뿐이었다. M 역시 쓸데없는 잡다한 망상으로 전원을 차단했다. 조건은 남들보다 까다롭지 않다고 생각해서 이곳저곳 계속해서 문을 두드렸지만 메일 한 통, 전화 한 통 받지 못했다. 그렇게 보낸 시간은 혹독했다. 최후의 방법으로 기관의 문을 두드렸다. 담당자로부터 얻은 시간은 이십삼 개월이었다. 그 시간 동안 해답을 얻어야 했다.

기억하지 못했다. 세세한 내용은 생각나지 않았다. 다만 시간이 지나면서 상황을 받아들여야 했고 몸에 익숙해지면서 본능대로 따를 뿐이었다. 시간만 흐를 뿐이었다. 가상공간에서 자신을 인식하지 못했다. 최면에 빠져 누군가로부터 조종당하고 있다는 느낌이 들었다. 이제까지의 행동이 얽히고설키며 사라졌다. 기억할 때쯤 또 사라지고를 반복했다. 정신이 멍하고 무엇을 하고 다녔는지 도무지 기억나지 않았다. 처음에 실험실에 들어가기 전 회복제라며 드링크를 권했다. 그 후에는 의심이 들어 거부했다. 그러나 똑같았다. 안경을 벗었다. 모두 멈춘 것처럼 자리에서 꼼짝하

2KG짜리 바벨을 양쪽에 달면 5KG이 된다

지 않았다. 골똘히 생각해 보았다. 칠흑 같은 어두운 밤 산길을 걸었으며 물건을 확인하러 도착한 창고 근처에서 낯선 남자를 보았다는 것은 기억이 났다. 낯선 남자는 더 이상의 낯선 남자가 아니었다. 그 남자의 왼쪽 가슴에 하얀 배지를 떠올렸다. 분명 요원이었다. 처음 대면 때는 살갑게 맞아 주었었다. 자신을 M의 담당자라고 말했다. 그는 서류를 세 장 내밀었고 M은 순서대로 써 내려갔다. 현 주소와 연락처, 교육받은 기술과 자격증, 학력과 전공 등 경력에서 다소 머뭇거렸다. 순간 얼굴이 붉게 달아올랐다. 한숨이 나왔다. 그리고 몇 번의 만남부터 그는 M을 점차 차갑게 대했다. 한번은 낯선 사람들과 만남을 주선했다. M은 망설였다. 길었던 경력 단절이 자신감을 하락시켰다. 하지만 담당자로부터 강압적으로 참여를 강요당했다. 더는 지원해 주지 않을 것이라는 엄포를 하자, 집단 실험에 참여한다는 동의서에 서명했다.

순간 머리가 지끈했다. 거기까지는 다시 생각해 보아도 확실히 기억이 났다. 그다음부터는 기억나지 않았다. 어떨 때는 기관도 요원도 가상공간 속에 존재한다고 생각했다. 어디서부터가 시작인지 이제는 헷갈렸다. 기관의 문에서부터 시작인지, 기관으로 오는 인도에서부터인지 이제는 모두 헷갈렸다. 차를 타고 오는 곳에서부터 시작인지, 아니면 집에서 문을 열고 나왔을 때부터인지 현실과 가상을 구분하기 힘들어졌다. 안경을 써야만 느꼈던 공간이 벗어도 별반 다르지 않았다.

낮과 밤도 중요하지 않게 되었다. 분명 집단 실험에 참여하기 위해 문을 열고 나왔을 뿐인데 손에 엽총이 들려 있었다. 다시 정신을 차렸을 때 총소리가 났다. M은 스쳐 지나간 물체를 찾기 위해 미친 듯이 숲을 헤매었다. 여기저기 전문 엽사의 총소리가 들렸다. 가쁜 숨을 몰아쉬며 울창한 나무 사이로 움직이는 물체를 보고 방아쇠를 당겼다. 물체는 쓰러졌다. 천천히 다가갔다. 숨이 끊어지지 않은 고라니의 목에 엽총을 들이댔다. 고라니는 몸을 떨며 거친 숨을 토했다. 또 다른 엽사가 다가오자 M은 그제야 황급히 방아쇠를 당겼다. 그리고 머리가 하얘졌다.

실험은 보름을 하루도 빠짐없이 참가해야만 했다. 중도 포기는 모든 것을 포기하는 의미로 기관으로부터 신뢰감을 떨어뜨렸다. 특히 담당자의 강압적인 태도가 내내 마음에 걸렸다. 낙인이 찍히면 아무도 받아 주려 하지 않았기에 싫어도 참여해야 했다. 억지로라도 적극적인 모습을 보여야 했다. 삶을 초기화하는 기분이 들었다. 회의감이 들었다. 단순히 경력을 쌓고 싶었다. 지금껏 해 왔던 일에서 조금 다른 일까지만 생각했지, 이렇게 처음부터 되돌아갈지 몰랐다. 유치하다는 생각도 들었다. 시스템에 회의를 느꼈다. 결국, 중도 탈락자들이 생겼다. 그리고 얼마 지나지 않아 요원들의 비리가 밝혀졌다. 계약자들의 전공과 상관없이 자신들의 실적 쌓기에 급급해서 계약자들에게 무리한 요구를 한 것이 들통났다. 심지어 사건에 깊숙이 개입하기도 했다. 담당자로부터 받은 자료를 살펴보았다. 집단 실험참가자들의 소개였다. 전체적인 진행 과정에 관한 것은 없고 현 직업과 각 인물의 소개와 집단 실험에 참여하게 된 계기, 장소만 표시되어 있었다. 본격적인 집단 실험이 시작되었다. 참가인원은 총 네 명이었다. 먼저 아군과 적군을 구별해야 했다. 어쩌면 적이 세 명일 수도 있고 한 명일 수도 있다. 망설이는 M에게 요원은 일 차 실험이므로 이 대 이라고 넌지시 알려 주었다. 아군을 찾는 것부터 점수에 반영한다고 했다. 어떤 식의 대화와 행동을 하느냐에 따라서 여러 가지의 길이 생길 것이라고 했다. 변수는 항상 있으니 당황하지 말고 침착하게 하라는 당부도 잊지 않왔다. 그리고 처음으로 마스크 안에서 웃음이 새어 나왔다.

　중렬은 아내가 힘들다는 소리를 할 때마다 머리가 아팠다. 지금 연금으로는 부족했다. 자식은 있어도 없는 것과 별반 다르지 않았다. 대화가 없어 걱정이 들다가도 많은 대화를 하다 보면 걱정이 더 들었다. 죽는 날까지 그런 자식들에게 손을 내밀고 싶지 않았다. 적어도 아내만큼은 제 손으로 지키고 싶었다. 중렬은 장비를 챙겨 밖으로 나왔다. 대기업 부장으로 퇴직할 때만 해도 이런 일을 할 것이라고는 생각하지 않았다. 누구 못지않게 젊은 날을 회사에 바쳤고 고스란히 통장에 저축하면서 하루하루 버티며 살아왔다. 부동산 투기, 주식, 코인은 거들떠보지 않았다. 그렇게 하지 않은 것에 대하여 시간이 지나고 나서 엄청나게 후회했다. 자식들이 손 벌렸을 때 차라리 얼마만이라도 떼어 줬으면 지금처럼 데면데면하지 않았을 것이다. 남들만큼 해 주었다고 생각했고 더 해 주었다는 자부심도 들었다. 매번 결과는 신통치 않았지만 늦게라도 하나씩 해낼 때 만감이 교차했다. 처남이 있었지만 없는 줄 알았다가 통장을 보고 알았다. 처음에는 아내를 원망했고 같이 죽으려고도 했다. 별의별 자살 방법을 다 찾아보다가 마지막 찾은 곳이 기관이었다.

　강배는 힘깨나 쓴다는 소리를 어려서부터 들었다. 그래서 딴 일은 생각하지 않았다. 눈빛만으로도 상대방을 제압할 수 있었다. 누구든 알아서 벌벌 기었고 손짓 하나에 돈뭉치를 쥘 수 있었다. 문신을 하나씩 늘릴 때마다 관리하는 구역도 하나씩 늘었다. 피가 싫었다. 피 냄새는 더 싫었다. 처음 칼에 손등을 베었을 때 쓰리고 아팠지만 찌릿한 전율이 있었다. 그

다음은 즐겼고 그 뒤로는 무의미해졌다. 커터칼이 왼쪽 새끼손가락 밑으로 쑤시고 들어가서 벌려 놓았다. 흐르는 피를 휴지로 둘둘 말아 병원으로 천천히 걸었다. 여덟 바늘을 꿰매면서 찢어진 새끼손가락 사이로 날카로운 마취 주삿바늘이 들어오자, 조금씩 전율이 사그라들었다. 어쩌면 새끼손가락을 사용할 수 없다는 의사 말이 별로 대수롭지 않게 들렸다. 병원 냄새가 싫지 않았다. 접시에 피가 흥건한 소의 간을 덥석 잡아 입으로 천천히 가져갔다. 꿀렁대는 피가 손 안에 가득 차서 붕대를 감은 새끼손가락으로 흘러내리자 전율이 돌아왔다. 질경대다 씹다 보면 간인지 혀인지 구분이 안 됐다. 그 촉감을 즐겼다.

어린 것이 싹수없다는 소리를 아침부터 저녁까지 듣고 살았다. 애늙은이라는 소리도 가끔 들었다. 우진은 욕을 칭찬이라고 생각했다. 남을 패는 것을 좋아했다. 일단 패면 쉬지 않고 팼다. 얻어맞는 것도 그리 나쁘지 않다고 생각했다. 등을 맞으면 몸 안이 울려 잠깐 멍해지는 시간이 좋았다. 각목으로 둔탁하게 맞고 뼈에서 서서히 올라오는 고통을 즐겼다. 상대방이 눈물을 보이면 살려 달라는 소리가 나올 때까지 팼다. 상대방이 기절해서 흔들어 깨울 때 정의롭다고 생각했다.

M은 문을 열고 들어갔다. 안경을 쓰고 주변을 살폈다. 도박장에서 묵직한 가방을 들고 모자를 푹 눌러쓴 중렬을 조심스레 따라갔다. 가방의 지퍼는 자물쇠가 채워진 채 연결고리에 묶여 있었다. 안경을 살짝 위로 들었다가 놓았다. 정류장이 희미하게 보였다. 정류장 벤치에 털썩 앉았다. M은 상황을 주시했다. 담당자로부터 받은 자료를 숙지했으나, 상대방에

2KG짜리 바벨을 양쪽에 달면 5KG이 된다

대한 자세한 정보는 알 수 없었다. 대화나 행동을 통해서 상대방으로부터 최대한 정보를 파악해야만 했다. 말을 많이 하는 것도 좋지만, 행동을 유도해 관찰할 필요도 있었다. 안경을 벗었다가 다시 썼다. 표적이 둘로 늘었다. 아까부터 계속 가방을 힐끔 쳐다보던 강배는 중렬 곁으로 몇 번을 오려다가 향수 냄새와 세제 냄새가 뒤엉킨 M을 경계했다. 안경을 매만지며 일정한 간격으로 통화했다. 전화가 올 때마다 굽신대며 전화하면서도 계속해서 중렬 쪽을 보았다.

"버스가 오기는 오는 건가요?"

M은 꼭 누구를 향해서 얘기한 것이 아니었기에 혼잣말 비슷하게 되었다.

"버~스는 오~잖아."

중렬은 저음의 목소리를 내뱉었다. 가래가 질퍽하게 낀 대답은 오는 건지 오지 않는 건지 명확하지 않았다. 멀리서 헐레벌떡 우진이 뛰어왔다. 고개를 들어 안경을 고쳐 쓰며 숨을 가쁘게 몰아쉬었다. 그때까지만 해도 풀벌레 소리가 간간이 들려오는 한적한 시골 여름밤의 버스정류장이었다. 강배의 다소 투박한 목소리가 불길한 전쟁의 서막이었다. 게다가 건들대는 몸놀림을 무시하는 우진의 태도에 강배는 우진의 멱살을 잡았다. 얼굴이 시뻘겋게 달아오른 우진은 강배의 손목을 뿌리치려 했다. 겁만 줄줄 알았던 우진은 당황해했다. 강배는 우진을 내동댕이치듯 길바닥에 내다 꽂았다. 예상 외로 철퍼덕 힘없이 푹 고꾸라졌다. 그리고 꼼짝하지 않았다. 그때까지도 중렬과 M은 아무런 내색을 하지 않았다. 우진은 좀처럼 바닥에 엎어진 채 일어서지 않았다. 주머니에서 칼을 꺼냈고 강배를 스치듯 지나치며 중렬의 목에 칼을 들이댔다. 순간 중렬은 가방을 떨어뜨렸고 그 가방을 낚아챈 것은 중렬이었다. 중렬은 한 손으로 우진의 목덜미를 잡아 뿌리쳤고 한 손으로 떨어뜨린 가방을 다시 집어 들었다. 아주 짧은 시간에 벌어진 일이었지만, 각 참가자의 말투와 행동을 고스란히 엿볼 수 있었다. M은 대략 상대방의 성격을 파악할 수 있었다. 적어도 두 사람은 현실형이었다. 이제는 M이 나설 차례였다. 행동은 더 이상 자극할 필요는 없어 보였다. 심리적 압박감을 조여 보기로 했다.

"버스가 오기는 오는 겁니까?"

M은 재차 물었다.

"버스는 오지 않아, 내가 버스 기사야."

M은 중렬의 머리 위 뒤쪽, 네 폭의 거리만큼 떨어져 있는 곳을 응시했다. 처음에는 강배가 버스 기사라는 말에 현장을 벗어나려 했다. 실험장소의 최고 권위인 버스 기사의 레벨과 커다란 덩치까지 맘에 들지 않았다. 모든 것을 압도하고 있다는 판단이 들었다. 분명, 해 보나 마나 시간만 버릴 것이 뻔했다. 하지만 요원이 모니터하고 있다는 것이 마음에 걸렸다. 결국 진위 아닌 허위로 빠지겠다는 의사표시를 했다. 물론 강배가 자신의 편이라면 해 볼 만할 수도 있지만, 사실 M은 요원을 믿지 않았다. 마스크 속의 웃음이 내내 마음에 걸렸다. 적은 세 명일 수도 있다. 그리고 기관에서 다른 사람과 계약하고 자신을 버릴 것이라는 강박까지 생겼다. 그렇다면 굳이 세 사람의 희생양이 될 필요가 없었다. M은 재미없다며 스마트폰을 꺼냈다.

"이걸 재미로 하는 사람이 있나?"

강배는 어깨를 돌리면서 말했다.

"저는 그만 빠집니다."

M은 멋쩍게 웃으며 돌아섰다. 하지만 더는 나아갈 수 없었다.

2KG짜리 바벨을 양쪽에 달면 5KG이 된다

"혼자 빠지겠다. 그럼 애초에 들어오지 말았어야지."

강배와 우진이 M 앞을 가로막았고 중렬은 거센 손아귀로 M의 손목을 잡았다. M은 이제 세 사람의 눈치를 봐야 하는 처지가 되었다.

"그 사람들이 그렇게 한가해 보여? 그 나이 먹고 아직도 못 찾았냐?"

강배는 한심한 듯 피식하며 고개를 흔들었다. 쿨럭대는 중렬의 가래 낀 질퍽한 기침에 피곤함이 배어 있었다. 우진이 주춤하자 강배가 나섰다.

"제가 먼저 얘기하죠. 오늘 아침 버스를 운행했고 낯선 남자를 태웠습니다. 가방이 무거워 보여서 들어 주려고 했는데 지나친 경계심에 자존심이 상했다, 말입니다."

강배는 두 폭 떨어진 채 중렬을 흘깃하며 말했다.

"손님 가방을 왜 버스 기사가 들어 주나? 그것도 별로 무겁지 않은 것을."

중렬은 이해할 수 없다는 표정을 지었다.

"아직 말 안 끝났습니다. 차고 휴게실에 들렀는데 조금 이상한 얘기를 들었습니다."

"긴가?"

중렬은 지루한 표정을 지어 보였다. 강배는 아랑곳하지 않았다.

"TV에서 살인 사건의 뉴스를 보았고 인상착의가 누군가와 흡사했다, 말입니다."

강배는 홱 돌아서서 중렬의 가방에 손을 얹었다.

"이 안에 들어 있는 건 뭐요?"

강배는 가방의 손잡이를 잡았다. 굳은살이 두텁게 박인 상처투성이의 손은 소나무 등껍질처럼 보였고 그 손은 솥뚜껑처럼 단단하고 시커먼 중렬의 손아귀에 잡혔다. 중렬은 가래를 뱉으며 입언저리에 묻어 있는 침을 닦아

냈다. 강배는 기분이 몹시 언짢았다. 이번에는 우진이 앞으로 나섰다.

"아버지가 아끼던 골동품을 삼촌이 가지고 나갔고 도박장에서 잃었어요. 그 일로 집안이 쑥대밭이 되었고 제가 도박장에 도착했을 때 삼촌이 아저씨를 가리켰어요."

"다들 자신 있나? 내가 제안하지, 이 가방을 가져가는 사람이 모든 일에 책임지는 것을."

중렬은 가방에서 손을 뗐다. 강배는 흠칫하며 뒤로 물러섰다. 우진은 가방의 손잡이를 잡으려다 허리를 곧게 폈다. 중렬은 가방을 자기 무릎 위에 올려놓으며 두 손으로 감쌌다. 별거 아닐 수 있지만 가방을 자기 무릎 위에 올려놓기 전, 빠른 회전력으로 가방의 앞면과 뒷면의 위치를 바꿨다. M은 무언가 속임수의 낌새를 알아차렸다. 마술사의 상자처럼 흔들거나 앞뒤의 위치가 바뀌었을 때, 안에 들어 있는 물건이 없어진다거나 다른 물건으로 바뀌는 속임수. 어두워서 몰랐을 것이라는 착각을 눈치채지 못하게 하는 교묘한 수법이었다. M이 왜 이렇게까지 생각하게 됐는가 하면 가방을 돌릴 때 큰 기침을 하며 한 손을 허공에 가리켰기 때문이었다. 그때 두 남자의 시선이 허공을 쳐다보았고 M은 이 모든 상황을 지켜보았다. M은 단단히 결심한 듯 의문을 제기했다. 중렬은 한심하다는 표정을 지으며 가방을 종전과 같이 바꾸었다. M은 내심 기대했던 상황이 어그러지자 못마땅해했다.

"골동품이 맞는다고 해도 돈으로 환전했기 때문에 네 것은 아니지?"

강배는 가방과 우진을 확실히 분리하려는 의지가 강해 보였다.

"아저씨야말로 아무 상관 없잖아요. 경찰도 아니고."

우진은 가방의 손잡이를 잡았다. 중렬은 인상을 찡그리며 우진의 손을

2KG짜리 바벨을 양쪽에 달면 5KG이 된다

뿌리쳤다.

"이 안에 들어 있는 것이 돈이라는 증거 있어?"

"가방 안쪽에 일회용 라이터가 있어요."

"무슨 색깔?"

의심의 눈초리로 중렬이 물었다.

"무슨 색깔인지는 기억나지 않아요."

"가래침 뱉는 걸 보니, 담배를 피울 테고 라이터야 대부분 일회용이지."

M은 오랜 침묵을 깨고 한마디 거들었다.

"빨랑빨랑 대답해. 일회용 라이터 색깔이 몇 개나 된다고."

"그걸 못 찍네. 남자라면 파란색일 것 같은데. 저번에 편의점 갔다가 빨간색 주길래 내가 파란색으로 바꿨거든."

M은 이 상황이 재미있어서 흥분하며 몸을 들썩였다.

"분홍색 라이터예요."

"이거?"

중렬은 주머니에서 분홍색 라이터를 꺼냈다. 중렬은 강배를 보았다. 강배도 주머니에서 분홍색 라이터를 꺼냈다.

"어째 냄새가 나네."

중렬이 라이터를 주머니에 넣고 옷매무새를 고칠 때 순간 M이 선택한 것은 가방 밑이었다. 흥건하게 아니 한 방울의 피라도 새어 나오지 않을까? 은근슬쩍 가방 밑을 손으로 만져 보았다. 축축하거나 찬기는 느끼지 못했다. M은 다시 골똘히 생각에 빠졌다. 가방 안에 무엇이 들어 있어야 이 상황에 어울릴지. 이 상황을 빨리 해결하고 싶었다. 담당자에게 연락을 취하려 했다. 하지만 지금까지의 상황은 결과에 아무런 영향을 미치지 않을뿐더러 다음 기회마저 얻지 못할 가능성이 컸기에 스마트폰을 도로 주머니에 넣었다. 그때 중렬이 주머니에서 붉은 고깃덩어리를 꺼내 질겅대며 씹었다. 오도독, 뼈를 씹는 소리가 들렸다. 중렬의 입안에서 피가 섞인 침이 나왔다. 강배는 고개를 갸웃하며 피식했다.

"먹을 텐가?"

중렬이 내민 고깃덩어리는 강배가 즐겨 먹던 소의 간과 비슷했다. 중렬은 살덩어리를 찢어서 세 사람에게 내밀었다. 엉겁결에 세 사람은 받아들었다. 그때 중렬은 가방을 앞으로 집어 던졌다. 가방은 포물선을 그리며 뚝 떨어졌다. 강배와 우진은 동시에 중렬의 얼굴을 쳐다보았다. 좀 전과는 다르게 가방을 가지러 가는 사람이 없었다. 마치 폭탄이라도 들어 있는 것처럼 누구 하나 가방 곁에 가지 않았다. 그렇다고 가방을 신경 쓰지 않는 건 아니었다. 눈치 아닌 눈치를 보며 가방을 집어 들었을 때의 경우의 수를 생각하는 것 같았다. M은 추측해 보았다. 먼저 우진이 가방을 집었다는 가정을 했을 때였다. 분명 우진은 누구보다 가방에 애착을 보였다. 그렇다면 가방을 집자마자 도망칠 것이다. 하지만 가방 안에 든 것이 정확히 모르는 상태에서 섣불리 가방을 가지고 갔다가 살인 누명을 쓸 수도 있다는 생각이 들었다. 이번에는 강배를 추측해 보았다. 강배는 스마트폰을 계속 들고 있었기에 촬영도 가능하다는 생각이 들었다. 강배는 가방을 열려고 했기에 가방의 지퍼를 당기는 순간, 우진으로부터 칼에 찔릴 수도 있다는 결론에 이르렀다. 도대체 조금 전까지만 해도 그렇게 애지중지했던 가방을 던진 이유가 무엇일까? 잠시 고민에 빠져 있던 찰나 중렬은 성큼성큼 다가가서 가방을 주워 왔다.

"줘도 못 먹으니 이건 내가 먹지."

중렬은 가방을 자기 무릎 위에 올려놓았다.

"먹는 거였어요?"

강배는 사뭇 진지했다. 우스운 질문 같지만 그렇다고 지나칠 질문도 아니었다. 가방 안에 무엇이 들었는지 확인하기 전까지는 섣불리 움직일 수 없었다. 중렬이 건넨 고깃덩어리를 어쩌지 못해 다들 찝찝한 마음을 가눌 수 없었다. 먹기도 그렇고 버리기도 그렇고 서로 눈치 아닌 눈치를 볼 때였다.

"안 먹을 거면 다 나에게 주게나."

중렬은 손을 내밀었다. 주면서도 뭔가 께름칙했다. 그렇다고 안 주기도 뭐하고 할 수 없이 고깃덩어리는 다시 중렬의 주머니로 들어갔다.

"찰흙 놀이 좋아하나?"

중렬은 눈을 감고 무엇을 생각해 내는 표정을 지어 보였다.

"손으로 꽉 쥐면 남는 것이 있지."

중렬은 미소를 지으며 일어섰다.

'탕!'

멀리서 총소리가 들렸다. 강배는 발걸음을 멈춘 채 그 자리에 망부석처럼 서 있었다. 우진은 아까처럼 푹 고꾸라졌다. M은 천천히 일어섰다. 그리고 마을 쪽으로 뒷걸음질 쳤다. M은 휙 돌아선 후 비틀대며 앞으로 걸어갔다.

"저거 봐라. 생쇼를 한다."

M은 뒤돌아보았다. 우진은 팔짱을 낀 채 고개를 갸웃대고 입꼬리는 한쪽만 씰룩거리며 웃어 보였다. 강배는 양손을 바지 주머니에 넣은 채 비웃으며 서 있었다.

"이 정도 준비도 없이 선택한 건가?"

중렬은 맥 빠진다는 표정을 지으며 말했다.

"이걸 악용하는 사람도 있다고 들었습니다."

강배는 M이 그저 시간 보내며 돈 몇 푼이라도 벌려고 참여했다고 결론 지었다.

"이러니 세금이 줄줄 새지."

중렬은 자리에서 일어났다. 강배는 피식했다. 전형적인 수법은 아니었다.

"너 형사지?"

M은 강배를 지목했다.

"갑자기 말 짧다."

강배는 조금 전까지와는 사뭇 다른 M의 거친 말투와 행동에 잠시 주눅 드는 모습을 보였다.

"지금 이게 무슨 상황이야? 각자 갈 길 가자고."

중렬은 가방을 쥐고 일어섰다. 전과 같이 성큼성큼 M 곁을 지나가자, 강배는 다급히 전화했다. 우진은 그대로 서 있었다. M은 이러지도 저러지도 못했다. 중렬은 걸음을 멈추고 다시 돌아왔다.

"내가 제안하지. 이 가방 안에는 돈이 있어. 그리고 저 앞에는 형사가 두 명 있는데 이곳만 무사히 빠져나가면 내가 이 돈의 절반을 주겠네. 물론 나는 살인범이 아니네."

중렬은 가방을 열어 보여 주었다. 가방 안에는 돈다발이 들어 있었다.

"근데 버스가 오지 않는다는 것을 어떻게 알았어요?"

우진은 의심에 찬 눈초리로 중렬을 흘깃했다.

"버스 기사가 나니까."

2KG짜리 바벨을 양쪽에 달면 5KG이 된다

중렬은 무미건조하게 말했다. 우진과 M은 강배를 바라보았다.

"버스 기사가 한둘인가?"

강배는 아무렇지 않은 듯 웃어넘기려 했다.

"근데 버스정류장에는 왜 왔어요? 버스도 오지 않는데."

우진은 이 모든 상황을 중렬 탓으로 돌리려 했다. M은 이상했다. 우진의 좀 전의 질문이 몹시 마음에 걸렸다. 버스가 오지 않는다는 중렬의 늘어진 혼잣말은 분명 우진이 오기 전의 일이었다. M이 주춤하며 말하려는 순간, 우진이 M의 옆구리에 칼을 들이댔다. 당혹스러운 눈빛을 강배에게 보냈지만 그뿐이었다.

"근데 죄지은 게 없다면 형사들은 왜 피하는데요?"

강배는 빈정거리듯 물었다.

"자네 나 몰라?"

중렬은 정색하며 강배에게 달려들었다. 기습적인 행동으로 강배는 뒤로 자빠졌다. 중렬은 넘어진 강배의 오른쪽 다리를 확인했다. 의족이었다. M도 확인했다. 기회는 지금뿐이었다. M은 바닥에 두었었던 엽총을 찾았다. 그때 우진은 중렬의 등에 칼을 꽂았다. 중렬은 신음 없이 앞으로 고꾸라졌다. 옷을 털며 강배는 M에게 다가왔다.

"왜? 엽총 찾아?"

강배는 보란 듯이 엽총의 탄환을 빼서 바닥으로 버렸다.

"상대를 잘못 골랐다."

강배는 중렬의 등에서 칼을 빼내었다. 피가 묻은 칼을 중렬의 옷에 닦은 후 M에게 겨누었다.

"그냥 찔러, 삼촌."

우진은 미간을 찌푸리며 강배를 보았다가 M을 노려보았다.

   M의 직책은 초보 엽사이면서 도박장 부관리자였다. 돈을 딴 고객에게 수면제 탄 물을 건네고 쫓아가서 돈을 찾아오는 일을 했다. M은 담당자에게 이의를 제기했다. 나중에 내 편일지도 모르는데 수면제 탄 물을 주었다가 자신만 곤란해질 수 있기 때문이었다. 담당자는 중렬에게 수면제 탄 물을 권했다. M은 혹시 몰라서 물컵을 바꿔치기했다. 그리고 아무리 생각해도 이 실험은 아니었다. 자신의 직업과 정반대인 직업을 굳이 실험할 필요가 있는지, 결과는 나쁘게 나올 것이기에 왜 이런 실험을 해야 하는지 의문이 들었다. 담당자는 태연스럽게 말했다.

   "M 선생님, 나이도 나이지만, 학벌도 그렇고 전공도 그렇고 무엇보다, 경력이 형편없잖아요. 그냥 가라고 하는 데 갔으면 서로 편하고 좋았잖아요. 이게 뭡니까, 서로 귀찮게. 좋은 직업은 자리도 없거니와 경쟁률이 세서 어차피 선택해도 갈 수 없어요."

   요원은 비아냥거리는 말투로 말했다. M은 집단 실험에서 눈치를 보며 상대방의 지적을 받았다. 잘못된 말투와 자세를 교정하고 자신만의 것으로 만들려고 노력했다. 기본 안내서와 실험참가자들에게 받은 피드백에 맞춰 고쳐 나갔다. 차츰 어색했던 모습이 점차 나아지자, 자신감이 붙었다.

   중렬은 중대의 갈림길에 섰다. 연금을 타려면 적어도 이십 점이 필요했다. 상대방의 직업 찾기에 도움을 주고 상대방이 직업을 육 개월 유지하면 십 점이 부과됐다.

   강배는 분장한 중렬을 처음부터 못 알아본 것이 분했다. 그전의 실전에서 중렬에게 상해를 입혔었다. 만감이 교차했다. 지난날의 화려했던 시간

                             2KG짜리 바벨을 양쪽에 달면 5KG이 된다

은 지나갔고 위장하며 겨우 목구멍에 풀칠했다. 장애를 회복하려면 요원의 심사를 통과해야만 했다. 누구보다 절실하게 실적을 쌓아야 했다.

패싸움으로 상대방을 죽음으로까지 몰고 간 우진은 학교에서 퇴학 처분받았다. 자신에게 맞는 직업을 전전하고 있지만, 점수를 모으지 못해 방황하며 하루하루를 버텨 내고 있었다.

싸움이 시작됐다. 수적으로 불리했다. M은 지각 없이 참여한 포인트로 강배의 상세한 약력을 보았다. 현재 버스 기사 일위를 달리고 있었다. 실전에서 버스 기사는 최고의 레벨이었다. 상황을 만들어 갈 수 있는 능력을 보유하고 있었다. 강배는 저번 실전에서 중렬에게 상해를 입혔다. 상대방을 다치게 하면 점수에는 변화가 없지만, 다른 장소에서 장애를 갖고 시작한다. 정당방위를 인정받으려 했지만, 늘 타고난 힘 조절을 못 했다. 실험 규칙에 참가자들은 불만을 넘어 폭발했다. 기관은 상대방을 죽이면 점수를 차감하지 않고 다음 실험에서 상황을 잘 마무리하면 특별 보너스를 지급하겠다고 했다. 다만, 상대방으로부터 죽임을 당하면 다음 장소에는 참가하지 못했다. 서로의 장단점을 알기에 다음 실전에서 만나지 않으려면 죽여야 했다. 하지만 장애를 갖은 상태에서 상대방을 죽이면 두 배의 점수를 차감했다. 장애부터 회복해야만 했다.

강배는 M에게 칼을 겨눈 채 다가왔다. 그때 피로 얼룩진 중렬은 소리 없이 다가와 돌을 들어 있는 힘껏 우진의 머리를 가격했다. 우진은 외마디 비명과 함께 쓰러졌다. 강배가 뒤를 돌아본 사이 M은 강배의 다리를 강하게 걸어찼다. 의족이 빠지며 강배는 나뒹굴었다. 중렬은 들고 있던 피 묻은 돌로 다시 한 번 강배의 머리를 가격했다. 돌을 맞고 머리에 피를 흘린 채 강배는 신음했다. 우진은 인기척이 없었다. 중렬은 피 묻은 손을 재킷에 문질렀다.

"저한테 기회를 줬어야죠."

"기회? 자격이 있어야 기회를 얻지."

중렬은 한심하듯 M을 노려보았다. M은 반박하지 못했다.

"이것저것 하다 보면 자신에게 맞는 직업이 뭔지 알겠지. 어떻게 다들 이 년을 못 버티나?"

중렬은 가방에서 돈다발을 꺼내 한 뭉치를 M에게 던졌다.

"한다고 하는데 시스템이 그런 걸 어떻게 합니까?"

M은 억울하다는 표정을 지었다.

"억울하다고 내뱉기 전에 자신을 한번 돌아보라고!"

M은 멍하니 서 있었다. 직업 프로그램이 내장된 안경 카메라를 벗었다. 실전투입 대비 집단 실험을 마쳤다.

'띵똥.'

M은 문자를 확인했다.

가상현실 직업 찾기 프로젝트 적성 검사, 흥미 평가: 정보수집 및 자료 해석을 즐기며 자유롭고 상징적인 활동을 선호. 집단 속에서 일하는 것은 맞지 않음. 종합적으로 분석한 결과, 자료의 조직화나 세밀하고 정확한 주의를 요구하는 현장에서, 관찰하며 수행하는 활동을 선호. 직업으로는 탐정이 적합.

전 요원이 도착한 곳은 폐차장이었다. 단서가 될 만한 것은 흔적조차 없

2KG짜리 바벨을 양쪽에 달면 5KG이 된다

었다. 실험참가자의 계약에 관한 뇌물 수수 등의 비리가 들통나서 파면되었다.

"이거 찾아?"

M은 비닐봉지 안에 든 칼을 들어 보였다. 왼쪽 가슴에 탐정 배지가 햇빛에 반짝였다.

"이런, 젠장."

전 요원은 코트 속에 의수를 숨겼다.

- 끝 -

험한 세상에 피어나는 꽃

한혜경(문학평론가)

프롤로그

한 아름다운 결정체로서의/시간들이 있습니다/
사각사각 아름다운 설탕의 시간들/사각사각 아름다운 눈
(雪)의 시간들

한 불안한 결정체로서의/시간들도 있습니다/
사각사각 바스러지는 시간들/사각사각 무너지는 시간들
　　　　　　　　　　　　　　　- 최승자, 「시간이 사각사각」 중

　우리의 삶은 아름다운 결정체로서의 시간으로 이루어지기도 하지만 불
안한 결정체로서의 시간도 있다. 대부분의 사람들이 아름다운 결정체를
주시할 때, 작가는 불안한 결정체를 응시한다. 아름다운 삶을 소망했으나
이루어지지 않고 순조롭지 못한 시간을 살아가고 있는 삶이 눈에 들어온
다. 수전 손택이 말했듯이, 문학은 다른 자아와 다른 영역, 다른 꿈과 다른
관심사에 대한 공감의 확장이며 작가는 이 세계에 눈길을 주는 존재이기

때문이다.

방현일의 첫 소설집 『2KG짜리 바벨을 양쪽에 달면 5KG이 된다』에 담긴 세상은 차갑고 삭막하다. "빛이 없는 사각의 링"에서 쉬지 않고 뛰어도 달라지는 것이 별반 없는 세상이다. 경쟁에서 밀려나고 불안정한 삶을 벗어나기 어려운 세상이다. 이러한 세상을 향해 방현일의 소설은 질문을 던진다.

빛은 영원히 비추지 않을 것인가? 왜 이렇게 살아야 하나? 그런 세계에서 어떻게 살아가야 하는가? 그 끝은 어디인가?

그리고는 이러한 세상을 외면하고 싶은 독자의 무심한 심경을 툭 건드린다. 내가 몸담고 있는 세상은 평온하게 흘러가고 있어도, 어디에선가 불안한 삶이 존재하고 있음을 일깨운다. 그 삶에 관심을 가져야 한다고 들쑤신다. 안락함에 파묻혀 나태해진 우리 정신을 꾹꾹 찔러 댄다.

1. 가혹한 세상, 견디며 익숙해지기

방현일의 소설 속 인물이 놓여 있는 세상은 암울하면서 가혹하다. "빛이 없는 사각의 링에서 쉬지 않고 뛰"어야 하는데, 적의 형태를 알아볼 수 없다. 게다가 나를 둘러싼 적이 하나가 아니다. (「컵」)

어린 시절엔 가난과 순탄하지 못한 상황에 던져진다. 가난은 고등어를 좋아하는데 잔챙이만 사야 하고(「컵」), 생일에 짜장면조차 사 먹을 수 없는 형편으로 묘사된다(「다리」). 이에 더해 이해할 수 없는 아버지, 떠나 버린 엄마(「컵」), 다리에 장애가 있고 엄마 병원비로 빚이 많아진 형편 등이 덧붙는다(「다리」).

성인이 되어서도 삶은 여전히 고단하다. 직장에서는 컴퓨터가, 집에서는 엘리베이터가 수시로 고장 나고(「2KG짜리 바벨을 양쪽에 달면 5KG가 된다」. 이후 「2KG」로 표기한다), 남성이라는 존재가 거추장스러워 여성이 되고 싶고(「혹돔」), 열심히 살아왔는데 남는 게 없으며, 욕을 칭찬으로 들으며 살아오기도 한다(「탈피」).

이들 앞에 펼쳐지는 세상은 처음 봤는데도 짜증을 내고 '먼지 낀 선풍기'처럼 취급하는 세상이다. 이 속에서 인물들은 '비실비실' 웃으며 상대의 환심을 사려 애쓰고 '눈치 게임'에서 낙오되어 막막함을 겪기도 한다.

그렇다면, 이러한 세상에 대해 적대감과 분노, 또는 억울함을 느끼지 않을까? 그러나 방현일의 인물들에게서 이런 감정은 찾아볼 수 없다.

안정적인 삶의 테두리 밖으로 자꾸 밀려나 '천 길 낭떠러지로 떨어지는 느낌'을 받으면서도, 분노나 좌절의 제스처는 나타나지 않는다. 딱딱하게 굳은 밥 덩이도 계속 꼭꼭 씹으면 부드러워지는 것을 아는 자의 생래적 건강함이랄까, 휘몰아치는 눈보라를 뚫고 언제 도달할지 모르는 바다로의 여정을 한없이 이어 가는 펭귄들처럼 주어진 길을 묵묵히 걸어가는 모습을 발견할 수 있다.

이 모습은 더 나아지기 위한 시도를 포기했다기보다, 다른 선택지가 없음을 본능적으로 터득한 자가 살아가는 방식이라고 하겠다. 넘어가지 않는 밥을 꾸역꾸역 씹어 삼켜 본, 나이와 상관없이 어른의 태도인 것이다. 이러한 자는 엄살을 부리지 않으며 쓸데없이 자괴심에 빠지지 않고 불행을 하소연하지 않는다. 친절하지 않은 세상이 마구 던지는 공을 맞고 쓰러졌다가도 다시 일어나 걸어간다. 그러다 보면 어떤 고비는 지나가기도 하고 어떤 고비는 견딜 만하게 바뀌기도 하는 것이다. 이에서 독자는 '사방이 막힌 어둠 속'에 있더라도 조금씩 출구에 가까워지는 이들을 목도하게 된다.

「컵」의 주인공 '나'는 어린 시절 끔찍한 장면을 목도한다. 엄마가 떠난 후 곰돌이라 부르던 소녀를 아버지가 능욕하는 것을 본 것이다. 혼란과 충격 속에 단식까지 해 보지만 6살의 소년은 무력할 뿐이다. 아버지가 "사라져 주기를" 바라는 것 외에 할 수 있는 게 없다.

그러므로 그는 그저 견디고 이 상황에 익숙해지는 것밖에 방법이 없다는 사실을 저절로 체득한다. 엄마에 대한 그리움은 엄마가 아끼던 수납장을 여닫으면서, 그리고 엄마가 남긴 해진 장갑을 끼고서 수납장 안에서 잠이 들곤 하면서 잠재운다. 또 아버지가 해 주는 고등어 요리는 잔챙이만 사기 때문에 어떻게 요리해도 맛이 비리지만, 투정 부리지 않고 먹는다. "비린 맛에 익숙해져" 갔다는 사실은 다른 길이 없는 상황에서 어떻게 살아야 하는가를 본능적으로 깨달은 것임을 보여 준다고 하겠다.

그리고 시간은 많은 것을 변화시킨다. 그는 성인이 되고 어느 날 엄마가 죽었다는 소식을 듣는다. 그리고 아버지는 컵에 오줌을 누는 기행을 일삼다가 치매에 걸린다. 치매가 심해져 요양원에 가야 한다는 진단을 받고, 요양원에 가기 전 아버지는 그동안 해 주지 못했던 음식을 준비한다. 아들이 좋아한다는 것을 알지만 '커다랗고 싱싱해 보이는 고등어'는 만지기만 하다가 잔챙이만 살 수밖에 없던 시절, 비린 맛을 없애기 위해 온갖 방법을 동원해 봐도 좋지 않은 재료의 비린 맛을 없앨 수 없었던 시절이 미안했던 것이리라. "그렇게 큰 고등어는 처음 봤"을 정도로 큰 고등어를 요리해서 가시를 발라 살만 아들 밥에 얹어 준다. 아들은 "말없이 받아먹"음으로써 그동안 맺혔던 '응어리'를 푼다.

아버지를 요양원에 두고 나오는 그의 마음은 착잡하다. "달빛에 비친 아스팔트 길이 아파 보였다"는 표현은 아버지에 대한 원망이 연민으로 변화되었음을 암시한다. 아버지의 생명이 쇠잔해 가는 과정을 보면서 연민의 농도는 더욱 진해진다. 점점 야위고, 여러 기능이 나빠지고, 욕창이 생기고, 긁지 못하도록 양손을 침대에 묶었더니 몸부림치다가 침대가 돌아가기까지 한, 처참한 광경 앞에서 '가혹한 가해자'였던 아버지의 지난 시간은 희석되기에 이른다.

이제 아버지 묘소를 찾은 주인공은 말없이 지난 시간을 돌아본다. 묘소로 떠날 때는 할 얘기가 많았는데, 막상 묘소에 오면 "할 말이 없었다"라는 것은 지난날의 아픔, 상처, 응어리들이 시간이 흐르면서 모두 무화되었음을 의미한다.

2. 불친절한 경쟁사회, 실수와 후회

현대사회의 또 다른 면은 비정한 경쟁 속의 삶이다. 생존이 우선이기에 이른바 인간다운 삶이나 진정한 자신을 찾는 일은 꿈조차 꾸기 어렵다. 열심히 노력해도 '먼지 낀 선풍기' 취급을 받고 모욕당하면서도 내색하지 못하며(「탈피」), '빈민촌 아파트'에 살면서 16년 된 낡은 고물차와 툭하면 고장 나는 컴퓨터가 있을 뿐인 초라한 삶이다(「2KG」).

「2KG」는 소개팅 상대와는 어긋나고 회사에서는 눈치 봐야 하는 상사와 자주 고장 나는 컴퓨터. 집에서는 엘리베이터의 고장으로 순조롭지 못한

2KG짜리 바벨을 양쪽에 달면 5KG이 된다

나날을 구체화한다. 컴퓨터를 고치러 온 AS 기사는 불친절하고 아파트 부녀회장은 "주민들을 못 잡아먹어서 안달"이다. 반려견 해피조차 말을 듣지 않는다. '해피'란 이름의 뜻과는 대척점에 있는, 그야말로 '총체적 난국'인 셈이라 하겠다.

이러한 상황에서 주인공은 문제를 더 크게 만든다. 하지 않아도 될 말을 하거나 필요 없는 일에 신경을 써서 매번 "발등을 찍"는 결과를 얻는다. 소개팅 상대의 잘못된 발음을 지적하는 '교정 결벽증' 때문에 여자의 기분을 상하게 하고, 컴퓨터 AS 기사에게 고장 이유를 제기했다가 심기를 불편하게 한다.

속마음과는 달리 비위를 맞추어 보기도 하지만 별 효과가 없는 데다가 막상 조심해야 할 부분을 놓치곤 한다. 상사의 환심을 사기 위해 커피를 "공손하게" 바치며 '부럽다는 제스처'를 해 보이고, 컴퓨터 AS 기사에게도 "맞장구를 치며 웃어" 비위를 맞추고, 아파트 청소 아주머니 심사까지 챙기는데, 정작 신경을 써야 하는 상황에서 "아랑곳하지 않고" 있다가 화를 초래한다.

작품 후반부에 해피에게 옷을 입히려다가 벌어지는 소동이 그것이다. 해피를 잡으려다가 나일론 실이 그의 귀를 스쳤고 해피가 뛰어다님에 따라 귀는 점점 벌어지는데, 급기야 해피의 바퀴 달린 장난감을 밟아 넘어지기까지 한다. 스마트폰을 겨우 찾아 긴급전화를 누르면서 GPS를 꺼 둔 것을 기억하고 후회한다.

이와 같이 "산 넘어 산"처럼 실수와 후회의 연속으로 이루어진 그의 하루는 "이상한 놈으로 시작해서 이상한 놈 취급받으며 이상한 죽음에 맞닥뜨리"게 되는 삶을 보여 주면서 씁쓸한 블랙 코미디를 완성한다.

「탈피」에서는 직장을 구하기 위해서 모욕과 위험을 감수하는 절박함이 그려진다. 가상공간에서 직업을 구하는 실험에 참가한 네 인물을 통해 출구를 쉽게 찾기 어려운 현실을 보여 주고 있다.

M은 이곳저곳 문을 두드렸으나 어떤 곳에서도 연락을 받지 못해, 최후의 방법으로 '기관' 문을 두드린다. 현재 경력 단절이 길어 자신감이 떨어진 상태이므로 선택의 여지가 없이 기관의 명령을 이행할 수밖에 없다. 그리하여 기관에서 실시하는 집단실험에 참여하는데, 모든 게 헷갈리며 현실과 가상의 구분도 어려운 상태에 이른다. 하지만 중도 포기는 모든 것을 포기한다는 의미이므로 억지로라도 적극적인 모습을 보이려고 애쓴다.

다른 세 명 역시 모두 안정적인 삶과는 거리가 먼 인물들이다.

중렬은 대기업 부장으로 퇴직한 자로서 예기치 못한 노후를 보내고 있다. 회사를 위해 성실하게 일했고 저축하며 삶을 일궈 왔지만 남은 게 없다. 자식에게도 최선을 다했으나 없는 것과 별반 다르지 않고 아내는 힘들다는 소리만 한다. 처남의 사기 사실을 발견하고 자살 방법을 찾다가 이 기관을 찾아온 것이다.

강배는 어릴 때부터 '힘깨나 쓴다는 소리'를 들어온 자다. 구역을 넓혀 가며 힘을 키웠는데, 힘 조절을 하지 못한다는 문제가 있다. 우진은 '어린 것이 싹수없다는 소리'를 들으며 살아온 자다. 가끔 '애늙은이'라는 소리도 들었다. 욕을 칭찬이라고 여기며 남을 패는 것을 좋아해, 학교에서 퇴학 처분을 받았다.

이 실험이 진행되는 과정은 의심과 불안으로 가득한 삶의 축약이라 할 수 있다. '눈치 게임' 속에서 조종당하는 느낌을 받으며 참여를 강요받으므로 강압적이다. 싫어도 참여해야 하며 의문은 전혀 해결해 주지 않는다

2KG짜리 바벨을 양쪽에 달면 5KG이 된다

는 점에서 일방적이며 타율적 상황이라 하겠다. 냉정한 지적만 돌아올 뿐이다. "좋은 직업은 자리도 없거니와 경쟁률이 세서 어차피 선택해도 갈 수 없어요." "자격이 있어야 기회를 얻지." "억울하다고 내뱉기 전에 자신을 한번 돌아보라고!"

모욕당하면서도 내색하지 못하고, 이의를 제기해도 받아들여지지 않는 이들의 상황은 견고한 벽 앞에서 원하는 삶을 이어 가지 못하는 현대인을 잘 보여 주고 있다.

3. 그럼에도 희망을 안고

「혹둠」은 '물랭루주'라는 밤 공연 업소를 배경으로 무희들과 디자이너, 공연 연출가, 경호원 등의 사연을 펼쳐 낸다. 남성임이 "거추장스럽고 불편"한 주인공 '나', 발레리나가 꿈이었던 미연, 레즈비언인 공연 연출가 지원, 한때 앙드레 김을 꿈꾸며 패션 디자이너의 길을 걷던 혁준, 공연을 보러 왔다가 미연을 보고 물랭루주에 눌러앉아 경호원이 된 태수 등, 얼핏 국외자들이 모여 있는 공간 같지만, 물랭루주는 "무대가 있어서 모였고 공연이 있기에 꿈을 포기하지 않"는 이들의 '소중한 공간'이다. 그리고 성별을 중요하게 여기지 않는다는 점에서 자유롭다.

그래서 '나'는 타고난 성과 무관하게 기량을 발휘한다. 공연을 창작하는 데 자부심이 있고 창작은 삶을 포기하지 않게 하는 원동력이라고 여기고 있으므로, 멋진 공연을 위해 "끝없이 연구하고 노력하고 돈이 없어도 땀을 흘리는 그 시간만큼은 누구보다 행복"하다.

그는 여성이 되길 원하지만, 사실 '강용철'이든 '선화'든 상관없다. 그의 정체성은 '예술가'이기 때문이다. 그가 꿈꾸는 것은 관객들의 환호로 이루어진 소통의 공연인데, 이 꿈은 지원에 의해 충족된다. 지원이 연출한 뮤지컬 공연에서 '나'는 "젊은 날에 하고 싶었던 공연"을 펼치며 "밤무대의 신세계"를 경험한 것이다.

'혹돔'은 태어날 때 암컷으로 태어나 무리 중 가장 큰 것이 수컷으로 변해 종족을 번식하는 물고기로 주인공을 상징하는데, 이 작품에서 그 의미가 여러 차례 변주된다. 공연 중 춤사위에 흠뻑 빠져 있는 모습은 암컷들뿐이어서 그에게 색다른 시선을 주지 않는 수족관에서 "맘껏 꼬리를 흔들"고 "자유자재 묘기를 맘껏 뽐"내는 혹돔으로, 미연의 죽음으로 고통스러울 때는 "살이 다 떨어져 나가고 뼈대만 남긴 채 날"고 있는 혹돔으로, 그리고 미연이 남긴 아이에게 "떠나지 않겠다고" 약속하는 '엄마'로서의 모습은 "몸 안에 있던 혹이 사방으로 뾰족하게 튀어나왔다"가 "서서히 녹아"내리는 장면으로 각각 형상화되고 있다.

그리하여 그는 예술가로서의 정체성에 '엄마'로서의 정체성을 더한 인물로 거듭난다. 성전환 수술을 통해 외형적으로 여성이 되었을 뿐 아니라 아이를 보듬는 모성을 겸비한 존재로 완성된 것이다.

「다리」는 고달픈 현실을 뛰어넘는 사랑의 힘을 보여 준다. 피가 섞이지 않은 아들임에도 따뜻하게 감싸 안는 아버지가 등장하는데, 그는 "본체만체하며" 방으로 들어가는 아들에게 말을 걸고 '다리병신'이라고 자조하는 아들에게 장가가기를 권한다.

표현하지는 않아도 '나' 역시 아버지의 마음을 안다. '넉넉지 않은 삶' 속에서 아들의 생일을 챙겨 주려는 아버지의 마음을 헤아리기에, 아이는 중국집 짜장면을 먹지 못해 속상해하면서도 아버지가 끓여 준 짜장 라면을 맛있게 먹는다. '지금껏 살아오면서 가장 맛있게 먹었던 음식'이라는 표현에서 아버지에 대한 애정을 확인할 수 있다.

'나'에게 중요한 물건은 나무로 만든 사다리다. 현수막을 거는 일과 도배로 생계를 잇고 있으므로 사다리는 우선 '돈벌이'에 필수적인 도구다. 이에서 더 나아가 아버지로부터 물려받은 물건이라는 점에서 소중한 유산이기도 하다. 그래서 한쪽 다리가 닳아 균형이 맞지 않는데도 사다리를 버릴 수 없다. 알루미늄 사다리로 바꾸지 않고 짧아진 부분에 나무토막을 붙이거나 벽돌을 껴 두어 사용하는 모습은 사다리가 그의 분신임을 잘 보여 준다.

균형이 맞지 않아 한쪽으로 기울어진 사다리는 아들의 다리 장애, 일하다 다리를 다친 '나'를 연상시키며 불균형과 장애를 암시한다. 동시에 사다리는 위로 올라가게 하는 도구이므로 상승과 희망을 암시하기도 한다. 사다리에 올라 높은 나뭇가지 사이에 걸린 풍선을 내려 줄 수 있으며, 아내가 좋아하는 가수의 공연장에서 사람들이 많아 앞에 가지 못해도 사다리에 오르면 공연을 볼 수 있다. 또 사다리에 올라 담장 너머에 피어 있는 국화를 볼 수 있으므로, 담장으로 가로막힌 것을 넘어설 수 있는 가능성을 의미한다.

곧 그는 사다리의 부정적 의미가 아니라 긍정적 의미에 무게를 둠으로써, 초라한 삶 속에서도 피어나는 희망을 보여 준다. 현수막을 설치하는 일은 아버지가 못마땅해했고 같이 일하던 동료도 떠나는 보잘것없는 일자리이지만, 그에게는 꿈을 설치하는 의미 있는 일이다. "세상에 단 하나밖에 없는 현수막"을 만들고 싶다는 소망이 있기 때문이다. "현수막만 설치해도 대박 나고 사람들이 모이고 잃어버린 그 모든 것들을 찾아 주고 싶었다"는 그의 꿈은 사다리에서 꽃이 피어나길 소망하는 것으로 연결된다.

사다리를 심는다고 꽃이 피어나진 않는다. 하지만 사다리 칸마다 작은 화분을 올려놓으면 꽃을 볼 수 있다. 꿈과 사랑이 함께한다면 다리의 통증도 사라지고 "바람이 더는 불지 않"는다. 이로써 이 소설은 누추한 삶도 꽃처럼 피어날 수 있음을 감동적으로 보여 주고 있다.

에필로그

그러므로 방현일의 소설은 삶이 가혹하고 차가운 상황에 던져져 있더라도, "빛이 없는 사각의 링"에서 쉬지 않고 달려야 하는 것일지라도, 꿈과 사랑을 간직하며 살기를 바라는 소망을 담고 있다고 할 수 있다. 아울러 외면적으로 누추하더라도 소중한 것을 지키며 꿈을 간직하는 삶은 누추하지 않다는 생각도 담고 있다.

독자는 내가 속한 세상은 안락하더라도 어디엔가 존재하는 불안한 삶에 관심을 늦추지 않기를 바라는 작가의 시선을 따라가지 않을 수 없다. 작가가 그려 내는 장면을 따라가며 그동안 묻어 두었던 의문과 질문이 꿈틀거리고 살아나는 것을 느끼기에 이른다.

무너지고 바스러지는 시간들을 딛고, 더욱 열린 마음으로, 고통스럽지만 아름다운 작품으로 만날 수 있기를 기원하며, 작가에게 아낌없는 응원을 보낸다.

2KG짜리 바벨을 양쪽에 달면 5KG이 된다